Philippe Labro

Le petit garçon

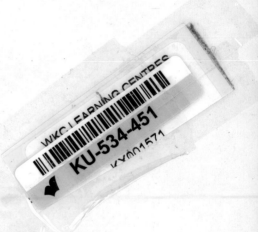

Gallimard

Philippe Labro est né à Montauban. Il part à dix-huit ans pour l'Amérique. Étudiant en Virginie, il voyage à travers tous les États-Unis. À son retour, il devient reporter à Europe n° 1 puis à *France-Soir*. Il fait son service militaire de 1960 à 1962, pendant la guerre d'Algérie. Il reprend ensuite ses activités de journaliste (R.T.L., *Paris-Match*, TF1 et A2) en même temps qu'il écrit et réalise plusieurs films. En 1985, il est nommé directeur général des programmes de R.T.L., et, en 1992, vice-président de cette station.

Il a publié chez Gallimard *Un Américain peu tranquille* (1960), *Des feux mal éteints* (1967), *Des bateaux dans la nuit* (1982). En 1986, *L'étudiant étranger* lui vaut le prix Interallié. En 1988, *Un été dans l'Ouest* obtient le prix Gutenberg des lecteurs.

Après *Le petit garçon*, en 1991, Philippe Labro publie *Quinze ans* en 1993, puis, en 1994, *Un début à Paris*, qui complète le cycle de ses romans d'apprentissage.

A Jean-Pierre, Jacques et Claude.

« Certes, ma vie est déjà pleine de morts. Mais le plus mort des morts est le petit garçon que je fus. Et pourtant, à l'heure venue, c'est lui qui reprendra sa place à la tête de ma vie, rassemblera mes pauvres années jusqu'à la dernière, et comme un jeune chef ses vétérans, ralliant la troupe en désordre, entrera le premier dans la maison du Père. »

GEORGES BERNANOS

PROLOGUE

Du plus loin qu'il m'en souvienne, j'associe cette époque à la silhouette mystérieuse et trapue de celui que nous appelions l'Homme Sombre. Il arrivait à pied, par le chemin de gravier qui, une fois franchi le portail de métal peint en vert, menait à la villa de mes parents — la maison de mon enfance.

Ses pas brefs faisaient un bruit particulier sur la caillasse blanche mêlée au mâchefer gris, et nous reconnaissions aisément son rythme dans le silence de la nuit ; c'était la fin du repas familial, heure qu'il avait rituellement choisie pour rendre visite à mon père et l'engager dans une conversation incompréhensible dont certains éclats nous faisaient peur. Un soir, l'un des enfants, à l'écoute des pas crissants qui se rapprochaient, eut ces mots, prononcés avec emphase :

— L'Homme Sombre est en marche.

Et le surnom lui resta. Mais nous lui en avions donné d'autres, l'intitulant tour à tour l'Homme à la Canadienne puisqu'il en portait une par temps froid, grise et gainée de cuir rouge aux extrémités des manches ; ou encore Pauloto, puisqu'il se prénommait Paul et possédait une automobile — fait rarissime en ces temps de pénurie et de privations. C'était une Juvaquatre, noire comme il se devait, affublée de deux tuyaux à gazogène, qui étaient fixés à l'arrière sur le coffre à bagages, et que l'on avait baptisée Le Phaéton. Il ne la conduisait guère, mais elle joua un rôle important dans la fabrication de sa légende.

Je ne sais s'il faut attribuer à la sensibilité de ma mère ou à la vocation littéraire de mon père notre manie de décerner un sobriquet à chaque grande personne qui gravitait autour d'eux. Cela faisait partie des mille complicités qui unissent frères et sœurs, formant ce lien invisible qui attache les membres d'une famille dite nombreuse — et qui fait qu'encore aujourd'hui je peux énoncer certains noms, certaines onomatopées, indéchiffrables pour tout adulte normalement constitué sauf un, deux ou trois hommes et femmes —, lesquels, aux moindres surgissements de ces sonorités, perdront leur sérieux pour laisser apparaître derrière leurs masques blessés par la vie le rire de l'enfance. Grisaille, promiscuités, échecs et compromis, tout s'efface soudain, petits renoncements et grandes horreurs, tout s'évanouit ! Je ne perçois, dès lors, que l'intime chuchotement de notre passé, et, sur nos visages, on dirait qu'une force inconnue, par la grâce de quelques mots imbéciles, a lavé les cicatrices pour imposer l'émotion des saisons innocentes.

A quel trafic honteux s'adonnait Merlussy le Cyclope ? De quelle contrée étrangère arrivait Monsieur Germain dont nous n'entendions jamais le son de la voix ? Pourquoi la mention du nom de la belle

Madame Blèze faisait-elle naître des sourires sur les lèvres des hommes ? Qui était Sam, cet oiseau incongru au nez pointu, aux énormes lunettes et aux accents de castrat qui débarqua un jour dans nos vies ? Qu'allait donc chercher la petite Murielle dans l'obscur Chemin des Amoureux ? Ma gorge se serre. Les officiers allemands, bottés et harnachés, ont investi le premier étage et, depuis, mon père dort tout habillé sur le canapé dans le hall près du couloir qui mène vers nos chambres au rez-de-chaussée. Je ne suis même plus sûr qu'il ferme l'œil de la nuit. Le vent souffle sur la vallée du Tescou, qu'une fumée bleuâtre recouvre comme un voile ; il y a de la gelée blanche, le matin, derrière notre maison, et les cônes des sept peupliers démunis montent plus haut que d'habitude dans le ciel. J'écoute les cris des frères et sœurs jouant sur le terre-plein crayeux. Il se passe des choses attirantes et défendues derrière le manège des Allées Malacan, en ville, où les romanichels ont provisoirement installé leur roulotte. Une odeur de maïs, de figue, de mouton, de chasselas, de glaise grasse et mouillée vient se mêler au parfum des chênes-lièges, tandis que sur un disque 78 tours épais et noir, marqué de l'étiquette La Voix de son Maître, le phono fait entendre, susurré, mélancolique :

> « *J'attendrai le jour et la nuit...*
> *J'attendrai toujours*
> *ton retour.* »

La porte à laquelle je reviens frapper d'aussi loin semble mettre quelque difficulté à s'entrouvrir. Elle résiste, elle grince, est-il encore trop tôt pour entamer

17

ce long voyage ? Il me faut penser à l'Homme Sombre, parce qu'il constitue la première vision qui m'a été dictée de façon impérative. C'est lui, je le sens, qui peut me guider vers la région que toute mon imagination aspire à reconnaître.

Il avait une chevelure touffue, blanc argent; coiffé haut, un front large et saillant, un nez droit et fort, un menton carré, des yeux qui reflétaient une sorte d'ironie. Petit, court sur pattes, son corps ne correspondait en rien à cette remarquable tête et à sa façon de la redresser, ce qui lui donnait une allure belliqueuse, la stature d'un rebelle. Il était toujours vêtu d'un costume de drap noir à la veste croisée. Rien ne paraissait devoir modifier le regard narquois qu'il jetait sur le monde, les hommes qu'il prenait pour des pantins; les femmes, qu'il avait le don de mettre mal à l'aise.

Voilà désormais que son pas s'affermit un peu plus sur le gravier; le simple rythme de sa marche déchire de nouveaux lambeaux de mémoire, et les choses, graduellement, se recomposent. Mon père se lève, grand, solennel, aussi élancé que son ami est massif, et il traverse la salle à manger pour aller à sa rencontre. Les deux hommes échangent leur première phrase. Une complicité de chaque instant se dégage de leurs gestes. Leurs voix résonnent dans le hall au sol carrelé, celle de mon père, aride et monocorde, celle de l'Homme Sombre, rocailleuse et ricanante. Que peuvent-ils se dire, soir après soir ? Quel secret partagent-ils ? Cette question, parmi d'autres, va hanter les années du petit garçon.

Tout est secret pour le petit garçon. Tout est énigme, merveille. Dans cette province tranquille, sans âge, des jardins, aujourd'hui ordinaires, étaient forêts de Brocéliande ; des routes, aujourd'hui banales, promettaient un danger palpitant et les demeures les plus modestes semblaient receler autant de situations rocambolesques, personnages farfelus, drames et trésors cachés.

Petit garçon, je ne comprenais pas qu'il pût y avoir un ordre, un mouvement, et que l'action des hommes fût conduite par ce que l'on appelle, commodément, la force des choses. Cependant, aux environs de l'époque que j'ai choisie pour commencer cette histoire, une apparition va marquer mon âme vierge. Voici : une nuit, des bruits métalliques provenant de l'autre côté de la haie, dans la maison voisine de la nôtre, interrompent mon sommeil. Un instinct m'appelle à sortir des draps pour longer, dans la grande pièce obscurcie, les lits de deux de mes frères. L'aîné dort seul dans une autre chambre. Les trois filles sont là-haut à l'étage.

Je vais pousser le volet de la porte-fenêtre en bois vert qui donne sur la terrasse arrière. Dehors, tout est calme, sauf un vrombissement continu qui monte du vallon. Dans la distance, en bas du coteau qui mène vers le petit cours d'eau où dorment gardons et ablettes, je crois distinguer une forme dense et longue. Je connais ce paysage, il est notre horizon familier. Il se limite aux champs de tournesols et aux boqueteaux de roseaux sauvages qui bordent la rive la plus éloignée de la rivière, celle que nous n'explorons pas. Mais je ne l'ai pas encore observé en pleine nuit, et son aspect me trouble car je n'avais jamais remarqué la masse opaque. A la lumière du jour, elle n'existe pas. Mes yeux se perdent à contempler, debout sur la terrasse, incapable de me détacher de la rampe de bois où j'ai posé mes mains, cette obscurité oblongue d'où part le bourdonnement irréel. Combien de temps serai-je resté figé devant la vision? Lentement, /a s'échafauder en moi la conviction qu'il s'agissait d'une machine qui surgirait chaque nuit du lit de la rivière et dont le travail aurait consisté à manufacturer les heures qui passent. Le bruit qu'elle émettait était celui de cette chose dont parlaient les adultes et qui m'échappait : le temps. Je les entendais dire :

« Je n'ai pas le temps. »; « Nous avons du temps. »; « Il faudra du temps pour... »; « Donnez-moi le temps de... »

L'Usine à Fabriquer le Temps ! J'en ferai la description dès le lendemain, au plus proche de mes frères ; il l'acceptera, comme je sais recevoir ses propres fabulations. A mesure que je lui en parle, je me sens capable de la dessiner. S'élevant au milieu des eaux du Tescou, ruisselante et luisante, on dirait une immense construction de pierres couleur de nuit, sans porte ni fenêtre. A l'intérieur, des hommes sans visage, habillés comme des minotiers, surveillent une structure compliquée faite de roues, courroies et pistons, qui tourne sans fin sur elle-même.

— Qu'est-ce qu'ils font ? demande mon frère.

Catégorique, je réponds :

— Ils font du temps. Si tu n'en as pas, tu peux aller

en acheter. Les grandes personnes n'en ont jamais assez, elles y vont.

— Combien ça coûte ?

Je réponds que j'en ignore le prix.

Bientôt, pour abréger, nous n'en parlerons plus que comme de l'Usine. Je n'oublierai pas que j'ai découvert cette chose étonnante, parce qu'un bruit venu de chez le voisin m'avait réveillé. Aussi, dans nos conciliabules, allons-nous établir une correspondance entre l'Usine fantasmagorique et la maison du voisin, bien réelle, mais tout aussi énigmatique.

PREMIÈRE PARTIE

L'innocence

1

La maison du docteur Sucre n'était séparée de la nôtre que par une haie de lauriers. Il était aisé de s'infiltrer à travers la végétation pour pénétrer chez le voisin et tenter d'observer ses agissements. Pourtant, nous n'osions pas souvent poser pied sur le territoire du docteur Sucre et si nous aimions nous moquer de lui, nous le faisions de loin, car nous craignions quelques représailles dont seul pouvait être capable un membre de sa curieuse profession.

Il était « ciquiâtre » — appellation dépourvue de sens pour nous, jusqu'à ce que, sortie de la bouche d'un copain de classe, nous ayons entendu cette définition :

— Un ciquiâtre, c'est quelqu'un qui soigne les fous, et donc il est un petit peu fou lui-même.

Il faut imaginer le tout dit avec le fort accent natif de la plaine du Tarn, qui roulait et chantait autrement que l'accent des habitants de la Garonne ou de la Dordogne, et n'avait rien en commun avec les intonations plus pointues de « ceusses » de la grande ville, l'inaccessible et fascinante Toulouse, pas plus qu'avec les tonalités de cités éloignées et dures : Carcassonne, et, au-delà, des contrées jamais visitées, Béziers,

Perpignan, le bout du monde ! Notre accent à nous, ou plutôt celui de nos camarades du Lycée de Garçons, détenait une sonorité mielleuse qui imbibait toute fin de mot ou de phrase d'inflexions en « in » ou en « eu », si bien que la définition du docteur Sucre devrait s'écrire, à la manière phonétique :

— In ciquiââtreu, c'est qu'elquin qui soigneu les fous, et donqueu, il est un petit peu fou lui-mêmeu.

Si l'on veut véritablement circonscrire l'accent et le parler de ce pays, il faut remplacer point et virgules par le mot de trois lettres, « con ». Les couches respectables de la société de notre petite ville n'étaient pas atteintes par ce tic verbal, et nous avions tôt constaté qu'il y avait deux sortes de garçons : ceux qui s'adonnaient à cette coutume, et ceux qui, comme nous, observaient une certaine correction dans la pratique de la langue plutôt brutale de l'univers aux murs de briques rouges où nous étions tenus de limiter nos ébats. Ceux qui disaient « con » à tout bout de champ, comme un moyen de scander une phrase, n'étaient pas les mieux habillés, ni les plus policés, ni les plus prometteurs en classe. Mais leurs manies nous enchantaient, tout en nous révulsant, puisqu'elles nous initiaient à un monde plus vulgaire, et qui effleurait rarement les frontières de notre vie de famille — là-haut, dans la Villa, à l'écart de la rue et de son langage.

Pour être complet, je dirai donc que l'identité du docteur Sucre avait été révélée de la manière suivante :

— In ciquiââtreu — con — c'est quelqu'un — con — qui soigneu les fous — con — et donque — con — il est un petit peu fou lui-mêmeu. (On marque un temps) — con !

Et je crois, maintenant que ces sonorités s'ordonnent dans ma mémoire, que c'est le petit Pécontal qui avait livré l'information. Il était le plus petit des élèves de notre classe, une tête de bébé joufflu, des cheveux blonds posés comme la perruque sur le crâne d'une poupée en celluloïd, et il parlait avec un accent aussi dense que la molasse argileuse de l'Agenais, émettant toutes sortes de sentences définitives qui cherchaient à masquer son infériorité physique. Pécontal avait gagné mon admiration le premier jour de la rentrée des classes, pendant l'épreuve imposée par le professeur Furbaire. Celui-ci roulait fort les « r ». Moustachu, rugueux, un gros nez qu'il enfournait dans un vaste mouchoir pour émettre des bruits de trompette bouchée, le professeur Furbaire nous avait ordonné de nous lever les uns après les autres et de donner notre nom de famille à haute voix. Pétrifiés par l'incapacité de s'exprimer en public, nous avions bredouillé nos identités en mangeant nos mots, le front baissé, les yeux au sol. Seul, un petit bonhomme aux gestes atrophiés avait clamé, sur un ton d'une assurance rare :

— Je m'appelle Pécontal. Mes copains m'appellent Bas-du-Cul.

Le professeur Furbaire était resté figé sur sa chaise, aussi incrédule que l'ensemble des élèves.

— Rrrépétez ça pour voirrr, avait-il grondé.

L'enfant-nain aux cheveux d'or avait posément repris, pour le plus grand délice de toute la classe :

— Pécontal. Je m'appelle Pécontal. Et mes copains, ils m'appellent Bas-du-Cul.

Sur quoi, sans attendre, Furbaire avait répliqué en tendant le bras vers l'extérieur :

— Pécontal à la porrrte. PECONTALALA-PORRRTE !

Le petit Pécontal avait traversé la salle sous le regard éberlué des vingt-deux élèves de la classe de 7ᵉ et avait « pris la porte », geste que nous le vîmes faire près d'une fois par jour tout au long de l'année scolaire puisque, désormais, pour tout bruit, toute farce perpétrée dans son dos, Furbaire, sans se retourner vers son bouc émissaire, hurlait en continuant d'écrire sur le tableau noir : « PECONTALALAPORRRTE » — afin de lui faire payer jusqu'à l'éternité l'insolence de leur première confrontation. Sans protester, Pécontal se levait et marchait vers la sortie, me lançant une œillade au passage. Je le voyais ralentir à ma hauteur, ses chevilles anormalement courtes entourées de grosses chaussettes de laine blanche tricotée, ses yeux ronds enfoncés dans le haut de ses joues pleines, les oreilles décollées, la méchette blonde artistiquement bouclée sur son front bombé, son gros petit cul éclatant dans des culottes taillées dans un drap bleu marine. Il vous regardait d'un air pénétré, semblant préparer quelque blague, concocter quelque nouvelle inédite qui stupéfierait l'assistance, comme s'il avait mis toute sa minuscule énergie au service d'une outrecuidance destinée à épater les copains et défier l'autorité adulte.

Un élan de tendresse m'envahissait alors et j'aurais voulu le rejoindre pour décrocher en même temps que lui la pèlerine sur la rangée de portemanteaux et l'accompagner dans la cour où il errait en pénitence, mais je n'en faisais rien. Je l'aimais et l'admirais, tout en éprouvant à son égard une espèce de compassion, car je sentais, sans pouvoir l'expliquer, qu'il appartenait à la race de ceux que la vie condamne avant même qu'ils ne la vivent. Qu'est-il devenu ?

Depuis que nous connaissions la profession du docteur Sucre, nous ne cessions de demander à nos parents de l'inviter à l'heure de l'apéritif. Mon père exprima sa réticence :

— C'est un ostrogot, nous dit-il.

— C'est quoi, un ostrogot ? demandai-je.

Mon père aimait les mots. Il se plaisait à les lâcher avec une certaine parcimonie, afin qu'ils frappent notre imagination. Il jouait avec les références littéraires. Il citait Louis Blanc, Flaubert, Bergson, Paul-Louis Courier, Rivarol, Pascal et Montaigne, Vigny et Michelet, Rostand et Victor Hugo, Anatole France, et cent autres écrivains français dont il semblait connaître des pages entières par cœur. Au détour d'une conversation, il utilisait soudain un vocable rare, qui nous étonnait. En général, ces mots avaient une sonorité insolite, voire comique. Nous les répétions à haute voix et nous en faisions un jeu jusqu'à ce que notre père nous fournisse la traduction. Nous l'incorporions bientôt à notre langage, celui des frères et sœurs, et cela nous conférait un sentiment de supériorité vis-à-vis de nos camarades dans la cour du lycée. Non que nous eussions songé à utiliser devant eux les haridelles, cubicules, aliborons, ou autres résipiscences, dont mon père nous avait donné le sens — mais ces expressions nous appartenaient, elles constituaient les clés de notre univers fermé, là-haut dans la Villa, sur le chemin du Haut-Soleil que nous quittions seulement pour l'aller et retour vers l'école.

Peut-être mon père avait-il cru clore toute discussion avec cet « ostrogot », qui sonnait comme un mariage entre escargot et australien, mais le mot nous avait remplis de joie et, dans un accès de révolte unanime, les enfants se mirent à frapper de la main sur la table en psalmodiant le nouveau terme :

— In-vi-tons l'ostrogot ! L'ostrogot ! L'ostrogot ! L'ostrogot !

Ma mère, qui avait dix-huit ans de moins que mon père et vivait plus souvent à l'unisson de ses filles et garçons dont elle considérait qu'elle était la sœur aînée, se joignit au concert. Mon père eut l'un de ses sourires attendris qui éclairaient rarement son visage régulier, au front dégarni. Il céda à notre revendication.

C'est ainsi qu'en fin d'après-midi, un samedi, nous vîmes arriver, juché sur une bicyclette rouillée, le docteur Sucre vêtu de blanc. Tout nous intrigua en lui : qu'il ait décidé de prendre son vélo pour venir jusqu'à nous alors qu'il eût été simple de faire trois mètres à pied, en traversant la haie de lauriers qui séparait nos deux mondes ; qu'il soit habillé comme un pierrot lunaire : veste blanche, chemise et cravate blanches, chaussures blanches ; qu'il porte des lunettes teintées qui dissimulaient l'éclat de ses yeux ; enfin qu'il conserve, au bas de ses pantalons blancs, les deux énormes pinces avec quoi le cycliste protège le tissu. Il avait un air sournois — « chafouin » eût dit mon père, des petites dents noircies par le tabac et des mains sans grâce. Il regarda la rangée d'enfants qui le contemplaient en étouffant des rires et dit à mes parents, sur un ton dépourvu d'indulgence :

— Ainsi, ce sont eux dont j'entends si souvent les cris.

— Ils ne vous dérangent pas, j'espère ? fit mon père.

Le docteur Sucre ne daigna pas répondre. Mon père l'entraîna vers la terrasse arrière qui donnait sur la vallée, les peupliers et la rivière. Ma mère apporta du quinquina et des biscuits. Mon père s'efforçait à une conversation banale et nous restions, quatre nigauds et trois bécasses, tous les sept aux aguets, tendant l'oreille pour déceler dans ses phrases quelque intonation qui permette de confirmer la part de folie du « ciquiâtre ». Mais rien ne se produisit. Lassées, les filles gagnèrent leurs chambres, ainsi que le frère aîné. Trois des garçons restèrent accroupis sur le tapis de la grande salle à manger, surveillant les jambes du docteur Sucre. Il nous semblait de plus en plus bizarre qu'il ne détache pas les deux pinces en bois jauni, qui lui faisaient une silhouette si risible. Dorénavant, toute notre attention, notre passion s'étaient concentrées sur ces objets dont nous commentions la laideur et la taille, et nous échangions nos impressions à voix basse, les entrecoupant de hoquets de bonheur. Mon père eut un :

— Ça suffit les enfants !

Nous nous tûmes, jusqu'au moment où le docteur Sucre fit part de son désir de prendre congé. Il n'y eut guère de protestations.

— Je vous raccompagne, fit mon père.

Nous suivons, à quelques mètres. Devant la porte, alors que le docteur Sucre s'incline devant ma mère, je m'enhardis et lui pose une question :

— Dites, monsieur, c'est vrai que vous soignez les fous ?

Il se penche vers moi et acquiesce sans parler. Conformément au plan établi quelques minutes auparavant avec mes frères, je demande :

31

— A quoi ça se reconnaît, un fou ?

Il consent à répondre, sur un ton sentencieux, en pesant chaque mot :

— Les fous se reconnaissent à beaucoup de détails, me dit-il. Mais il y en a un qui ne trompe pas. Ils ont pour habitude de mettre des pinces à vélo à leurs pantalons, même et surtout lorsqu'ils ne font pas de vélo.

Puis il part d'un éclat de rire guttural, qui s'interrompt par une note restée perchée en l'air, et il nous quitte. Nous sommes médusés. Il y a, dans les yeux de mon père et sur les lèvres de ma mère, un brin d'ironie amusée mais nous n'avons pas le loisir de subir leurs sarcasmes, car je dois suivre jusqu'au bout le plan mis au point. Il s'agit de profiter du détour que va faire le docteur Sucre pour rejoindre sa maison, afin de traverser les lauriers, pour explorer le territoire et, si possible, l'intérieur de la demeure habitée par notre singulier voisin. C'est moi qui ai été choisi pour cette mission, je suis le plus jeune, le plus mince et à l'aise pour me faufiler dans la haie. Il est vrai aussi que mes frères ont pris pour habitude de me confier les expéditions de reconnaissance : je suis un garçon dévoré par la curiosité, et quoique habité par une peur de chaque instant, mon orgueil me dicte de masquer mes frayeurs afin de montrer aux aînés que je suis capable de tout, digne d'appartenir à leur troupe, et de figurer de manière héroïque dans le cahier qui renferme une part de la mémoire familiale.

Je ne sais qui a pris l'initiative de cette tradition : ma mère, ou sa fille aînée, Juliette. Mais depuis qu'elles sont en âge de rédiger, Juliette et les deux sœurs aînées, Jacqueline et Violette, ont entrepris de remplir les pages de l'Album. C'est un cahier de format plus large que ceux utilisés au lycée, dont ma mère a acheté plusieurs exemplaires à la Papeterie Centrale, rue de la République — plus connue sous le sobriquet « ruedelarep » — et dans lequel sont enregistrés nos exploits, nos bêtises, fables et légendes. L'Album est un objet précieux, que nous ne sommes pas tenus de montrer à nos parents. Il nous arrive de leur en faire, certains soirs, une brève lecture à haute voix, mais la plupart du temps, il reste dans le tiroir de la table de travail de Juliette. Chaque enfant peut le consulter.

Il est le réceptacle de nos mythes, des sobriquets que nous distribuons aux adultes, des phrases glanées dans la cour du lycée, des rengaines entendues pendant nos avancées dans le monde extérieur. Loin de constituer un journal à plusieurs voix, l'Album ressemble à un répertoire, un catalogue sans heure ni date, la nomenclature désordonnée de nos inventions. Les sentiments n'y sont exprimés que par des exclamations (« aïe ! » « oh là là ! ») et le style est plutôt télégraphique. L'Usine à Fabriquer le Temps y a fait son apparition ainsi, bien sûr, depuis très longtemps, que Pauloto, alias l'Homme Sombre. L'Album renforce la sensation tribale qui nous habite et que nous emportons lorsque nous nous déplaçons hors de la Villa, ses jardins et ses terres.

Quand nous partons le matin en direction du lycée, les quatorze roues de nos sept vélos font dans l'air limpide, avec les rayons et les chaînes, une musique qui n'appartient qu'à nous. La descente du chemin mal goudronné du Haut-Soleil est le prétexte à un déploiement orgueilleux : les filles en tête, les garçons ensuite, et moi qui ferme la marche et qui perçois les appels et les regards des voisins ou des passants. Je relève la tête sur ma petite bicyclette et quand les filles, arrivées au carrefour La Capelle, tournent en un seul et gracieux mouvement vers la gauche, vers leur collège, tandis que nous continuons tout droit pour atteindre notre établissement, j'éprouve un pincement au cœur de voir se défaire ce bataillon, mais je sais que nous nous retrouverons en fin d'après-midi et que nous remonterons la longue côte qui mène vers le Haut-Soleil, en appuyant sur le guidon, et qu'il y aura de nouvelles incongruités à consigner dans cet Album dont personne, à part notre groupe, ne comprend le sens réel, et ne connaît le prix.

Le souffle court, j'ai franchi la haie de lauriers. A quatre pattes dans l'herbe, je vais me dissimuler derrière une cabane de jardinier et j'attends le retour du docteur Sucre. Je détaille sa maison, plus petite que la nôtre, construite en pierre grise, laide, aucune lumière à l'intérieur. La bâtisse paraît vide, mais mon imagination me pousse à croire qu'il y a quelqu'un dans cette demeure. M'a-t-on vu de l'intérieur ? Suis-je surveillé à travers les fenêtres aux vitres sales par je ne sais quel pensionnaire de l'asile de fous où travaille le docteur Sucre et qu'il hébergerait ici pour lui faire exécuter des tâches domestiques ? C'est de là qu'était venu, l'autre nuit, cet étrange bruit métallique qui m'avait réveillé. A mesure que j'attends, accroupi dans l'herbe, avec la nuit qui gagne et modifie l'aspect de chaque objet, je regrette d'avoir été choisi pour accomplir cette incursion.

Ma faculté d'inventer me joue des tours. Les autres disent souvent de moi : « Il voit des choses là où il n'y en a pas » et je suis le plus fréquent contributeur aux pages de l'Album ; il m'arrive, bien qu'étant le moins âgé, d'endormir mes autres frères en leur racontant des histoires qui se construisent au moment où je les dis. Cette tendance me fait du tort. D'abord, on a du mal à croire ce que je rapporte. Ainsi, le « Bas-du-Cul » de Pécontal : « C'est faux, tu as tout inventé ! » — ce qui débouche sur mes protestations et une bagarre que je perds immanquablement. Je me retrouve cloué au sol par un aîné qui, poings et genoux sur ma poitrine, répète :

— Jure que c'est vrai ! Jure-moi que tu ne m'as pas menti !

Il m'arrive de me piéger, mon esprit s'emballe. Les solutions et les situations les plus affolantes se bousculent en moi et la peur prend le dessus et m'envahit au point de réclamer l'aide de la seule autorité qui puisse faire retomber cette fièvre : les parents. Si bien que je suis un petit garçon très sensible, en proie à plusieurs démons. Celui de conquérir son auditoire afin de se faire admettre et admirer. Le désir d'explorer et découvrir tout ce qui peut nourrir mon besoin de parader. Le démon de l'imagination qui se transforme en frayeur et provoque la nécessité du refuge dans les bras de ma mère ou à l'ombre de mon père — avec une exigence d'embrassades, un besoin d'être charnellement rassuré. Tout cela m'assaille par vagues contradictoires, je n'en comprends pas l'origine, je n'en ai pas trouvé le mode de contrôle.

Le bruit du vélo du docteur Sucre se rapproche. Je me recroqueville derrière la cabane de jardinier. Le voici qui apparaît, descend du vélo qu'il pose le long du mur de la maison. Dans la nuit, je ne parviens pas à

35

distinguer les traits de son visage, mais je peux suivre ses gestes. Le docteur Sucre se penche et défait l'une après l'autre les pinces à vélo. Il me semble qu'il les contemple avant de les fourrer dans sa poche. Il éclate d'un rire autre que celui de tout à l'heure et il fait trois fois : AH ! AH ! AH ! comme un ténor qui s'exercerait la voix. Il reste debout devant la porte d'entrée et je crains qu'il n'ait décelé ma présence, mais il n'en est rien. J'assiste à une scène encore plus déroutante : le docteur Sucre parle à haute voix.

— Je les ai eus, ces petits crétins, dit-il en s'adressant à l'obscurité qui l'entoure.

Et il rit à nouveau, pour, ensuite, pénétrer dans sa maison. Une ampoule électrique s'allume. A travers les vitres, je vois la silhouette longiligne du docteur et je peux l'entendre proférer une nouvelle exclamation. Il répète à satiété : « Ce sont des petits crétins ! » puis, c'est le silence. Je me redresse et pars, convaincu qu'il me sera impossible de restituer le tableau sans encourir les habituels reproches d'inventions, persuadé que je viens d'assister à un spectacle obscène, celui d'un homme, une grande personne ! qui rit tout seul et se parle à lui-même, sans se savoir observé.

Plus tard, j'ai fait mon récit à ma sœur aînée, Juliette, afin qu'elle le dépose, tel un greffier, dans l'Album. Son résumé m'a paru fidèlement traduire la gravité de mon témoignage. « Il n'est pas sûr, écrivit-elle, que notre voisin le docteur Sucre soit fou. Mais une chose est certaine : il *déteste* les enfants !!! »

2

Pour parler du temps dont je parle, je veux essayer de retrouver — et cela doit être accompli sans effort — le vocabulaire de ce poète et chanteur, qui, sa vie durant, sut employer des mots simples, aujourd'hui surannés, autrefois magiques. Des mots aujourd'hui vidés de leur sang et de leur sens, mis au rencart; autrefois forts et qui allaient droit au but, clairs comme le ciel par-dessus les toits, la fleur bleue, la course d'un facteur à vélo à travers champs.

Comme les mots ont changé, ainsi que leur usage, et comme les modes ont flétri les épithètes qui façonnaient une partie du langage transmis par nos parents ! Lorsqu'ils disaient d'une fille qu'elle était « jolie », ce terme suffisait pour exprimer l'harmonie, et cette sensation de plaisir que procurait la silhouette de la demoiselle — autre appellation qui ferait sourire plus tard. Quand je lis aujourd'hui, au détour de n'importe quelle phrase les adjectifs hyperboliques : superbe, somptueuse, magnifique, je ne me souviens pas les avoir entendus pendant mon enfance, et il ne serait pas venu à l'esprit du poète de les choisir pour décrire la fille en question. « Jolie » faisait largement l'affaire.

Les mots pesaient un autre poids, ils sonnaient diffé-
remment ; leur musique traduisait la réalité de leur
temps, mais il ne sert à rien de regretter cette musique,
car les temps qui ont suivi ont eu besoin d'autres mots,
puisque de nouvelles sciences et techniques, nouveaux
commerces, nouvelles images, ont engendré de nouvelles mœurs, donc une nouvelle langue, quasiment
étrangère à celle que j'ai reçue en héritage.

Quand mon père me tendit pour la première fois
l'édition Julien Rouff et Compagnie (14, cloître Saint-
Honoré, Paris) des *Misérables*, il prononça le terme :
« chef-d'œuvre », sur un ton qui m'imposa le respect.
Il me fallut six mois pour lire l'énorme volume relié de
cuir rouge et or, constellé de gravures de Brion, Vogel,
Morin, Valnay, et à la page 325 — un dessin de Victor
Hugo lui-même, le portrait du sinistre Thénardier !
Dès lors, je me mis à mesurer les « chefs-d'œuvre » à
l'aune de celui qui m'avait été offert : un « chef-
d'œuvre », c'était quelque chose qui devait être aussi
puissant, foisonnant, envoûtant que l'histoire de Jean
Valjean, Cosette, Javert et Monsieur Madeleine —
quelque chose qui remuerait autant mon âme, meuble-
rait autant mes rêves, ferait autant galoper mon
imagination. Aujourd'hui, l'appellation court les rues,
cela va de soi. A l'époque, le mot avait pris, chez moi,
une résonance grave, de nature quasi religieuse.

De la même manière, j'avais été marqué par deux
autres mots utilisés par mon père, un jour qu'il s'était
adressé « aux enfants ».

Lorsqu'il nous englobait tous dans la même admo-
nestation, c'était pour corriger notre folie collective, un
débordement de bruits, cris, chahut, pour endiguer le
torrent de corps et de jambes qui dévalaient les

escaliers et les couloirs, et ne pourrait s'arrêter qu'au prix d'une intervention magistrale. Nous appelions cela « faire cavalcade ».

A la fin de la journée, lorsque les aînés — « les grands » — avaient achevé leurs tâches scolaires pour le lendemain, il semblait qu'ils fussent gagnés par un besoin de retrouver les trois autres — les « petits » — qui jouaient chacun de son côté, l'un dans les chambres du fond, l'autre au grenier, un autre encore sous les sept peupliers plantés par mon père — un arbre par enfant. L'aîné, Antoine, ouvrait la fenêtre de sa chambre et hurlait à la cantonade :

— Cavalcade ! cavalcade !

La première réaction venait de l'aile occupée par les filles et la voix de Juliette répétait en écho :

— Cavalcââââde ! Cavalcââââde ! — car elle allongeait les fins de ses mots en y ajoutant quelques accents circonflexes, pour obtenir une intonation à la Edwige Feuillère — actrice qu'elle vénérait et dont elle voulait imiter la diction, la distinction, alors que nous lui trouvions un accent maniéré. (Nous n'avions pas encore appris l'usage du mot « snob », il nous viendrait avec l'intrusion de Sam dans nos vies, mais j'en parlerai plus loin, lorsqu'il débouchera dans ce récit, l'œil globuleux, le cou d'un héron, et les mains d'une femme.)

Les autres filles, puis les autres garçons répondaient depuis tous les coins de la propriété et nous nous mettions à courir les uns vers les autres jusqu'à un point de ralliement situé sur le terre-plein central sous la terrasse, autour d'un haut tas de rondins de bois qui servait, selon les jeux inventés, de forteresse, paquebot, locomotive, ou char romain. Lorsque la bande s'était formée, elle entamait sa « cavalcade », le principe consistant à n'observer aucun arrêt et à tout tenter pour rester en tête de la vague déferlante. Cela signifiait que l'on s'attrapait par la chemise, la jupe, les bras, les épaules, le pantalon, chacun dégageant l'autre sans brutalité. Il arrivait que l'on trébuche, mais on se relevait pour rejoindre l'essaim qui envahissait le hall du rez-de-chaussée, déboulait par l'escalier vers la cave, s'engouffrait dans les salles de la buanderie pour remonter quatre à quatre et grimper jusqu'aux étages, traversant pièces et salon, renversant des chaises au passage, claquant les portes et piaillant, criaillant, le bruit des piétinements résonnant sur le plancher et se répercutant en cascade sous les plafonds.

Une sorte de petite hystérie parcourait la horde. Un observateur lointain aurait pu croire que celui ou celle qui menait la cavalcade transportait au creux de ses mains une invisible flamme que chacun voulait s'approprier, à la manière des premiers hommes de la guerre du feu. Je soupçonne Antoine, qui avait déjà contracté une passion sans limites pour le jeu du rugby à quinze — le sport le plus populaire de la région —, d'avoir voulu imprimer à notre agitation la même frénésie qu'on peut suivre dans une ligne d'avants qui se déchaîne à quelques mètres de la ligne d'en-but, chaque homme qui s'écroule transmettant le ballon à celui qui le suit. Mais notre cérémonie était plus abstraite, donc plus belle, puisqu'elle n'avait aucun objectif de conquête, aucun point à marquer, et n'était traversée que par la seule dynamique de la complicité, le besoin de se libérer d'un excès d'énergie, le désir inconscient de se toucher les uns et les autres, se heurter sans se blesser, le tout transcendé par la présence des trois filles qui apportait à la cavalcade ses rires plus aigus, ses chairs plus fragiles, ses cheveux plus fous, et ce froissement continu du tissu des robes et blouses qui suscitait chez moi une émotion que je ne comprenais pas.

Nous ne mesurions pas l'effet de notre chahut chez les adultes. Notre mère, toute indulgence et tendresse, nous aurait volontiers rejoints dans notre course, mais il n'en était pas de même pour notre père si les excès de la cavalcade avaient atteint son bureau, situé au centre du rez-de-chaussée, entre la grande salle à manger-salon et les chambres de certains enfants. Malgré la folie qui nous envahissait, nous évitions ce lieu tabou avec précaution. La porte était constamment fermée. L'homme y passait des heures seul, à lire ou méditer, lorsqu'il ne recevait pas ses visiteurs qu'il n'appelait jamais « des clients ». Quand la cavalcade s'approchait du bureau, elle se faisait chuchotante, ralentie. Cependant, nous dépassâmes les bornes un jour et l'on entendit un « Ah ça mais ! » violent et coléreux.

Il sortit de son bureau et appela « les enfants » pour tenir un discours d'où il ressortait que nous avions ce qu'il appelait des droits, mais aussi des devoirs, et que les uns ne devaient, en aucune circonstance, prendre le pas sur les autres. Droits et devoirs. Devoirs et droits.

— Ces mots doivent commencer à vouloir dire quelque chose aux plus âgés d'entre vous, dit-il en s'adressant à Antoine et à Juliette, les aînés, et si ça n'est pas le cas, alors c'est à désespérer de vous. Et pour vous autres, les plus petits, même si cela ne signifie rien, essayez de vous en souvenir ainsi : vous avez deux poumons dans votre poitrine, qui permettent de respirer. C'est une loi de la nature. Vous aurez du mal à respirer si vous ne vous servez que d'un seul poumon. Eh bien, vous devez partager vos droits et vos devoirs dans une mesure égale. Vous avez le droit de vous amuser, mais vous avez le devoir de respecter le travail et le silence des autres.

Il se tenait debout au milieu de ses sept enfants, qu'il avait invités à s'asseoir sur le carreau du grand hall de l'entrée. Les enfants levaient la tête vers cet homme aux cheveux blancs, aux lunettes d'écaille, dont les verres épais masquaient le gris-vert et bleu de ses yeux anormalement doux mais que les enfants croyaient sévères, cet homme au mètre quatre-vingts athlétique et harmonieux. Les enfants relevaient la tête vers la statue de rigueur, tentant de comprendre sa démonstration. Pour l'illustrer, il porta sa main droite sur le poumon droit, la gauche sur le poumon gauche. Puis il détacha la main droite en disant « vos droits », la plaqua à nouveau sur sa poitrine et fit le même geste avec la main gauche, côté cœur, en disant « vos devoirs ». Après quoi, il fit retomber les bras le long de son corps et prit une large inspiration puis une aussi ample expiration, pour indiquer que ses deux poumons fonctionnaient à merveille, maintenant qu'il avait donné la même chance aux devoirs qu'aux droits, au poumon gauche qu'au poumon droit.

Nous regardions, vaguement coupables, les fesses refroidies par le carreau du hall, intrigués par la leçon et attentifs au sérieux que lui avait donné notre père, comme il le faisait pour tant de choses. Antoine, l'aîné, s'était resserré contre Juliette ; on eût dit un très jeune couple à qui l'avenir, soudain, fait peur. Je ressentis une morsure de jalousie à leur égard, car je les aimais plus que mes autres frères et sœurs. J'admirais Antoine que je voulais imiter, mais il me semblait lointain, indifférent au récit de mes audaces, que je multipliais afin de gagner sa confiance. Quant à Juliette, j'aurais voulu qu'elle me pressât souvent contre elle et que je puisse sentir le parfum de ses cheveux avec la même liberté que je le faisais lorsque j'étais dans les bras de ma mère, mais la jeune fille ne répondait pas à mon exigence, et j'en souffrais.

Je ne sais quel effet les deux mots expliqués par mon père eurent sur l'ensemble des enfants. Pour moi, quelque temps plus tard, pendant l'heure hebdomadaire d'éducation civique, lorsque le professeur Furbaire fit allusion à la notion de « devoir », je ne pus m'empêcher de jaillir et me frapper la poitrine en clamant : « le poumon gauche, le poumon gauche ! », ce qui me valut un éclat de rire de l'ensemble de la classe et un « ALLAPORTE » aussi spontané de la part du maître.

Enfin, lorsque le froid venu, au moment d'enfourcher les vélos, ma mère nous recommandait : « Couvrez vos poitrines », elle venait croiser une longue écharpe de laine sous ma pèlerine. Chaque pan de l'écharpe était soigneusement rabattu de chaque côté de mon buste. Je m'abandonnais à la douceur du geste, prenant plaisir à me faire emmitoufler, tandis que les autres attendaient, faisant retentir les sonnettes sur les guidons en criant :

— On va être en retard !

Je me disais, en la voyant croiser l'écharpe, que ma mère réchauffait aussi bien le poumon de mes droits que celui de mes devoirs, et que je pouvais partir vers les éléments inconnus qui ne manqueraient pas de surgir en salle de classe, dans la cour, ou le long des rues de notre aller et retour, car j'étais nanti d'une certitude qui m'avait, jusqu'ici, échappé.

3

Parmi les autres mots qui s'inscrivirent en moi, il y avait celui-ci : « héros ». Il me semblait qu'il en existait plusieurs sortes.

D'abord, ceux que m'apportait la lecture : Jack London, Fenimore Cooper, James Oliver Curwood, les feuilletons de Paul Féval et les aventures du capitaine Corcoran — un nom que je trouvais enchanteur. Je rêvais des pays qu'ils avaient traversés, des obstacles qu'ils avaient franchis. La vie quotidienne offrait d'autres exemples, plus prosaïques.

Les héros de la cour de notre lycée étaient ceux qui déployaient une qualité physique hors du commun. La mentalité de notre établissement était calquée sur celle de la petite ville, dont les habitants avaient toujours voué un culte aux hommes forts, aux manieurs de ballons, ceux qui possédaient des jambes rapides, un souffle long, les champions locaux sur le passage desquels les femmes délurées se retournaient dans la rue principale, ou sous les platanes des Allées Malacan. Etre doué pour un sport représentait la garantie d'une immunité sociale ou scolaire. Un professeur, fraîchement débarqué, venu « du Nord » — contrée indéfinie qui désignait toute portion de territoire située au-dessus des contreforts du Limousin, avait osé sanctionner le meilleur joueur de rugby du lycée, un certain Labartète. Non content de lui avoir administré un zéro pour copie non remise, il avait ajouté quelques heures de « colle ». Consternés, les élèves en un chœur indigné avaient révélé à cet ignorant la loi non écrite :

— Mais monsieur ! on ne punit pas Labartète !

On ne punissait pas non plus le sauteur en hauteur, Julien Darbezy, qui détenait le record de France des cadets avec un bond de 1,77 m. Il avait un corps élancé et le teint pâle comme l'ont, paraît-il, la plupart de ceux qui pratiquent cette spécialité. On le voyait traverser la cour, indifférent à la rumeur qui le suivait ou le précédait :

— C'est Darbezy — con —, le recordeumanneu.

Seuls, étaient dignes d'accrocher son regard un Labartète ou encore un Marquez, autre rugbyman, puissant et féroce. Les trois héros ne bavardaient qu'entre eux, petit groupe détaché du reste de la meute des élèves.

Nous nous interrogions sur ce qu'ils pouvaient se dire ; aucun d'entre nous, et surtout pas les petits qui nous aventurions parfois dans la cour des grands, n'aurait imaginé qu'ils échangeaient de plats propos sur la nourriture qu'on servirait au réfectoire, ou le temps qu'il ferait dimanche, lors du prochain match. Labartète avait les cheveux noirs et calamistrés — il se faisait un « cran », la mèche roulée en arrière et en hauteur ; Marquez était aussi brun, avec un visage plus mat, le nez déjà écrasé au cours d'une rixe qui avait suivi un plaquage brutal, des lèvres gonflées, comme d'un trop-plein de sang. Tous deux étaient pensionnaires. Les « penscos » portaient tous une blouse grise, mais Marquez et Labartète s'en étaient très tôt dispensés et ce n'était pas le proviseur, répondant au nom de Monsieur Poussière, qui aurait osé leur en faire le reproche. Monsieur Poussière ressemblait à son nom. Il était chétif, moustachu, voûté, et rasait les murs des couloirs en évitant les regards. Il était souvent vêtu d'une pelisse plus longue que son corps, qui contribuait à ralentir sa fuite devant les réalités de son emploi.

Darbezy n'était pas « pensco ». Sa blondeur et sa pâleur, ainsi que sa longue silhouette contrastaient avec les apparences plus latines et plus bovines des deux autres. On murmurait que, quelques minutes avant d'établir son record historique, il avait mangé plusieurs morceaux de sucre imbibés d'éther. Avec deux de mes camarades, nous avions résolu de mettre cette recette à l'essai, pour voir si, « comme ça, on peut sauter plus haut ».

Le petit Desquinesse, dont le père était pharmacien, avait fourni l'éther dans un flacon enveloppé de coton et retenu par une bande élastique. Bonhomme, de son côté, garçon roux aux oreilles décollées et à la mine hilare avait, comme moi, subtilisé quelques carrés de sucre à domicile. Cela n'avait pas été simple. Le sucre devenait, nous ne comprenions pas pourquoi, une denrée de plus en plus précieuse que nos mères économisaient et entassaient en réserve dans les plus hauts rayons des placards. L'expérience n'avait de sens que si nous pouvions absorber les sucres un instant avant l'exercice de saut sur le tas de sable. Ainsi, on pourrait savoir à quoi Darbezy devait véritablement sa gloire.

Nous voilà enfin, un matin d'hiver, il fait très froid, avec nos accessoires qui gonflent les poches de nos tabliers sous lesquels nous sommes en tenue de saut — tricot de corps, caleçons, socquettes et espadrilles. A l'heure de la récréation, nous nous accroupissons derrière un tas de sable qui jouxte le préau. Desquinesse commande l'opération :

— Sortez les sucres ! je sors le flacon.

Chacun tend son morceau et Desquinesse, ayant débouché le flacon, verse quelques gouttes du liquide dont l'odeur violente et inconnue monte à mes narines. Nous tenons chacun au creux de nos mains les petits carrés imbibés mais Desquinesse a mal mesuré les doses. Le sucre est vite attaqué par l'éther et se dissout entre les doigts. Il faut choisir : avaler le magma poisseux ou le jeter. Bonhomme opte pour cette solution.

— Dégonflé, siffle Desquinesse.

Mais il n'a pas plus de courage et décide, son tour venu, de se débarrasser du sucre comme du flacon, qu'il enfouit dans le monticule sablonneux. J'hésite. C'est alors que je vois Monsieur Machigot, professeur de mathématiques des grandes classes, se diriger vers nous. C'est un homme effrayant. Il est grand, blême, il porte une perruque qui a fait de lui, dans nos conversations aussi bien que les comptes rendus de l'Album, un sujet d'hilarité et d'interrogation. Il ne se sépare jamais d'un chiffon avec lequel il nettoie le tableau noir ; il l'appelle un « effaçoir », et mon frère aîné Antoine, qui a le malheur d'être l'un de ses élèves, a déjà raconté dans l'Album que l' « effaçoir » sert à gifler le visage de ceux qui ont mal fait leurs calculs. Dernier trait : Machigot est l'un des rares professeurs du lycée qui parle sans l'accent de la région, sur un ton pointu, avec une voix de stentor. C'est ce timbre que j'entends résonner sous le préau :

— Qu'est-ce qui se passe un peu par là-bas, hein ?

Desquinesse et Bonhomme m'encadrent et se rapprochent de moi comme pour me protéger. Je porte la main à ma bouche et j'avale le sucre. Une sensation désagréable m'envahit, langue cotonneuse, tympans qui se bouchent. Machigot agite son « effaçoir » devant mes yeux et m'interroge :

— Qu'est-ce que tu as avalé, dis-moi, mon garçon ?

— Rien monsieur, dis-je.

Je ne cesse de fixer des yeux sa perruque jaunâtre, moumoute ridicule dont le vent de l'hiver soulève les franges au sommet de son front et le long de ses oreilles. L' « effaçoir » difforme et gris-blanc crayeux se balance au bout de sa main. Il s'adresse aux autres :

— Qu'est-ce que vous fabriquiez ici tous les trois ?

— Rien monsieur, répondent mes amis.

A ma surprise et mon soulagement, Machigot semble se désintéresser de nous. Il rengaine l' « effaçoir » et se redresse, l'œil braqué vers d'autres horizons, la cour des grands, au bout du préau, où il sait qu'il pourra mieux exercer son autorité et savourer la hargne permanente qui l'habite.

— Je vous les laisse, lance-t-il à l'adresse du prof de gym qui vient de se rapprocher de notre groupe.

Il s'en va. Le prof de gym, moins curieux que Machigot, nous fait mettre en rang. L'éther a fait son effet et je me sens affaibli mais aérien, légèrement malade. Desquinesse et Bonhomme chuchotent :

— Alors ?

— Rien, dis-je, le cœur au bord des lèvres, prêt à défaillir.

Nous enlevons nos tabliers pour la séance de saut, le froid attaque nos jambes et nos bras nus. Lorsque vient mon tour de sauter, je prends mon élan pour courir vers la ficelle rouge tendue entre deux piquets de bois au-dessus du tas de sable, le tout pompeusement baptisé « aire de saut » par notre prof de gym, un jeune homme amical qui lance, au moment de l'effort, une phrase qui semble le mettre en joie, et qu'il répète plusieurs fois par jour :

— Sursum corda ! autrement dit : — montons à la corde !

Il s'appelle Pouget. Son visage serait banal s'il n'offrait la singularité d'être doté de deux joues rondes, gonflées, de couleur écarlate avec, en leur centre, une pâle portion de peau. On dirait qu'un maquilleur a dessiné deux cercles au crayon rouge pour poudrer l'intérieur de blanc. Avec notre manie de distribuer des surnoms, nous avons inventé pour Pouget celui de Joues-Rouges-Au-Milieu-Pas. Juliette l'a trouvé indigne de figurer dans l'Album parce que trop « bébête », mais c'est ce qui ravit les plus jeunes d'entre nous : la stupidité du sobriquet et le réalisme de sa description.

J'entame ma course, partagé entre l'espoir de m'envoler très haut au-dessus de la ficelle, tel l'archange Darbezy, et celui d'évacuer le goût insupportable de l'éther. Arrivé devant l'obstacle, je ne sens plus mes jambes et je m'étale à plat ventre, le nez dans le tas de sable, entraînant ficelle et piquets dans ma chute. J'entends que l'on s'esclaffe et je reconnais

parmi les voix celles de mes complices, Desquinesse et
Bonhomme, et je devine qu'ils éprouvent une sorte de
satisfaction, car malgré mon acte valeureux (contrairement à eux, j'ai eu le courage d'avaler le sucre) il n'est
rien arrivé d'extraordinaire. Je ne suis pas devenu un
héros.

Furbaire qui roulait les « r »; Machigot emperru-
qué, œil fixe et démarche militaire; Joues-Rouges-Au-
Milieu-Pas avec son lamentable « montons à la
corde »; le docteur Sucre et ses pinces à vélo; le
proviseur Poussière enveloppé dans sa pelisse, trico-
tant de ses petites jambes au milieu de l'établissement
qu'il était censé régenter; combien d'autres adultes
avions-nous ainsi épinglés au tableau de nos sarcasmes? Pourquoi nous paraissaient-ils tous, ou presque, des personnages ridicules, les « pantalons » d'une
comédie dont notre jeune âge nous empêchait de
connaître détours et normes? Quelle veine nous poussait à tourner en dérision tout ce qui n'appartenait pas
au cercle sacré de la Villa, toute grande personne à
l'exception de nos parents et l'ami de mon père,
l'Homme Sombre?
Nous ne recevions que des bribes de leurs conversations, mais elles roulaient sur les trivialités de la société
dont l'Homme Sombre venait rapporter les péripéties
à mon père. Celui-ci, enfermé dans le bureau de sa
maison située en hauteur, à l'écart de la ville, recevait
ses visiteurs dont il décrivait, à son tour, à son ami les
faiblesses et les manques. Tous deux, alors, s'adonnaient à leur exercice favori, la contemplation scepti-

que et désenchantée de la nature humaine et l'état d'un monde en voie de disparition.

Il prononçait des mots : absurdité, idéalisme, souffrance ; l'Homme Sombre répondait par quelques ricanements et disait : lucre, vanité, luxure. On en venait aux rapports entre hommes et femmes et, bientôt, à l'évocation d'un passé qu'ils semblaient avoir eu en commun. Les verbes, dès lors, viraient à l'imparfait, leurs voix se faisaient plus confidentielles, et, dans ces instants-là, nous sentions qu'ils partageaient un secret et que ce secret continuait de palpiter entre eux. Ma mère s'écartait du duo et je ne devais qu'à ma petite taille de pouvoir traîner sous les meubles ou derrière le grand sofa et j'entendais « lui », et j'entendais « elle ».

Ils étaient nos héros les plus tangibles. Ceux de mes lectures ne vivaient que dans mes rêves ; ceux de la cour du lycée révéleraient rapidement leurs limites ; mais les deux hommes aux cheveux blancs, plus âgés que la plupart des pères de nos camarades, représentaient l'autorité, la sagesse, la pratique de la vertu. Leurs traits nous paraissaient nobles, leurs démarches dépourvues de toute faille comique, leurs gestes ne prêtant, à nos yeux, à aucune caricature. Par-dessus tout, la présence, au cœur de cette famille et de la Villa, d'une mère aux gestes et aux attentions d'amour, renforçait ce sentiment de sécurité propre à l'enfance : on a peur de tout mais on n'a peur de rien, puisqu' « ils » sont là. Ces adultes représentaient des blocs rassurants, des ancres à quoi accrocher nos angoisses et nos timidités, notre ignorance des réalités de la vie.

52

Cependant, les héros ne pleurent pas, et Antoine les avait vus pleurer, un soir. Il avait tenté de dissimuler cette découverte, mais l'événement était trop lourd à porter, et il avait fini par le raconter à Juliette et ils s'étaient juré qu'ils ne le diraient à personne d'autre. Personne ne devait savoir !

4

Oui — il les avait vus pleurer ; les deux hommes mûrs, les complices, les impitoyables juges de leur société, il les avait vus verser de courtes et silencieuses larmes, assis dans leurs fauteuils disposés en arc de cercle autour d'un meuble trapu, construit dans du bois, de l'acier et du mica, et que l'on n'appelait pas encore la radio à l'époque, mais la TSF.

Une grosse chose brune et mastoc posée au fond du grand salon-salle à manger contre le mur, parallèle à la pendule qui sonnait les heures, un merveilleux instrument qui offrait de la musique et de la parole, dont seuls les parents avaient le droit de tourner les boutons ronds.

Ce soir-là, il faisait doux et chaud, et les jours duraient plus longtemps que d'ordinaire, avec une lumière dorée sur le versant est du Tescou, une lumière de fin d'après-midi de juin, les odeurs de foin coupé sous les peupliers où les frères, les sœurs et leur mère avaient élu de prolonger un goûter en forme de pique-nique, avec poires, pêches, prunes, cerises et des biscuits en abondance — de savoureux sablés longs, secs et sucrés, fabriqués de l'autre côté de la ville par la

Biscuiterie Loupe. Le propriétaire était un visiteur régulier de la Villa et comme mon père, depuis qu'il avait rouvert son cabinet, refusait de faire payer ses consultations, on le rémunérait en nature, si bien qu'en échange d'une expertise fiscale, le riche Monsieur Loupe, qui conduisait des voitures rapides, des Delage ou des Delahaye, et avait une femme blonde et bien cambrée, avait fait parvenir une livraison géante de ses meilleurs produits. On avait entassé les paquets de caisses métalliques dans le grenier au-dessus de l'aile occupée par les filles ; il ne se passait pas une semaine sans que l'on s'adonne à quelque orgie de sablés. Lorsque les boîtes étaient vides, on les descendait à la buanderie ; une boîte métallique vide, à cette époque, cela pourrait toujours servir.

Comme il faisait encore chaud, dehors, sous les peupliers, et que l'on manquait d'eau fraîche, Antoine avait été chargé d'aller remplir les deux thermos qui avaient servi au pique-nique. Il avait couru vers la Villa, et avait trouvé la porte-fenêtre fermée de l'extérieur, ce qui lui avait semblé bizarre, et il avait emprunté l'entrée latérale par le petit escalier de pierre qui donnait directement sur la cuisine. Là, il avait rempli les thermos, et pendant que le robinet coulait, son oreille avait été attirée par un son. C'était comme un chuintement verbal, la voix filandreuse et monocorde d'un inconnu qui prononçait des phrases qu'Antoine, depuis la cuisine, ne pouvait déchiffrer. Il s'était rapproché, à pas menus, par le corridor qui menait vers la salle à manger. La porte de séparation était fermée, mais en écartant le rideau de voile qui recouvrait cette porte à carreaux vitrés, Antoine avait pu voir son père, assis d'un côté de la TSF, et l'Homme Sombre assis de l'autre, tous deux dans la même posture, buste penché vers le poste, leurs mains retenant les bras des fauteuils comme deux paralytiques qui s'accrochent à leurs petites voitures, et il avait été frappé par cette vision : ils avaient l'air vieux, malades, malheureux, et surtout, à bien y regarder, et la lumière était suffisamment forte, le soleil perçant par la porte-fenêtre de la terrasse et les éclairant dans leur dos — pour qu'il soit certain d'avoir bien vu —, surtout, les deux hommes pleuraient. L'un des deux, par brefs instants (Antoine se souvenait qu'il s'agissait de l'Homme Sombre), essuyait le dessous de ses paupières au moyen d'un mouchoir blanc qu'il sortait, puis rentrait, puis sortait à nouveau de la pochette de son veston en tissu noir.

Douloureusement surpris par sa découverte et ne sachant encore quelle interprétation lui donner, Antoine avait songé à battre retraite, mais la curiosité et la peine l'avaient poussé à s'agenouiller afin de tendre l'oreille à hauteur de la serrure. Il avait alors compris que le chuintement étrange, cette voix sénile d'un inconnu de l'univers familier de la Villa, provenait de la TSF et il avait cru percevoir une phrase qu'il n'aurait pas retenue si, à plusieurs reprises, après qu'ils eurent éteint le poste en tournant le bouton, les deux hommes ne l'avaient répétée, comme pour se persuader qu'ils avaient compris la même déclaration : « Je fais à la France le don de ma personne pour atténuer son malheur. »

Ils se levèrent de leur siège à la façon des gens fragiles du dos qui redressent avec prudence leur carcasse et leurs muscles. Ils avaient l'air atterrés. Leurs yeux étaient secs, maintenant. Le père entama son habituelle marche d'un bout à l'autre de la vaste pièce, et l'Homme Sombre resta, figé, arc-bouté contre l'un des murs. Antoine craignait d'être pris à écouter aux portes, mais il éprouvait la nécessité d'en savoir plus, afin de pouvoir accepter de vivre avec cette vision destructrice d'adultes en train de pleurer. Mais les deux hommes ne procédaient pas à ce qu'on appelle un échange ; chacun, plutôt, semblait vouloir vider son sac, se libérer de pensées accumulées à l'écoute de la radio, et l'un n'attendait pas que l'autre eût achevé de s'exprimer, si bien que, d'un bout à l'autre de la salle, les phrases se bousculaient et se chevauchaient, ce qui rendait l'ensemble difficile à suivre pour Antoine. Il put néanmoins retenir des noms, des mots : « Pétain », « mensonges », « armistice », « désastre », « démission » et « la France », qui revenait fréquemment dans les deux monologues qui se croisaient, cette France dont ils parlaient comme s'il s'était agi d'un être humain, une femme qui venait de subir un grave accident et dont ils semblaient constater et déplorer l'état d'extrême danger. L'Homme Sombre, de sa voix rocailleuse où la colère et le ressentiment l'emportaient sur le chagrin, répétait en scandant à coups de son juron favori :

— Les Boches, putain con, tu te rends compte, les Boches !

— Oui, répondait le père, plus sobre, je me rends compte.

— Tu avais raison, reprenait son ami, putain, tu avais vu juste !

Enfin, mon père conclut après lui et sur le même ton incrédule :

— Les Boches ! la France !

Puis ils se turent et ils se regardèrent, affligés, impuissants, les bras ballants, les corps voûtés, défaits.

Antoine avait pris la fuite et rapporté les thermos remplies pour les pique-niqueurs. Plus tard, dans la nuit, il s'était levé, avait quitté sa chambre du rez-de-chaussée, avait grimpé jusqu'à l'étage des filles, il avait réveillé Juliette et lui avait raconté la scène. Dans la grande maison silencieuse, les deux adolescents avaient fait le pacte de ne rien révéler aux autres frères et sœurs ; ainsi devinrent-ils plus complices, et même si Juliette consacrait la plupart de son temps à Jacqueline et Violette, les trois filles vivant aux côtés de leur mère dans ce que mon père appelait, avec quelque condescendance, « le monde des femmes », le partage de cette cruelle information avait rapproché les deux aînés. Ils se retrouvaient parfois la nuit, dans la chambre de l'une ou de l'un, et sous prétexte de vérifier l'état de l'Album, ils commentaient le déroule-ment d'événements dont ils craignaient, à l'unisson de leurs parents — mais sans s'être concertés avec eux — qu'ils vinssent un jour frapper, comme le malheur, à la porte de la Villa.

5

Nous n'appelions pas la maison où nous vivions une maison, mais la Villa. Sans doute parce qu'elle n'avait rien de semblable aux rares autres habitations du Haut-Soleil, qui n'était pas un quartier, mais plutôt un grand espace boisé recouvrant le coteau principal qui dominait la petite ville — une ville dite de basse plaine. J'imagine qu'aujourd'hui c'est devenu un vrai quartier avec des rues, des carrefours, des feux de circulation, une organisation, et sans doute du béton, des lampadaires au néon et quelques autres horreurs urbaines.

Il n'existait, pour s'y rendre, à l'époque qu'une seule route mal goudronnée qui serpentait à travers des arbres, des parcs naturels, des jardins en friche, de la vigne sauvage, et des massifs de ronces qui étaient autant de réserve de succulentes mûres — on les cueillait à même les épines et il vous en restait une couleur violette et noire au bout des doigts et un goût exquis dans la bouche — avec, de-ci de-là, quelques bâtiments plutôt laids, du style de la maison du docteur Sucre, construits de briques cuites et moulées dans cette terre qu'on prélevait dans le sol argilo-graveleux rubéfié des terrasses surplombant la ville.

Le dimanche, des promeneurs aimaient venir se perdre dans le Haut-Soleil. On laissait son vélo sur le bord des fossés et, assis dans la verdure, on se reposait de la dure montée, à l'ombre du château d'eau, champignon géant dont la masse disgracieuse marquait les limites officieuses de la ville. Au-delà, c'était « la campagne ». Certains couples empruntaient aussi un long chemin de terre, pratiquement taillé dans la ronce qui le recouvrait comme d'une tonnelle. Il descendait en colimaçon vers la rivière dans la vallée. Les couples étaient jeunes, ils se tenaient par la taille, parfois ils s'arrêtaient pour s'embrasser et l'on parlait de cet endroit comme du Chemin Obscur, ou encore, du Chemin des Amoureux. Les enfants ne le fréquentaient pas car nous ressentions de la gêne devant ces accouplements et parce que, souvent, les adultes nous avaient chassés d'un geste de main ou d'une parole brusque ou vulgaire. Enfin, s'il était « obscur », cela signifiait que le chemin pouvait receler quelques dangers. Lorsque je passais devant son entrée, une ouverture dans le maquis qui ne semblait mener que vers du noir, je souhaitais n'avoir jamais à le traverser seul ni jusqu'à son bout.

Nous préférions évoluer dans l'herbe folle autour des cèdres, séquoias, mélèzes, châtaigniers, acacias, chênes, cerisiers, pruniers sauvages, noyers ou sous les sept peupliers plantés dans la grande aire, ceinte d'une interminable haie de lauriers, que nous appelions le jardin, et au centre de laquelle se dressait la Villa. Elle jurait tellement au milieu du paysage du Haut-Soleil que certains passants du dimanche en avaient fait leur but de promenade. On venait voir à travers la grille du portail la maison construite par cet homme distant, de haute taille, qui daignait rarement descendre en ville mais à qui, petit à petit, notables, fermiers ou commerçants allaient rendre visite.

Elle était ample, neuve, trois étages, un grenier, une cave. Elle avait un grand toit pointu couvert de tuiles rouges, des murs blancs, des volets de bois peints en vert vif, une allure fraîche et gaie, et faisait une tache vive au cœur des arbres qui avaient poussé facilement sur un terrain fertile, profond et humide. Mon père avait exigé qu'elle ressemblât aux maisons du Pays basque où il avait aimé passer, autrefois, ses vacances et l'avait baptisée du nom du coteau : Haut-Soleil, mais nous disions « la Villa ».

C'était un refuge, un havre, un cocon, un paradis ; la jungle et la montagne ; le Far West et la mer Rouge ; l'immédiat et l'infini.

Nous avions compris, quelque temps après qu'Antoine eut été le témoin de la scène que j'ai relatée, que des soldats allemands avaient envahi et occupé une partie du pays ; nous avions assimilé cette expression bizarre, « Boches », qui commençait de servir d'insulte ou de point de comparaison, péjoratif naturellement (« aussi menteur qu'un Boche », avait dit Machigot d'un élève pris en faute), à la récréation ou dans les salles de classe. Mais nous nous savions à l'abri de ces armées, ces canons et ces uniformes. Nous vivions en « zone libre ». Nous ne nous sentions en rien concernés. Les seuls échos du fracas qui secouait le monde nous venaient des conversations entre mon père et son ami, mais les adultes ne tenaient pas les enfants au courant des affaires de ce monde, et nous n'en parlions pas entre nous — au début tout au moins. Et pourtant, si nous vivions dans cette maison et son jardin extraordinaire, c'était bien à cause de la Deuxième Guerre mondiale, qu'on n'appelait pas comme cela, à l'époque.

Mon père l'avait pressentie, prophétisée. Son pessimisme aigu, accru d'une analyse de ce qu'il avait vu et vécu au long des années 30, l'avait poussé tôt vers une décision radicale. Il avait su, avant nombre de ses contemporains aveugles, comment cela se passerait, et que s'il y avait un lieu où il serait difficile d'élever tant d'enfants, c'était « la Capitale », ce Paris, où il avait lui-même débuté, venu de la province, et où il avait réussi au-delà de l'espérance de sa mère, modeste veuve d'un employé aux écritures. Alors, à cinquante ans, il avait bouleversé l'ordonnancement de sa vie, abandonné son florissant cabinet de conseil juridique et fiscal, avenue Niel, dans le XVIIᵉ arrondissement ; il avait déménagé femme, filles, garçons, documents, livres et meubles vers le Sud-Ouest pour les installer bien avant l'Exode, dans la villa qu'il avait fait construire à cet effet.

— Putain con, tu avais vu juste, lui avait dit l'Homme Sombre, son ami Paul.

Il était son ami de jeunesse et n'avait, lui, jamais abandonné le pays natal. Ils s'étaient connus quand Paul avait dix-neuf ans, et mon père, dix-huit. A ces âges-là, un an de différence peut en signifier dix. Paul était pion au lycée local et il exerçait déjà sur ceux qui l'entouraient une attraction troublante. Petit, beau, bien fait, « bien pris » comme on disait dans la région, passionné de littérature, il avait séduit le grand jeune homme timide et binoclard dont il surveillait les études. Paul avait compris la fragilité de mon père et il l'avait pris sous sa protection. Il connaissait sa fêlure : on était venu chercher mon père quelque temps auparavant en pleine classe, pour lui annoncer que son propre père venait de mourir, foudroyé au cœur, à l'heure de l'apéritif, à la terrasse d'un café.

Le jeune homme, excellent élève, avait vacillé dans ses études et son comportement. Au prix d'un effort de volonté et d'abnégation, grâce, aussi, à l'amitié fraternelle du pion qui l'avait pris sous son aile, il s'était ressaisi. Mais il avait conservé une obsession de la mort, une crainte autant qu'une prescience des catastrophes ; une tendance sporadique à la neurasthénie. Ces démons le hanteraient toute sa vie durant. Paul l'avait aimé et aidé. Amitié sublime : mon père s'était acharné au travail, avait brûlé les étapes, passé le concours des contributions directes auquel Paul avait échoué. Bientôt, une inversion de fortune s'était produite. L'un réussissait, comme poussé par une si précoce adversité, et se sentait plus fort, durcissait son corps à la boxe française, se transformant en un homme imposant, distant, efficace. Après la Première Guerre mondiale, il quittait la fonction publique pour s'établir à son compte, devenant à Paris le conseil de plusieurs sociétés dont il allait contribuer à faire la fortune — et la sienne avec. L'autre, Paul, balance entre plusieurs professions, vagabonde d'emplois en emplois pour revenir régulièrement à sa terre, la ferme paternelle, une petite exploitation de vignes, maïs et tournesols. Mon père lui écrit :

— Ce qui est à moi est à toi. Viens. Je ne sais que faire de mon argent.

Paul monte à Paris, habite chez mon père ; ensemble, ils vont traverser la folie des années 20 ; Paul, recommandé par mon père, travaille dans plusieurs entreprises, mais quelque chose le rappelle vers la terre, cette ferme qu'il a héritée, dettes à l'appui, terre ingrate, maigre vigne et pauvre bétail — mais qu'il ne peut abandonner. Pendant plus de dix ans, entre des rencontres à Paris ou en province, les deux hommes s'envoient lettres sur lettres, et en sens unique, mandats sur mandats, jusqu'au jour où, entre-temps marié et devenu père de famille, mon père confie à Paul, dans une lettre de vingt pages, sa conviction que le monde entier va basculer.

« Je n'ai plus besoin de gagner ma vie. J'ai l'intention de me retirer au pays, et d'élever mes enfants loin des privations et des souffrances qui ne vont pas manquer d'intervenir. Ils ne sont prêts ni pour les bombes, ni pour le sang, ni pour les larmes. Il est vrai que personne n'est jamais prêt pour cela. » Il entrevoit la chute fatale qui guette les démocraties. « Quitter Paris m'indiffère, je vomis le milieu de repus où j'ai été obligé pendant vingt ans de faire bonne figure souriante. » Il confirme sa prophétie : le chaos mondial, la débâcle de la France. Enfin, son plan : retourner au pays. La lettre s'achève.

— Trouve-moi un terrain et trouve-le vite. Tu as toute ma confiance.

C'est ainsi que Paul lui fera acquérir quelques hectares au Haut-Soleil.

— Tu avais raison, putain con, dira-t-il donc plus tard, le soir du 25 juin 1940, « jour de deuil national ».

L'Homme Sombre avait-il mêlé quelque amertume à cette dernière remarque ?

Au fil de sa vie, il avait acquis ce qui, déjà, à dix-neuf ans, le distinguait des autres pions et l'avait rapproché du jeune lycéen blessé par la mort de son père : l'ironie, un regard froid sur les faiblesses et les petitesses humaines. Mon père, de son côté, avait assez navigué dans le monde de l'argent pour que s'accentue son penchant naturel au scepticisme, son dédain de la comédie, son besoin de philosopher. L'un — Paul — était vaguement communisant, l'autre avait d'abord voté socialiste et se disait libéral. Là-dessus, comme sur d'autres thèmes, ils s'affrontaient en joutes verbales quotidiennes, au cours desquelles Paul, désormais casé à la tête d'une petite coopérative agricole, prenait un malin plaisir à brocarder le confort et « le bourgeoisisme » de mon père. Celui-ci aimait se laisser tancer ; il semblait qu'il encourageât inconsciemment la critique, le dénigrement de soi, et recherchât les ricanements parfois acerbes de l'ami. Chacun entretenait ainsi un lien complexe avec leur passé : les jeunes années qu'ils avaient vécues ensemble, leurs nombreuses séparations, nourries par une correspondance où l'on s'était « tout dit », amours incluses, leur vie de célibataire à Paris.

Quand ils abordaient ces années-là, à cet instant précis, l'ironie et les éclats de voix s'évaporaient insensiblement et faisaient place à des chuchotements, et surgissait cette connivence dont le petit garçon, autant que ses frères et sœurs, aurait voulu connaître la raison cachée.

Un enfant ne sait rien. Un enfant sent tout.

Je ne disposais d'aucun moyen pour répondre aux multiples interrogations qui se développaient à l'intérieur de ce monde compliqué qu'était la Villa. Je voyais bien qu'Antoine et Juliette échangeaient des secrets auxquels je n'avais pas accès, et je sentais aussi la charge de mystère qui pesait sur la vie et les paroles des grandes personnes. Mais mon imagination, nourrie par les lectures, compensait mon ignorance des faits, et de la même façon que j'estimais avoir découvert, plus petit, où et comment se fabriquaient les Heures et le Temps, j'étais convaincu qu'un coup de vent, bientôt, dissiperait les énigmes et les interdits.

6

Trois femmes occupaient mon cœur. Une quatrième m'attirait comme le feu.

J'étais amoureux de Juliette, ma sœur aînée, et de la petite Murielle, une voisine. Juliette était mon amour permanent, et si j'avais été dupé et perturbé par les manœuvres de Murielle, je savais que je pouvais revenir à Juliette, ses parfums, sa lumière.

Elle faisait tout avec aisance, elle voulait tout faire : de la flûte, de l'escrime, du cheval, du tennis, de l'aquarelle, de la poterie, de la danse, et ses résultats scolaires traduisaient la même facilité. Mais dans la petite ville et son pauvre collège de filles, pratiquer les disciplines dont elle avait sans obstacles commencé l'exercice à Paris tenait de la gageure. Sa mère avait consacré des jours à dénicher tel professeur particulier, recherchant un atelier, un cours privé, un club, que sais-je ! quelque chose qui correspondît aux aspirations de l'aînée — et cela avait nécessité des visites en ville, des rendez-vous de l'autre côté de la rivière, des petites annonces chez le boulanger, un va-et-vient constant pour essayer de pallier le manque pathétique de vie culturelle dans la région.

— Elle est douée, cette petite, c'est tout de même du gâchis, avait dit ma mère.

Juliette s'asphyxiait en province. Elle aimait la Villa comme nous tous et y était heureuse, mais dès qu'elle sortait du Haut-Soleil, elle éprouvait la sensation de se heurter à des rues étroites, à des vies mesquines. Elle avait rêvé d'une autre envolée dans l'existence. Elle s'était approprié les trois quarts de l'étage où cohabitaient mes deux sœurs et avait aménagé un coin pour la peinture, un autre pour la poterie. C'était là que, ayant gravi les marches du grand escalier, je venais chercher une caresse ou un baiser, qu'elle prodiguait, à mon goût, à dose trop restreinte. Je la regardais, penchée sur le tour, ou figée devant la toile; subjugué par sa beauté. Elle avait un front large, des cheveux blonds aux teintes légèrement rousses, comme sa mère, des sourcils droits et longs qui se prolongeaient au-delà de la normale et donnaient à ses yeux clairs quelque chose de différent que ne possédait aucune des sœurs, aux visages plus carrés, plus proches de celui de leur père; elle avait des gestes adroits et précis, exécutés par des mains aux doigts comme dessinés par le crayon le plus fin. Elle paraissait habitée par une sorte de sérénité, une capacité d'éliminer toute contrariété, balayer toute réaction de bassesse afin d'avancer, impavide et limpide, claire, gardée et guidée par on ne savait quel ange.

— Et si l'on essayait chez les Russes, avait suggéré mon père.

Les Russes étaient certainement des artistes. Les Russes ne refuseraient certainement pas un peu d'argent. Les Russes savaient certainement pratiquer l'escrime, peut-être enseigner la danse, jouer de la flûte.

Dans le quartier des Moustiers, aux alentours de la caserne, là où, dix ans auparavant, les eaux du fleuve avaient débordé pour atteindre des crues record, vivaient ceux qu'on appelait « les Russes ». Ils étaient les seuls Russes de la ville, et même s'ils avaient essayé de se faire discrets, ils étaient « russes » et cela se disait lorsqu'ils se présentaient chez l'épicier ou le marchand de châtaignes :

— Voilà les « Russeu », con, ils sont pas pareils que nous, con.

Ils portaient un nom prestigieux : Tolstoï ! et mon père et l'Homme Sombre, et ma mère, tous trois pour des raisons diverses, auraient souhaité qu'ils appartinssent à la descendance du grand écrivain. A peine étaient-ils apparus dans la ville, que mon père avait chargé son ami Paul de procéder à une enquête, mais les résultats avaient été décevants. Il s'agissait peut-être d'un cousinage éloigné, on ne pouvait pas réellement savoir. N'empêche : ils étaient russes, des Russes blancs, les hommes portaient les cheveux exagérément longs, les femmes avaient des nattes, des chignons ; ils arboraient la fierté et l'humilité des réfugiés qu'ils étaient, maigres, pâles, l'œil traqué. Le fils aîné, Igor, avait accepté de donner des leçons d'escrime et de solfège à Juliette — mon père avait eu du flair : ces gens-là avaient la fibre artistique ! Mais comme il n'y avait aucun espace dans la soupente du quartier des Moustiers où ils s'étaient entassés à plus de douze, Igor était monté jusqu'à la Villa.

— Bonjour, avait-il dit, je viens pour enseigner la leçon musicale et guerrière.

Mon père s'était dérangé pour aller ouvrir lui-même le portail de l'entrée, au bout du chemin de gravier.

Les visiteurs habituels de la Villa, ainsi que l'Homme Sombre, savaient qu'il n'était pas besoin d'attendre au portail et qu'il suffisait de franchir le parc jusqu'à la maison, mais Igor Tolstoï était étranger à ces pratiques. Il semblait en outre qu'il eût un sens inné des bonnes manières. La sonnerie insolite nous avait tous poussés vers les fenêtres.

— Quel est cet escogriffe, avait murmuré mon père, en scrutant le portail. Ah mais oui, c'est le Russe !

Il s'était déplacé. Le visiteur avait attendu que mon père ouvre la grille et s'était incliné devant lui en prononçant une curieuse formule : la leçon musicale et guerrière.

— Pourquoi guerrière ? avait demandé mon père.

— Les armes, monsieur, les armes, avait dit Igor Tolstoï avec un accent charmant.

Et faisant un pas de côté, il avait écarté les revers du manteau pouilleux qui recouvrait son corps efflanqué, pour déployer, une dans chaque main, deux épées aux pommeaux gravés.

— Ma fille ne pratique que le fleuret, avait dit mon père sans masquer sa surprise.

— Il n'importe, monsieur, avait répondu le Russe. Une arme blanche est une arme blanche, quels qu'en soient la taille, le poids et la dénomination.

— Suivez-moi, avait souri mon père, qui appréciait les mots et les phrases, et que le vocabulaire du Russe amusait déjà.

Nous les contemplions qui s'avançaient vers la maison, côte à côte, le jeune Tolstoï aussi grand que notre père, ce qui ne manquait pas de nous impressionner, nous n'avions pas encore rencontré quelqu'un de sa taille — à part, peut-être, le riche biscuitier, Monsieur Loupe.

— C'est vrai que c'est un escogriffe, s'exclama l'un d'entre nous, car l'expression, comme toutes celles choisies par mon père, avait déjà été traduite par notre mère.

— Oui, avait-elle dit, mais c'est un bel escogriffe.

Les filles avaient fait entendre un murmure d'assentiment : il avait à peine vingt ans et un visage creusé, tout en longueur, romantique à souhait.

— Vous avez traversé toute la ville à pied avec ces épées sous votre vêtement ? avait interrogé mon père.

— Oui, avait répondu le fils Tolstoï. Nous n'avons pas les moyens de procéder à vélocipède.

— Ça a dû être pénible ?

— Expérience intéressante, avait répondu le jeune homme. Marcher dans une ville a priori hostile avec, cachées par-devers soi, deux lames ancestrales venues de l'autre bout de l'Histoire ne manque pas d'engendrer une certaine gaieté interne ainsi qu'un sens accru de l'altruité.

— Vous voulez dire l'altérité, avait corrigé mon père. Vous voulez dire, le sens que vous êtes « autre ».

— Je l'entendais ainsi, monsieur, avait approuvé Igor Tolstoï.

— Naturellement, fit mon père, si votre idée est juste, vous êtes conscient que ces deux mots sont des barbarismes.

— Monsieur, vous venez de me l'apprendre, avait dit le jeune homme en hochant la tête.

Alors mon père, tout souriant, arrêta le jeune homme dans sa marche. Ils étaient au bout du chemin, à quelques mètres de la porte d'entrée derrière laquelle, dans le grand hall, nous attendions l'arrivée du « professeur de Musique et d'Epée » de Juliette. Il le prit par le bras.

— Ma foi, jeune homme, dit mon père, vous avez acquis ma sympathie.

— Vous ne perdez pas la mienne, répliqua le jeune Igor, ce qui lui valut un nouvel éclat de rire.

La porte s'ouvrit, et mon père, s'effaçant derrière le Russe, dit à la cantonade :

— Il n'a pas apporté un piano, c'eût été trop encombrant.

Ma mère prit le jeune homme par la main, avec une sollicitude que nous lui connaissions seulement pour nous-mêmes, et le conduisit vers la partie du salon où trônait notre grand piano laqué de vert. Antoine, hésitant entre la jalousie et l'adhésion à ce nouveau personnage qui semblait mettre ses parents de si bonne humeur, débarrassa Igor des épées qu'il déposa sur les bras d'un des fauteuils. Les épées ne servirent pas ; elles étaient trop lourdes et Juliette ne pourrait pas les soulever, mais la leçon de piano fut un succès. Juliette aurait préféré qu'elle se déroulât en tête à tête, mais les frères et les sœurs ne l'entendirent pas ainsi. Les aînés décidèrent, à la fin de la leçon, de raccompagner Igor à bicyclette jusqu'aux Moustiers, en l'asseyant sur le porte-bagages du vélo le plus solide, celui d'Antoine. Ainsi purent-ils découvrir le quartier des réfugiés.

Car les Russes n'étaient pas seuls. La petite ville semblait, presque chaque jour maintenant, s'augmenter d'une famille ou d'un groupe d'hommes ou de femmes venus du Nord, de la zone occupée. Il y avait eu, quelques années auparavant, un fort afflux d'Espagnols, des Républicains qui avaient échappé à la répression qui avait suivi la guerre civile. Ils s'étaient incorporés à la ville et travaillaient pour la plupart à la brasserie, la biscuiterie, ou faisaient des heures dans les fermes des environs. On disait qu'ils n'étaient pas tous très honnêtes. Il y avait eu des vols, des rixes, et certains d'entre eux s'étaient retrouvés en prison. Nous entendions parfois leurs voix lorsque nous allions à vélo vers le lycée. L'itinéraire emprunté pour descendre du Haut-Soleil passait en effet le long de la prison municipale.

C'était un bâtiment primitif, qui m'effrayait. Des hauts murs gris foncé, sales, lisses, polis par la pluie et le temps, des falaises que je me refusais de regarder. Dès que j'approchais de cette partie de notre parcours — et cela se passait deux fois par jour, puisque nous restions pour déjeuner au réfectoire du lycée —, j'accélérais ma course, appuyant sur les pédales, les yeux droit devant moi, la tête baissée, m'efforçant d'ignorer les quolibets de mes frères :

— Il a peur de la prison ! Les murs lui font peur !

Je détestais ces murs. Je ne parvenais pas à accepter que derrière leur épaisseur, qu'il m'était impossible de jauger, se trouvaient des hommes en train de dormir ou de manger. L'énorme bloc de pierre noire retenait le soleil ; il faisait froid dès qu'on longeait les murs ; une ombre s'abattait sur ma bicyclette et il m'arrivait de pleurer spontanément, en entendant, venues de quelques cellules grillagées dont ma petite taille m'empêchait de deviner l'ouverture, les voix des prisonniers espagnols qui criaient :

— Niños ! Niños !

Fallait-il leur répondre ? J'étais persuadé qu'ils s'adressaient à moi plutôt qu'aux autres et quand j'avais appris par Juliette que cela voulait dire « les enfants », j'en avais été encore plus remué. Pourquoi nous appelaient-ils ? Peut-être le bruit, gracieux comme le chant d'une rivière qui coule vite, des quatorze roues de nos bicyclettes lancées à toute allure vers une promesse d'éducation, de camaraderie, de joie, était-il devenu pour eux le rappel mordant d'une liberté qu'ils ne connaissaient plus. Mais je ne le savais pas, je souffrais, voilà, c'était le mot, je souffrais à ma manière à chaque fois que je pédalais le long de l'enceinte maudite et cette souffrance dura tout le temps que nous vécûmes dans la Villa du Haut-Soleil. J'aurais beau grandir, m'aguerrir, renforcer mes facultés de résistance aux railleries ou au mal, traverser des expériences plus dangereuses, découvrir ma sensualité et comprendre une partie des mystères qui m'avaient échappé, toujours la structure lourde et noirâtre de la vieille prison pèserait sur mes épaules et ferait sourdre en moi un sentiment coupable, la prescience d'une menace, la perception d'une injuste douleur.

7

— Niños ! Niños ! criaient des voix d'hommes invisibles à travers les hauts murs de pierres sales, et les voix poursuivaient le petit garçon qui actionnait fébrilement ses gambettes sur son risible véhicule, et les voix résonnaient en lui, mélancoliques ou salaces, rauques et courroucées ; elles s'emparaient de sa personne, s'infiltrant jusque dans ses galoches à semelles de bois, sa pèlerine en drap bleu, son béret rond et noir, ses mitaines de laine beige ; il avait l'impression qu'il lui faudrait, pour s'en débarrasser, se jeter dans le grand fleuve, plus loin, en contrebas, ce fleuve opaque qui parfois se déchaînait et déposait dans le quartier des réfugiés les traces ineffaçables d'un limon rouge, bistre et aussi verdâtre. Il associait alors, en un même rêve éveillé et sans logique, ces endroits de misère et ces êtres irréguliers : la prison avec les Espagnols ; les Moustiers marqués par les grandes inondations ; les Russes, et tous les autres fuyards qui débarquaient chaque jour de la moitié d'un pays sous la coupe d'une armée étrangère, et descendaient de trains sentant la mandarine et le carton-pâte pour gagner habitations et ruelles, modi-

fiant insensiblement l'atmosphère de cette communauté, cette ville indolente dont les aînés déploraient la
somnolence, mais qui lui semblait abriter des sonorités, des couleurs, des formes et des masques qui
transformaient la vie en un redoutable théâtre, et
rendaient périlleux son cheminement.

8

Igor Tolstoï ne donna pas plus de trois leçons de piano à Juliette. Il disparut un jour avec ses deux épées, aussi prestement qu'il était arrivé. Les « Russeus » avaient quitté la ville.

— Ils sont partis plus loin, plus au sud, se contenta de nous dire mon père.

Il avait l'air d'en savoir plus. Nous avions aperçu le père d'Igor, le vieux Dimitri Tolstoï, pénétrant dans le bureau de mon père, puis nous l'avions vu quitter ce dernier sur une longue poignée de main qui semblait sceller quelque accord, autant qu'exprimer un remerciement. L'Homme Sombre avait été présent. Par la suite, cette sorte de scène devait se renouveler, et nous en vînmes bientôt à distinguer deux catégories de « visiteurs » à la Villa. D'une part ceux, notables ou commerçants, qui venaient solliciter une consultation juridique. Ils entraient et sortaient par la porte principale, souvent porteurs d'un colis, d'un cadeau, de la volaille, des caisses de vin, des fruits pour les enfants. Mon père ne voulait plus de « clients » ni de « cabinet », mots vulgaires. Il n'avait pour tout objectif que de lire, méditer, peut-être écrire — un bonheur et un rêve qui lui avaient été déniés par les hasards de la vie —, et il voulait se consacrer à élever ses enfants aux côtés d'une femme qu'il aimait. Mais il ne savait pas dire « non », pour peu qu'on lui exposât courtoisement une requête, si bien que, peu à peu, devant la qualité de ses avis et la précision de ses remarques, la ville et la région avaient contribué presque contre son gré à reformer son cabinet.

Il finirait, au bout de quelques années, par accepter des honoraires, encore qu'il lui répugnât d'engager avec tout être humain le moindre échange à propos d'argent. Il exécrait « l'argent qui rend fou ». Néanmoins, venu d'un milieu modeste, il s'était laissé entamer par ces facilités. « J'ai toujours porté en moi, disait-il dans une lettre à Paul, le refus des promiscuités, mais aussi, c'est une faiblesse, le besoin et le goût du confort matériel. »

Les autres « visiteurs » n'avaient pas de nom ; des prénoms plutôt : mon père et ma mère les identifiaient comme Monsieur Marcel, Monsieur Jean, Monsieur Maurice, Monsieur Germain. Ils se matérialisaient de nulle part, débouchant par un bout ou un autre du jardin, montant par l'arrière-terrasse et repartant de façon aussi furtive. On entendait peu le son de leurs voix. Ils ne semblaient pas appartenir à la région, s'habillaient de façon disparate, une veste de chasse sur des pantalons de ski, un manteau imperméable par jour de grand beau temps ; ils portaient des choses chaudes, des cache-nez, des moufles, des bonnets de laine, comme s'ils avaient traversé des pays froids et des nuits sans sommeil ou, plutôt, comme s'ils s'apprêtaient à le faire. Ils n'apparurent pas d'un seul coup ; leur intrusion dans l'univers de la Villa, avec le recul, nous paraissait remonter à la date du départ des Russes.

Nous posions toutes sortes de questions — il fallait bien, aussi, enrichir l'Album ! Mais les réponses étaient floues :

— Ce sont des amis d'autrefois, de votre père et votre mère.

Car il y avait des femmes aussi, de tous les âges. Elles ne ressemblaient pas aux mamans de nos camarades de classe, ni aux habitantes et voisines du Haut-Soleil. Elles avaient le teint moins robuste, quelques-unes possédaient une peau ombrée ; d'autres, des cheveux drus et noirs, coupés court, ce qui était rare à l'époque ; parfois des belles lèvres ; et j'avais remarqué chez certaines d'entre elles des traces mauves sous les paupières ou au fond de leurs cernes, qui n'étaient pas dues au fard, mais à une autre chair, un autre grain, un autre sang — une différence impalpable qui leur conférait un surcroît de charme.

Nous acceptâmes l'idée des « amis d'autrefois », en particulier pour ma mère, car nous savions qu'elle venait de loin, elle aussi. Si mon père ne nous avait pas raconté son passé (nous vivions dans une ignorance béate de ses origines, tout s'arrêtait et commençait avec nous à la Villa, tout tournait autour de la cellule familiale), nous avions, cependant, une notion plus intime du passé de notre mère. Ainsi, n'avions-nous pas été étonnés qu'elle ait démontré d'emblée pour le jeune Igor une si tendre sollicitude.

9

Elle avait du sang slave dans les veines.

Elle avait raconté son histoire à Juliette dont elle était si proche. Juliette nous avait restitué l'essentiel, sans trop de précisions, avec la même pudeur qui poussait ma mère à dire :

— Je n'ai pas envie de parler de tout cela.

Elle avait des yeux bleu ardoise, avec une paille de vert, des traits délicats, et conservait une allure de jeune fille, malgré ses trente ans. Il était difficile de croire qu'elle avait porté sept enfants dans ce corps si peu entamé. Elle avait cette « étrangeté », cet élément inattendu dont Baudelaire dit qu'elle est le condiment indispensable de toute beauté.

Lorsqu'elle coiffait ses cheveux blond-roux en nattes, qu'elle serrait en cercle autour de la tête comme une couronne, elle dégageait un cou à l'épiderme doux et duveteux où j'aimais poser mes doigts et mes baisers. Sa bouche était spirituelle, formée de lèvres qui souriaient à toute occasion, même dans les instants de grande contrariété. Il semblait qu'elle trouvât toujours quelque raison de conserver ces deux petites virgules convexes qui allaient jusqu'aux fossettes, qu'elle avait hautes et pommelées, à la façon des Orientales. On eût dit qu'ainsi elle avait érigé un système de défense contre les attaques d'un monde qui ne l'avait guère favorisée avant qu'elle rencontrât mon père. Elle avait transmis cette heureuse disposition du sourire à sa fille aînée Juliette, dont elle aimait qu'on la prît pour sa sœur, mais Juliette dégageait plus de solidité, de détermination, tandis qu'il affleurait, derrière le beau et pur visage de ma mère, une certaine crainte de sa propre vulnérabilité.

Elle avait été transbahutée à travers l'Europe comme une valise, ballottée comme une denrée bon marché, pendant les premières années de son existence. Elle n'avait qu'une fragile réminiscence de sa mère qui l'avait abandonnée à l'âge de deux ans, dans un orphelinat en Autriche. Elle était la fille naturelle d'un noble Polonais qui avait fait un enfant à la gouvernante de la famille, venue de Paris, pour se faire ensuite congédier. De Salzbourg, l'enfant s'était retrouvée à Zurich, entre les mains d'une autre gouvernante, relation éloignée de sa mère, qui s'était prise de compassion pour elle. Elle avait ensuite été confiée à un établissement religieux à Reims. Elle ne pouvait dire comment elle était passée de la sorte depuis l'Autriche jusqu'à la Suisse et la France.

Sa vie d'enfant avait été une succession de visages et de voix d'adultes avec lesquels elle avait à peine le temps de se familiariser qu'ils disparaissaient sans explications ni excuses ; de lits et de chambres sans chaleur, sans personnalité et sans joie ; de trains et de gares qui déclencheraient toujours chez elle un refus et une angoisse ; de parcs, jardins, dortoirs ou salles de jeux trop éphémères pour lui servir de points de repère ; elle ne revenait jamais nulle part. Elle n'avait pas été privée de caresses, ou d'embrassades, puisqu'on dorlote beaucoup les enfants que l'on se repasse, mais elle n'avait pas pu enregistrer assez longtemps le toucher de la même paume, l'odeur de la même poitrine, le grain de la même poudre ou le suc de la même fragrance. Elle avait été « en manque », comme on dirait plus tard à propos des gens qui se droguent, mais ce manque ne l'avait pas détruite. Il était à l'origine de sa délicatesse, mais aussi de sa résilience. Elle avait survécu.

A Reims, elle avait eu la chance d'être adoptée par la responsable des Etudes, Madame Mygan, qui en avait fait sa fille, sa fierté. Car elle réussissait dans son travail, appliquée, enjouée, douée pour la poésie, qu'elle aimait écrire, ou, mieux, réciter sur les tréteaux lors de la distribution des prix. Elle avait suivi Madame Mygan, qu'elle n'avait jamais appelée autrement que Marraine, quand celle-ci avait fondé son propre pensionnat à Versailles.

Elle avait seize ans lorsque, accompagnant Marraine chez des amis bourgeois dans la Plaine Monceau à Paris pour une soirée de bridge, elle avait vu mon père pour la première fois. Il avait dix-huit ans de plus qu'elle. Il avait été saisi par la beauté singulière et l'air d'enfant victime de la « petite Polonaise ». Il avait raccompagné les deux femmes jusqu'à Versailles. Il menait grand train à l'époque, possédant voiture avec chauffeur — et il s'était rendu dès le lendemain, à nouveau, à Versailles, pour les inviter à prendre un thé au Grand Hôtel. Il avait épousé la jeune fille six mois plus tard, à la stupéfaction de ses relations, et à la joie de Paul qui avait ricané :

82

— Ainsi donc, tu n'es qu'un barbon qui suborne une jouvencelle.

Mais il avait silencieusement envié mon père, qui avait chargé Paul de faire barrage entre lui et toutes les femmes qu'ils avaient connues et avaient, depuis le début des années 20, compliqué sa vie de célibataire. Paul s'était exécuté. Neuf mois plus tard, le premier enfant naissait : ma sœur aînée, Juliette — suivie, onze mois plus tard encore par mon frère, Antoine.

J'ai dit que j'étais amoureux de ma sœur aînée et de ma mère, mais la petite Murielle occupait mes pensées. Son attitude me déroutait et j'étais, face à ses simagrées, attiré et repoussé, maladroit, atteint d'une indicible gêne.

Murielle était la fille d'un couple de commerçants qui possédaient une maison plus bas dans le chemin du Haut-Soleil. Elle avait des taches de rousseur sur un nez fuyant, des yeux malicieux, un corps déjà arrondi, à onze ans, autour des hanches et de la poitrine. Elle portait des robes de toile droite à carreaux avec un ruban dans le dos. Elle pénétrait dans le jardin de la Villa par le côté ouest, là où plusieurs orifices dans la haie permettaient au chien de ses parents, un bâtard un peu fou, de venir fureter et chaparder quelque nourriture. Nous tentions de le chasser de notre habituelle aire de jeux, mais il revenait sans cesse et seule Murielle semblait capable de lui faire entendre raison. C'était son prétexte pour s'introduire chez nous, et venir poser ses yeux rusés sur moi.

— Filou, viens ici, Filou, chantonnait-elle.

Le bâtard tournait en rond, jappait, bavait, puis dompté par la voix familière de sa petite maîtresse, se calmait et revenait dans ses jambes. Alors mes deux frères cadets, Pierre et Michel, les jumeaux, disaient à Murielle :

— Tu peux t'en aller maintenant.

Ils ne l'aimaient pas. Ils estimaient qu'elle outrepassait toutes les conventions en s'enhardissant sans autorisation dans le territoire de la Villa. Ils avaient décrété, par l'entremise de l'Album, que Murielle était une « vicieuse ».

— Vous ne savez pas ce que cela veut dire, avait dit Juliette.

— Si, on a demandé, et on sait, avaient-ils répliqué.

Moi, je ne savais pas. Je partageais leur volonté de préserver notre parc, mais j'étais moins ferme qu'eux à l'égard de Murielle. Il y avait un « pourquoi pas » inscrit dans son visage et son regard, et elle avait la faculté de m'attirer vers elle, me désarmer. J'étais plus jeune qu'elle.

— Je veux bien m'en aller, mais tu me raccompagnes, disait-elle.

Dédaigneux, mes deux frères tournaient le dos. Seul face à la petite Murielle, je cédais. Nous marchions alors jusqu'aux brèches dans la haie, le chien à nos côtés.

— Filou est un filou, disait-elle en riant. Tu sais ce que c'est, un filou ?

— Oui, disais-je.

— Prends-moi la main.

Je me retourne pour voir si mes frères m'observent,

mais ils ont gagné une autre partie de la propriété. Je prends la main de Murielle.

— Toi aussi, dit-elle, tu es un filou.

Je proteste.

— Non, dis-je, un filou c'est quelqu'un qui triche, et moi je ne triche pas.

Elle rit et chasse mes mots en libérant sa main, et je regrette déjà sa pression.

— Tu es allé dans le Chemin des Amoureux, me demande-t-elle.

— Non, dis-je, je n'aime pas cet endroit.

— Moi, dit-elle, j'y vais tous les jours mais jamais jusqu'au bout. Tu voudras aller avec moi jusqu'au bout ?

— Je n'aime pas ce chemin, dis-je. C'est trop noir.

Murielle ne répond pas. Je vois sur son visage une expression avide. En nous baissant pour traverser la haie, nous nous rapprochons l'un de l'autre. La petite fille m'embrasse soudain sur la joue, et part en courant, entraînant Filou avec elle. J'entends son rire et son chant :

— Filou ! Tu es un tricheur, comme Filou !

J'ai envie de hurler qu'elle se trompe, qu'elle n'a pas le droit de clamer à travers les futaies de Haut-Soleil que je suis ce que je sais que je ne suis pas. Et comme elle répète son affirmation provocatrice, je ne me contiens plus.

— C'est pas vrai ! C'est pas vrai, braillai-je avec la vigueur du désespoir.

Elle a disparu et je retourne vers la Villa, humilié et aguiché. Crier m'a fait du bien, mais j'en suis tourneboulé comme dirait mon père, qui nous a récemment appris ce drôle de mot. Alors, je dévale la longue prairie qui sépare la haie de la Villa à la recherche de ma mère, ou de Juliette, à la recherche d'un corps chaud et mûr, un corps de « grande », afin d'y dissimuler mes émois. Je me promets que je ne céderai plus aux invites de Murielle, mais à la prochaine incursion de son chien, quand elle réapparaîtra dans sa robe droite à carreaux, je reconnaîtrai la même sensation de paralysie et de faiblesse et je succomberai, de la même manière, à sa loi impérieuse et mutine.

C'est à peu près à la même époque qu'un après-midi, en fin de journée, je découvris une femme qui devait accroître ma curiosité et alimenter mes fantasmes. Elle s'appelait Madame Blèze.

Nous avions quelquefois entendu parler d'elle. Lorsque son nom surgissait dans la conversation des adultes, les voix des hommes baissaient et l'on voyait poindre sur certaines lèvres un sourire entendu. L'Homme Sombre jubilait. Il redoublait de railleries, d'allusions, il amorçait une petite rengaine qu'il semblait avoir composée pour la circonstance et j'eus quelque mal à comprendre les mots qu'il lâchait entre deux sifflotements. Mon père le faisait taire, ma mère prenait une mine offensée, mais elle montrait, comme Juliette à ses côtés, un intérêt indiscret à l'égard de cette Madame Blèze qui faisait tant jaser la petite ville.

Elle confectionnait à la main des chapeaux chez elle, dans un appartement qu'elle occupait, seule, dans la rue La Capelle, en plein centre. Elle venait de Paris où elle avait, disait-on, été modiste chez un grand chapelier. Elle avait créé des toilettes pour les plus jolies femmes de « la capitale », mais la guerre et l'Exode l'avaient chassée jusqu'à la zone Sud avec son mari. A peine s'étaient-ils installés dans la ville que le mari avait rebroussé chemin, était « remonté » à Paris comme on disait, pour y régler des affaires.

On *descendait* en province, et on *montait* à Paris ; cette notion nous habita pendant toute notre enfance, au point que j'imaginais la France comme un pays composé d'une seule et gigantesque colline, dont l'unique sommet, l'épicentre, se situait à Paris. De là, de quelque côté que l'on se portât, le relief s'inclinait en pentes continues vers les fleuves du Sud ou du Nord, puis vers les mers et les océans. Je me disais que les trains, les voitures, les routes, les hommes et les femmes qui « montaient » à Paris étaient obligés de fournir un terrible effort, et qu'il y avait certainement, le long du parcours, des relais, où l'on pouvait se ravitailler, souffler, avant de reprendre l'interminable escalade vers cette métropole mythique, tout là-haut, au bout de la carte Vidal de La Blache, et vers laquelle les énergies, les volontés et les travaux convergeaient.

Je supposais qu'une fois arrivé, il fallait quelques jours pour se remettre de cet exercice. Je me demandais alors si l'air qu'on respirait, sur le sommet de cette colline, changeait votre complexion et vos habitudes. Je pensais que les mêmes forces ou les mêmes êtres humains lorsqu'ils redescendaient vers chez nous, ou ailleurs, devaient faire attention à surveiller la vitesse de leur course car ils allaient maintenant en roue libre, comme moi sur ma bicyclette lorsque je descendais le chemin du Haut-Soleil ; je me disais que descendre était aisé, cela décoiffait les cheveux, et c'était la raison pour laquelle ceux ou celles qui arrivaient de Paris avaient tous plus ou moins la même allure vive, et qu'il émanait de leurs vêtements et de leur personne quelque chose de différent et qui expliquait que l'on dise de tel ou tel d'entre eux :

— C'est un Parisien ! C'est un *rapide*.

Madame Blèze ne paraissait pas « rapide », à proprement parler, mais elle avait un port de tête et un corps qui arrêtaient les regards, pourvu qu'on eût la chance de surprendre sa silhouette dans les rues de la petite ville. Car elle sortait peu. On venait essayer ses coiffes chez elle ; mais il n'y avait pas foule, peu de dames pouvaient s'offrir le luxe de ces chapeaux alambiqués, délicats à jucher sur les chignons, fragiles et trop voyants pour la région. La réalité pousse à dire qu'aucun homme ne sonna seul à sa porte, et que l'on n'aurait pu la taxer d'une quelconque indélicatesse. Cependant, les rumeurs lui attribuaient une vie chahutée, un passé dissolu qui déclenchaient l'envie, la médisance.

— Elle a dû en voir, quand elle fabriquait ses chapeaux à Paris, disait-on. Elle a dû fréquenter toute sorte de monde.

Ou encore :

— Mais qu'est-ce qu'elle peut bien faire toute seule, toute la journée, enfermée dans cet appartement ?

Cela suffisait pour créer un climat de bavardages et de railleries autour d'elle, de son mari évaporé ; à peine avait-il touché le quai de la gare qu'il était reparti, la laissant avec ses valises, ses cartons à chapeaux et des mètres de tissus en rouleaux qui dépassaient de grands cabas faits de toile fleurie ; de ses rares allées et venues, de sa taille cambrée, ses longues jambes et ses yeux sombres. Il ne semblait pas normal qu'une aussi belle femme, exerçant une activité aussi frivole, pût être tout à fait honnête. La première fois que je la vis, Madame Blèze me fit l'effet d'une créature singulière. Peut-être mon état de santé avait-il joué un rôle dans l'émotion qui me submergea ce jour-là.

10

J'avais été malade, j'avais effrayé mes parents, ils m'avaient cru perdu. Une violente attaque de diphtérie m'avait cloué au lit, m'amenant au bord de l'asphyxie. Le corps creusé, parce que j'essayais de prendre le plus d'air possible, les yeux cernés d'épuisement, engourdi par la fièvre, j'avais momentanément perdu l'usage de la parole et il avait fallu attendre trente heures pour que se produise une réaction au sérum. J'avais vu, penchés sur moi, les visages de mon père et ma mère. Je les entendais comme à travers un voile épais d'ouate :

— Tu ne peux pas parler ? Tu peux parler ? Faisnous signe que tu nous entends.

Je tentais de répondre mais je ne pouvais produire aucun son, alors je hochais la tête pour qu'ils enregistrent que je recevais leurs questions, mais de très loin. Le thorax bouillant, les poumons resserrés, les côtes comprimées, les yeux qui brûlaient et que je ne pouvais garder ouverts, je me sentais partir, puis revenir, puis repartir, et l'appel de la mort vint ainsi très tôt résonner dans les parois de mon corps.

Très tôt, la mort vint me filer un petit coup de sa

patte despotique, semant un début d'anarchie dans ce qui avait été jusqu'ici l'ordre de ma jeune existence. Mourir ne me faisait pas peur. Ce que je savais de la mort, je le tenais de mes lectures et elles ne m'avaient rien appris ; en général, cela se passait en quelques mots et quelques phrases, et les romanciers terminaient le chapitre ou le livre et ils parlaient d'autre chose. Ce que je savais, c'était qu'on pleurerait beaucoup. Il y aurait des tas de gens tristes autour de moi et cela m'importait plus que la mort elle-même ; au milieu de ma fièvre et de ma douleur, j'y trouvais un certain plaisir : oh, comme je leur manquerais ! Et comme ils sangloteraient devant mon corps inanimé !

L'anxiété de ces visages qui grossissaient en se rapprochant de moi ajoutait à ma certitude que je ne parviendrais pas à refaire surface, et plus ils m'interrogeaient, plus je sentais que des forces insidieuses me tiraient vers elles et vers un sommeil que je n'avais pas voulu, une nuit dont je ne connaissais pas le rythme, une eau sans fond.

J'avais si souvent espéré m'approprier l'affection de mes parents ; j'avais si fréquemment feint de gémir ou pleurer à seule fin de les ramener vers moi, les éloigner de tout ce que la Villa comptait de frères et de sœurs auxquels je jugeais qu'ils accordaient trop d'attention, et voilà qu'ils m'étaient exclusivement dévoués, se relayant autour de mon lit, changeant les compresses, ayant condamné ma chambre et expédié le reste de la famille dans les étages pour éviter toute contagion. Ils étaient à moi, tous les deux, statues gigantesques courbées au-dessus des draps chauds, au-dessus du « petit dernier » qui leur avait joué de telles comédies et réclamé de telles preuves d'amour qu'il s'en était souvent rendu insupportable. Maintenant, le petit garçon souffrait trop pour savourer ces instants de communion; il était à cent lieues de réclamer l'accès au-devant de la scène, au premier rôle; il voyait ses parents avec un autre regard.

Il n'aurait voulu leur poser qu'une seule question, s'il avait réussi à mettre sa langue et ses lèvres en mouvement :

— Dites-moi pourquoi j'ai mal.

Il comprenait qu'il subissait une punition, il aurait voulu qu'on lui en donnât la raison. Et lorsque le sérum eut enfin commencé d'agir et qu'il recouvra sa voix et l'usage des mots, il put dire :

— J'ai moins mal.

De ce premier rendez-vous avec la mort, il lui resterait toujours une propension à se ramasser sur lui-même au moindre vent, au premier froid; un infime décalage par rapport aux autres garçons de son âge; ce que les adultes appellent une « petite nature » mais qui, en réalité, voulait dire une nature consciente du danger et de la précarité des choses. Il avait connu cette sensation que l'on peut contempler ses parents et le monde de l'autre côté d'une vitre. Cela lui avait donné un détachement qui le rendait « intéressant » aux yeux des grandes personnes. Il le savait, et il saurait en profiter à l'avenir, car il se croyait différent de ses frères et de ses camarades.

On l'installa dans une longue convalescence. Il reprenait des forces, comprenant dès lors que sa frêle condition lui donnait droit à toutes sortes de privilèges. Un après-midi qu'il était étendu sur le sofa du salon-salle à manger sous une couverture de laine duveteuse de couleur orange, les frères et sœurs n'étaient pas remontés du lycée, il entendit sa mère annoncer à son père :

— Voici de la visite. C'est Madame Blèze.

Le sofa sur lequel je me remettais doucement de la maladie avait été disposé de façon telle que mon père, assis derrière son bureau, pouvait se retourner et vérifier mon état d'un coup d'œil par-dessus son épaule, à travers l'ouverture de la porte à double battant habituellement close.

De mon côté, je voyais son dos large, rassurant, vêtu d'une veste d'intérieur en drap beige et je pouvais suivre, lorsque je ne somnolais pas, les moindres mouvements de sa nuque, le balancement de sa tête, les gestes de ses bras que j'avais bientôt suffisamment étudiés pour deviner sans voir le jeu des mains, quand il se servait de son stylo ou feuilletait un ouvrage, ou pianotait avec ses doigts sur le meuble. Pendant de longs moments aussi, je prenais pour point fixe la courbure des branches de ses lunettes, couleur noisette, qui descendaient le long du pavillon de ses oreilles, entre la peau et ses cheveux fins et blancs. J'en étais arrivé à presque mieux le reconnaître de dos que de face, à pouvoir interpréter ses humeurs selon le dessin de ses omoplates sous la laine, la raideur de sa colonne vertébrale, et le passage de ses doigts sur l'arrière de son crâne. Enfin, il m'était loisible d'observer ses visiteurs et cette situation privilégiée me permit d'enrichir le florilège de notre Album.

Je les voyais pénétrer dans la pièce, précédant mon père qui les priait de s'asseoir après leur avoir expliqué la présence de ce petit garçon muet couché face à eux, plus loin dans le salon, sous sa couverture orange. Il contournait le bureau et venait occuper son fauteuil, dissimulant parfois le visiteur à mon regard, mais j'avais appris à déplacer mon buste pour rattraper les visages perdus et suivre leurs expressions. La plupart des visiteurs parlaient à voix plus basse, comme si la présence d'un tiers, fût-il un enfant convalescent, dérangeait leurs habitudes. Alors, je faisais semblant de m'endormir en fermant les yeux et la conversation reprenait bientôt un niveau sonore plus élevé. Ce qu'ils disaient m'importait moins que leurs physionomies.

Ainsi vis-je apparaître Merlussy, surnommé le Cyclope, dont l'œil droit était fermé par une sorte de brûlure ; nous ignorions l'objet de ses visites, mais la tare qui affectait son faciès et le chapeau aux bords trop larges qui recouvrait des cheveux trop longs nous faisaient deviner l'irrégulier en lui, l'homme qui a plongé dans les affaires et les ennuis.

— Alors, Monsieur Merlussy, où en sommes-nous ? demandait mon père.

— C'est toujours la même chose, répondait Merlussy, toujours pareil, la même saloperie.

Il avait une voix caverneuse, un ton accablé. La conversation prenait une tournure incompréhensible, j'entendais des chiffres, les mots « dettes » faisaient surface et perdaient bientôt tout intérêt. Quand Merlussy se levait, il vissait son feutre sur sa trogne inquiétante et serrait la main de mon père en le remerciant :

— Je vous ferai porter une ou deux dindes, disait-il.

— Mais non, Monsieur Merlussy, ce n'est pas la peine.

94

— Si, elles sont belles, vous verrez, ce sont de belles bêtes.

Et il s'en allait, déplaçant avec lui un nuage d'interrogations.

Je vis aussi passer un certain Monsieur Floqueboque, petit bonhomme mal construit, gras mais pâle, les traits épais et le menton mou, qui portait un veston trop court aux revers duquel il avait fait coudre toutes sortes de rubans, du rouge, du bleu, du vert. Il était volubile et suffisant, levant sans arrêt ses doigts vers mon père comme pour lui donner une leçon, en pérorant sur l'état du monde. De temps à autre, il plongeait sa main dans la poche de son veston pour en extraire un minuscule peigne, tel un jouet dans une panoplie de poupées, qu'il passait rapidement sur des cheveux abondants, longs, sales, comme s'il était sorti d'un long voyage et n'avait pas encore eu le temps d'aller chez le coiffeur. Son débit maniéré et le ton qui sentait les efforts qu'il avait dû faire pour effacer tout accent et acquérir un parler précieux et châtié me rappelaient celui des plus honnis de nos professeurs, en bas, au lycée. J'y décelais la même vanité, la même certitude de n'avoir jamais tort. Il ponctuait ses monologues de références sur lui-même, avec un tic verbal : « j'ajouterai ».

— Pour ma part — quant à moi — et j'ajouterai — pour avoir vécu cette période — et j'ajouterai — je me porte garant — j'y insiste — je souligne — à mes yeux — quand j'étais en fonction — et j'ajouterai — j'observe, etc.

Je croyais lire, dans le raidissement du dos de mon père, une impatience, un refus.

— Mais Monsieur Floqueboque, finit-il par dire en

l'interrompant difficilement, je ne comprends pas le sens de votre visite. Que puis-je faire pour vous ?

— A vrai dire rien, répondait le suffisant petit homme. J'ai seulement voulu faire votre connaissance, et j'ajouterai, prendre date, en quelque sorte.

Il avait lui aussi franchi la Ligne de Démarcation. Il appartenait à ce qu'il appelait l' « Administration » ; il déployait ses mains dans l'air comme pour caresser le vide et déclamait ses phrases, habité par l'importance et la toute-puissance de cette « Administration » dont il était le si fier fleuron. Il se lança dans un discours sur l'avenir du pays. J'entendis quelques mots et quelques noms : « Vichy », « le Maréchal », « le sursaut national ». C'est alors que je vis mon père se redresser de son fauteuil et signifier d'un geste plus vif qu'à l'accoutumée que l'entretien était terminé. Monsieur Floqueboque ne revint pas à la Villa, mais grâce à lui nous apprîmes un nouveau mot. Après avoir accompagné le visiteur, mon père fit un détour vers le sofa. Il prit mon poignet dans sa main, pour tâter mon pouls, geste qu'il répétait dix fois par jour depuis qu'il avait craint de me voir mourir. Je sentais son pouce chercher ma veine et cela me faisait du bien. Il me dit :

— Tu pourras raconter à tes frères et sœurs que tu as eu droit à un beau modèle de cuistre.

Un après-midi enfin, apparut Madame Blèze. Elle s'était assise plus près du bureau que les autres visiteurs et avait déplacé le fauteuil de telle manière que je pouvais la voir de profil. Elle portait un chapeau de tissu bleu-noir, court, plat et rond, une petite galette sans rebords, ornée d'une voilette qu'elle avait relevée pour dégager un visage fin et pâle. C'était une brune aux cheveux souples, ondulés, lâchement torsadés. Elle avait des lèvres fardées d'un rouge sombre, tirant sur le grenat. Tout, en elle, me fascinait, et elle provoqua une émotion qu'aucune des autres « femmes de ma vie » n'avait pu susciter.

C'est qu'elle ne leur ressemblait en rien. Il flottait autour d'elle un parfum d'élégance ; elle avait des manières venues d'ailleurs. Juliette, la petite Murielle, ma propre mère s'habillaient et se déplaçaient avec simplicité et naturel tandis que Madame Blèze donnait l'impression d'avoir étudié et organisé chacun des accessoires qu'elle portait, chacun de ses gestes, et jusqu'à son immobilité même, les jambes croisées, le buste tendu, le menton avancé vers son interlocuteur, les lèvres légèrement entrouvertes, le rouge grenat luisant après qu'elle l'eut délicatement humecté du bout de sa petite langue. Elle était vêtue d'un tailleur de la même couleur que son chapeau, avec une jupe étroite qui dégageait des jambes moulées dans de la soie transparente, fumée de noir. J'eus l'envie de passer mes mains sur ces deux choses, belles et longues, et ce désir soudain et tout nouveau fut si fort que je me dis, à l'instant même où je le ressentais, qu'il devait être interdit, et que là résidait l'explication des ricanements et chuchotements de l'Homme Sombre : Madame Blèze donnait envie qu'on la touche, mais sans doute n'était-il pas permis de le faire. Maintenant, la courte rengaine composée par Pauloto me revenait en mémoire :

> *Ah dites-moi qui baise*
> *la belle madame Blèze.*

J'étais tellement captivé par le spectacle que m'offrait cette femme, tant absorbé par ma découverte des

97

tentations qu'elle avait déclenchées, que je ne pus suivre son dialogue avec mon père. Il me sembla qu'elle attendait quelque chose de lui, qu'elle redoutait des difficultés financières. Elle prenait un ton plaintif, comme si elle cherchait à attendrir son interlocuteur, à l'apitoyer, et ses intonations de petite fille venues d'une femme mûre et fardée ajoutaient à son charme et à l'agacement qui l'accompagnait. Quelques jours auparavant, lors de l'attaque de la diphtérie, je m'étais cru détaché du monde des autres. Le désir de Madame Blèze, la vision de ses jambes et sa taille, le profil arrondi de sa croupe sur le siège, l'envie sourde de toucher cette matière transparente qui recouvrait la peau de ses deux longues chevilles, me séparèrent à nouveau du reste du monde.

J'oubliai ce qui m'entourait. Seules, mes mains, posées sur mon bas-ventre, me reliaient à mon corps, mais je n'avais pas mal cette fois, et je découvrais une infime ébauche de plaisir et j'alliais sans raison le souvenir de ma fièvre et de la maladie aux savoureux instants de la rencontre avec mes sens. Encore une fois, je me voyais transporté ailleurs, loin des autres, mais cela ne me faisait pas peur et c'était à cette dame, aussi étrangère et brune qu'étaient blondes et familières ma mère et mes sœurs, que je devais cette découverte. J'allais la garder pour moi seul. Je décidai de ne rien inscrire dans l'Album. Puis, je changeai d'avis. La visite de Madame Blèze constituait un petit événement, et je me dis que mes frères et sœurs ne comprendraient pas que je l'ai ignorée dans mon compte rendu alors que, jusqu'ici, il ne s'était pas passé de jours sans que je consigne quelques remarques à propos des visiteurs que j'avais pu voir défiler.

Pourquoi Madame Blèze avait-elle suscité une telle émotion ? Je n'avais pas la réponse ; mais je détenais un petit secret intime, dont je sentais qu'il ne pouvait être partagé ni par Antoine, Pierre ou Michel, encore moins par les filles ! Alors, pour donner le change, j'écrivis : « Madame Blèze est venue et repartie en vélo-taxi. »

Car elle s'était rendue à la Villa dans l'un de ces curieux engins qui commençaient, dans les rues de la ville, à remplacer les automobiles, et que conduisaient des hommes en sueur, aux avant-bras nus, en casquettes, aux visages marqués par l'effort. Je m'étais levé pour assister à son départ par la fenêtre de la cuisine. Elle avait rabattu la voilette de son chapeau et me semblait, vue à travers la vitre, encore plus troublante, à la fois par son air d'attendre que l'on vînt l'aider, pauvre créature perdue dans la tourmente, et par son allure sophistiquée et allumeuse, qui jurait dans le paysage du Haut-Soleil. Tout occupé que j'étais à contempler ce mystère qui s'éloignait, je n'entendis pas la porte s'ouvrir et la voix bienveillante de mon père qui s'étonnait :

— Mais que fais-tu là, les pieds nus sur le carreau ?

11

Madame Blèze descendit du vélo-taxi au coin de la rue de la Rep' et de la Place des Acacias, et fit, à pied, les cent mètres qui la séparaient de son appartement. Elle longea le Café de la Rep' et le passage de sa silhouette put fournir aux habitués de l'établissement de quoi jaser pendant de longs instants. D'où venait-elle, ainsi habillée, masquée par son voile de dentelle noire ?

Il y avait plusieurs débits de boissons dans les divers quartiers de la petite ville, mais le Café Delarep les surpassait par sa situation géographique, la diversité de sa clientèle, et par son rôle dans la vie quotidienne de la ville. Sa terrasse et ses vitres donnaient sur la place centrale qui portait officiellement le nom de la Place de la Préfecture, mais tout le monde l'appelait Place des Acacias, puisqu'en son milieu poussaient quatre bouquets d'acacias géants, aux troncs épais et droits, aux branches noueuses.

Vers le Café Delarep convergeaient toutes les rumeurs, informations, événements. Nous le considérions comme un endroit magique et dangereux et lorsque, par exception, nos parents nous y emmenaient pour y consommer une glace ou un jus de raisin, nous nous sentions parcourus par un frisson car nous étions au cœur des choses, au centre d'un univers entièrement différent de celui de notre Villa. Je regardais ces visages inconnus, je voyais s'agiter les garçons avec leurs plateaux et, au fond, dans le coin des habitués, sur des banquettes de cuir marron usé, il y avait de drôles d'individus, entourés de nuages de fumée, qui semblaient possesseurs d'un même code, et j'avais envie de monter sur le guéridon au dessus de marbre pour leur crier : « Que savez-vous que nous ne savons pas ? »

Le Café Delarep détenait un pouvoir de réception et de diffusion des faits vrais, des faits vécus, observés ou totalement inventés, un pouvoir nourri et animé par plusieurs couches de clientèle. Celle des fidèles de l'apéritif, à midi comme le soir ; celle des oisifs qui s'y installaient aux heures creuses, comme dans un abri ; celle des gens de passage. L'Homme Sombre ne dédaignait pas, en rentrant de son travail et en route pour sa visite du soir à mon père, s'y arrêter quelques instants afin de glaner ragots et tuyaux. Il connaissait chaque client. Ses activités à la coopérative, la longévité de sa présence en ville, l'autorité qui émanait de sa personne lui avaient ouvert les portes de cette petite centrale de renseignements. Il aimait y partager un Raphaël ou un « perroquet » avec les canailles comme les notables, et il ne considérait pas qu'il s'abaissât en écoutant leurs grivoiseries ou leurs indiscrétions. Mon père se refusait à ces faiblesses et il attendait, là-haut dans la Villa, que son ami vînt lui distiller son savoir. Les gens de la ville disaient de mon père qu'il était hautain et attribuaient à son trop long séjour dans les

101

sphères financières de Paris ce qu'ils prenaient pour du mépris, mais qui relevait de l'indifférence, du scepticisme, au vrai de sa misanthropie.

Au Café Delarep, on parlait beaucoup du sport local — le rugby, prononcé le rruby — et les dirigeants du Club, des commerçants en manteaux lourds, au verbe assuré, y invitaient parfois les joueurs de l'équipe, en particulier les Frères Barqua-Rondo, « des vedettes », un couple de trois-quarts centre, massifs et compétents. Il y avait aussi une frange d' « artistes » de la ville, qui se réunissaient autour de celui qu'on appelait l'Echassier, un géant de deux mètres au nez protubérant, toujours coiffé d'un béret et qui, venu de Paris avec sa discothèque et ses documents, faisait autorité en matière de jazz américain. Certains jeunes gens de la ville se réunissaient chez lui pour l'écouter disserter sur une musique désormais difficile à entendre dans la « Capitale », mais de plus en plus appréciée en Zone Libre, dans le Sud. Il s'était formé une petite cour autour de l'Echassier qui se vantait d'avoir personnellement connu Louis Armstrong et Bix Beiderbeke. Quelques bellâtres, membres d'une troupe de théâtre amateur, qui rêvaient de monter un jour à Paris pour y « faire du cinéma », s'étaient joints à ce clan. Ça fumait, ça bavardait, ça riait aux saillies de l'Echassier qui savait commenter les péripéties de la vie quotidienne, caricaturant les mœurs de ses protagonistes.

Le pouvoir du Café Delarep était ainsi réparti entre plusieurs groupes humains qui, par la profession, la notoriété, l'assise commerciale ou le prestige personnel de leurs membres, assuraient le flux et le reflux des nouvelles, le traitement de l'information. Les calomnies et les fables allaient bon train, certes, mais la diversité des renseignements et sa position centrale avaient donné au Café Delarep une voix prépondérante, le monopole d'une vérité que l'on mettait rarement en doute. Ainsi, au fil du temps, le Café Delarep s'était mué en une entité propre. On en parlait comme d'une personne, un de ces êtres humains en qui repose la confiance d'une communauté et dont les ukases, comme les comptes rendus, répondent à un besoin universel, celui de pouvoir s'appuyer sur une autorité unanimement admise : « S'il l'a dit, c'est que c'est vrai. » Et si le Café Delarep l'avait dit, c'est que cela avait eu lieu.

Voilà pourquoi, même si toutes sortes de gens crédibles et respectables avaient déjà annoncé *leur* arrivée, même si le journal ou la radio ou les tuyaux venus d'autres régions avaient confirmé que ce n'était plus qu'une question de jours et qu'il se passerait ici la même chose que dans toutes les villes de France, tant que le Café Delarep ne confirmerait pas *leur* présence, on n'y croirait pas.

Aussi bien, fallut-il qu'on *les* découvre là, sur la Place des Acacias, et que ce soit le Café Delarep qui *les* voie investir la ville et qu'il soit témoin de la couleur insolite de *leur* uniforme, du curieux balancement de *leurs* jambes, et de l'impressionnant déploiement de *leurs* forces mécaniques et métalliques, pour que cela devienne une réalité : les Allemands étaient arrivés.

DEUXIÈME PARTIE

Les visiteurs

12

Un grondement prolongé, comme les roulements des baguettes sur une batterie de grosse caisse tendue de toile, précéda leur apparition. Le bourdonnement venait d'en bas, des rives du fleuve, de la ceinture de la ville.

On était en novembre, il faisait frais, pas froid, et les vents déferlant des Causses avaient achevé de disperser, sur la boulbène des Allées Malacan, les feuilles mortes des platanes. Les deux marchandes de glaces, agitées par un pressentiment — allait-il pleuvoir? — avaient rangé l'étalage de leur carriole et s'étaient abritées à la hâte sous le toit en tôle ondulée du Bazar Montaut. Les deux marchandes se haïssaient. Séparées d'une vingtaine de mètres, chacune ayant marqué son territoire d'un côté des Allées, elles se répandaient en calomnies réciproques, enjoignant les enfants de ne pas consommer les produits de la rivale. Madame Donzelli disait :

— Elle vend des glaces empoisonnées.

Madame Bonnes Glaces répliquait :

— Chez Donzelli, c'est pas des glaces, c'est du pipi.

Mais le bruit anormal avait réuni les deux mégères

dans la même inquiétude et ce furent elles qui, debout dans leurs tabliers, leurs gros corps coincés entre les carrioles bariolées et les vitrines du bazar, virent les premiers casques et les premiers uniformes, et Madame Donzelli, plus audacieuse que sa concurrente, cria en direction de la Place des Acacias :

— Les voilà !

Son appel s'engouffra le long des allées étroites pour gagner la place et le Café Delarep, certains clients sortirent et s'immobilisèrent sur le trottoir malgré le mauvais temps, mais d'autres restèrent en retrait, à l'intérieur. Tous, cependant, s'étaient levés sans se concerter et un silence brutal avait envahi la grande salle enfumée habituellement parcourue de cris, de rires, et du choc des verres et des soucoupes. Ils comprirent, juste après les deux marchandes, que ce que l'on avait confondu avec la résonance de multiples tambours n'était que le chant des moteurs de véhicules peints en vert-de-gris, roulant souplement, dans une formation impeccable, conduits ou encadrés par des soldats dont les vareuses, chemises, casques, casquettes et pantalons arboraient la même nouvelle couleur. Seules les bottes (et les armes) étaient sombres, noires et luisantes.

La nouvelle couleur était une couleur inconnue. Dans cette cité tour à tour, selon les quartiers ou les saisons, grise, blanche, calcaire, crayeuse, rouge, argileuse, rose, pastellisée, et parmi cette humanité bistre, noiraude, bavarde et faraude, courte sur pattes et vivace, qui avait triplé de volume en moins de deux ans et avait incorporé des « Parigots » plus pâles, ou des réfugiés aux accents et aux teints plus contrastés, la nouvelle couleur frappa les regards et les esprits ; il y avait dans cette nouvelle couleur quelque chose qui ne s'harmonisait pas avec le caractère de la ville et ce n'était pas tellement la nouveauté qui dérangeait les sens et répandait le malaise mais plutôt sa laideur, son artifice. Et l'on voyait bien que la nouvelle couleur était arrivée en dominatrice, qu'elle ne demandait son avis à personne, et qu'il faudrait la subir, ou, sinon, lui résister.

La nouvelle couleur accompagnait de nouveaux faciès et recouvrait des anatomies nouvelles. Des taches de son sur les visages, des yeux clairs, des peaux autrement pigmentées, plus laiteuses, des nez et des oreilles fabriqués dans d'autres moules, moins ronds, plus aigus. Les bras et les jambes ne se mouvaient pas de la même façon. Les hommes ne marchaient pas au même rythme que les gens du pays, et les officiers supérieurs qui se tenaient à l'avant de la colonne avaient un autre air : sérieux, satisfaction, certitude. Et bien que l'on fût habitué dans la ville et la région à reconnaître l'allure avantageuse d'un propriétaire terrien, les manières conquérantes du patron de la biscuiterie locale, ou la démarche arrogante du marchand de bestiaux fortuné, il y avait chez ces soldats et leurs chefs les signes d'une supériorité différente, préconçue. Une morgue sans commune mesure avec celle que confère la naissance ou l'argent.

Lorsque le gros de cette troupe eut défilé et se fut engagé en direction de la caserne Doumercq, le long du Cours Foucault, l'on vit surgir sans transition, sans qu'on ait eu le temps de faire le moindre commentaire, une deuxième section de militaires. Ceux-là ne portaient pas la couleur vert-de-gris que les consommateurs figés du Café Delarep avaient déjà décidé de comparer à la moisissure des celliers ou à la mousse de certains chênes. Ils étaient vêtus de noir, avec des boutons, des signes et des galons en argent, et la passivité de leur masque, la fixité de leur regard donnaient presque aux soldats qui les avaient précédés des allures débonnaires. Leurs yeux semblaient plus bridés, les pommettes des joues plus hautes, l'Orient perçait sous l'impassibilité de leurs physionomies. Tant de flegme, tant de dureté, tant de givre augmentait le trouble qui avait saisi les habitués du Café Delarep. Un courant froid parcourut leur rang, aussi bien sur le trottoir qu'à l'intérieur de l'établissement.

Et le spectacle d'une petite tête de mort blanche encadrée de deux os blancs, le tout brodé sur le fond noir d'un fanion pointu qui flottait, fiché à la courbure du pare-chocs avant du véhicule de commandement, confirma l'impression diffuse que dans ce pays de vin et de ballon ovale, de prune et de raisin, de pêche et de maïs, de veaux et de volailles, de ceps et de châtaignes, venait de se produire, avec toute la force de son outrecuidance, un de ces moments décisifs où l'existence, telle qu'elle avait été envisagée jusque-là, change de sens et s'éclaire soudainement d'un autre feu.

Là-haut, à la Villa, nous ne le savions pas encore.

13

Là-haut, les jumeaux avaient inventé un nouveau jeu. Il ne dura pas longtemps, mais il fut l'occasion de comprendre que des changements avaient eu lieu dans la vie de la Villa. Nous ne les avions pas sentis venir, mais voilà que, brusquement, se levait un autre rideau de notre ignorance.

D'une expédition sur les bords du Tescou, la rivière qui coulait au bas des coteaux sur lesquels trônait la Villa, Pierre et Michel avaient rapporté des roseaux longs et solides, dans lesquels ils avaient taillé des sarbacanes. Ils ne révélèrent pas tout de suite l'existence de ces accessoires, qu'ils dissimulaient dans l'une de leurs multiples cachettes. Les jumeaux, malicieux, industrieux, imaginatifs, savaient exploiter les ressources de toutes les aires en friche du jardin géant qui entourait la Villa. Ils construisaient des cabanes dans les cerisiers ; ils posaient des lacets sur les flancs de la partie pentue, crayeuse et buissonneuse, où couraient parfois des lapins de garenne ; ils s'enfermaient dans le grenier au-dessus de l'étage des filles pour en ressortir déguisés et peinturlurés en Sioux et s'enfoncer dans les sous-bois près du château d'eau, à la recherche de quelque tribu adverse.

J'étais jaloux de leur complicité. Ce lien puissant qui unissait chacune de leurs démarches, chaque fou rire, chaque geste, me semblait relever de l'injustice. J'aurais voulu me souder à eux, vivre leur étonnant mimétisme. J'étais incapable d'apercevoir encore que ce que je considérais comme un cadeau de la nature pouvait déjà tenir lieu de handicap, et se transformer, plus tard, peut-être, en une encombrante infirmité.

— On serait, on aurait, on ferait, étaient leurs litanies.

Dès l'instant où ils avaient prononcé ces trois conditionnels et décrété :

— On serait des Peaux-Rouges — on aurait des revanches à prendre — on ferait des expéditions punitives,
ils devenaient inaccessibles. On eût dit qu'ils étaient entrés dans une sorte de transe hypnotique. Leurs yeux se voilaient, ils avaient un sourire étrange, des gestes mélodramatiques, et j'avais beau supplier :

— Emmenez-moi, laissez-moi entrer dans votre jeu,
j'avais l'impression qu'ils ne me voyaient et ne m'entendaient plus. J'étais à l'extérieur de leur théâtre. A peine parvenais-je à interpréter leur pratique. Seule, leur propre décision de revenir à la normale en affirmant :

— On est plus — on a plus — on ne fait plus,
me rapprocherait à nouveau d'eux. Je les regardais s'enfuir en courant, confondant leurs deux silhouettes dans l'horizon, et je n'attendais pas longtemps pour aller pleurnicher auprès des sœurs ou de ma mère, qui me répondaient :

— Laisse-les, ils sont bien ensemble.

Ma mère ajoutait, en insistant sur les mots :

— Tu vois bien qu'on ne peut pas les séparer.

Lorsque Antoine, pour apporter une variante à nos « cavalcades », proposait un simulacre de partie de rugby « entre hommes », les jumeaux faisaient automatiquement équipe commune. Ils aimaient donner et recevoir des coups. Le ballon ne servait qu'un court instant de prétexte : dès le premier plaquage, la bagarre commençait, et nous formions une pile humaine, vacillante et interchangeable, toute l'astuce consistant à ne pas rester en dessous de la pile puisque c'était là qu'on recevait le plus de bourrades. Antoine dominait le lot, parvenant à me protéger d'une part et à distribuer assez de claques, d'autre part, pour endiguer la fureur de Pierre et de Michel que je voyais fondre sur moi, et à qui je criais souvent dans ma frustration et ma trouille :

— Mais battez-vous aussi entre vous deux, quand même !

Parfois le sang coulait, mains égratignées, genoux écorchés, nez en estafilade. Mon cœur battait plus fort et je n'aimais pas cela, mais je m'évertuais à rendre coup pour coup et je finissais par y trouver une sorte d'amère satisfaction. Cela se déroulait sur la portion plate de gazon entretenu, côté entrée de la Villa. Il arrivait que le combat s'arrêtât au premier accroc. Lorsque nous nous savions observés par les filles ou par nos parents, nous attendions que l'ordre de cesser les hostilités vînt de notre aînée, Juliette, ou des adultes. Mais je voyais bien que mon père, quoique pressé par la partie fémi-

113

nine de la famille, prenait son temps avant d'élever la voix. Je ne comprenais pas son attitude. Qu'attendait-il pour m'éviter de souffrir autant ?

— Ils vont finir par se faire mal, entendais-je dire ma mère.

Impavide, les bras croisés, mon père observait sans intervenir et je le surpris une fois à répondre à ce « ils se font mal » maternel :

— Pas encore assez. Pas encore vraiment.

A la fin, l'ordre revenait. Nous nous apaisions, demeurions allongés, à bout de souffle, les joues et les mains en feu, moi ravalant mes larmes, les jumeaux hilares, Antoine supérieur. Rien, alors, n'aurait pu nous distraire de cet instant. Nous étions étendus, immergés dans cette odeur du pays si délicate à définir, ce mélange de terre glaise fraîche et grasse et d'herbe foulée, et nous aurions voulu manger à pleine bouche ce sol d'où émanaient des effluves de fleurs ou de fruits souterrains ; une douceur sucrée, comme du vin, du cuir, du marron, à quoi venaient s'ajouter, descendues des cèdres, mélèzes et mûriers noirs du grand jardin, des senteurs de menthol, de résine, des écailles, écorces, cônes, houppiers, glands et feuillages, avec la forte présence de l'oseille sauvage et venue d'encore plus loin, enveloppant le tout, une dominante de sauge et de foin. Nous nous rapprochions les uns des autres. Après s'être battus, les corps éprouvaient le besoin de s'embrasser, se réconcilier. Pierre et Michel m'accueillaient dans leur alliance, Antoine entourait de ses bras déjà forts notre masse immobile, j'étais heureux.

Au cours de l'une de ces parenthèses, les jumeaux s'adressèrent à Antoine et moi en chuchotant :

— On a fait des sarbacanes. Venez.

Nous les suivîmes jusqu'à la haie qui formait un rempart entre la propriété et le chemin du Haut-Soleil. Là, sous les épais lauriers et les massifs de fusains, au pied de la végétation, à même les racines, Pierre et Michel avaient aménagé dans la terre et le gravillon deux sortes de petites marches où ils s'assirent, extrayant leurs sarbacanes d'une cache faite de feuilles sèches de roseaux. Ils saisirent des grappes de petits grains verts, durs et capsulaires, qui poussaient sur les branches, s'en remplirent la bouche, puis, tendant les sarbacanes au bout des lèvres, se mirent à fusiller la route à travers un orifice au milieu du feuillage. Les minuscules projectiles faisaient un court bruit sec en giclant des sarbacanes et, au passage du premier cycliste, nous comprîmes la jubilation qui s'était emparée de nos deux frères lorsqu'ils avaient décidé de nous dévoiler leur jeu. Car les sarbacanes tiraient dru, droit et juste, et les jambes des cyclistes, comme les roues de leurs vélos, étaient grêlées de ces cinglantes rafales, venues d'on ne savait où.

C'était le sel du jeu, son plaisir suprême : vous pouviez en toute impunité canarder les mollets des hommes ou des femmes qui freinaient, s'arrêtaient parfois, fouillant le pantalon ou la robe à la recherche de la nuée d'insectes invisibles qui les avait piqués. On les entendait réagir avec étonnement, jurer sans retenue, puis on les voyait continuer dans un sens ou un autre du chemin sans qu'il leur vienne à l'esprit que, derrière la masse sombre de la haie, quelques garnements s'amusaient à leur agacer l'existence sans risque d'être démasqués. On était proche des victimes, mais à

115

l'abri, grâce à la densité de la végétation et l'habileté de la construction échafaudée par les jumeaux. Le seul danger tenait dans l'irrésistible envie de rire ou clamer sa victoire lorsqu'on avait bien arrosé une cible. Il fallait agir dans le plus grand silence, en s'efforçant de conserver son calme.

Le jeu de la sarbacane ne pouvait se pratiquer que dans les journées du samedi ou du dimanche, lorsque nous n'allions pas au lycée et lorsque les cyclistes-promeneurs venaient flâner dans le quartier du Haut-Soleil. A peine l'eut-il découvert qu'Antoine délaissa cet exercice. Il grandissait ; ces bêtises ne l'intéressaient plus ; et lorsqu'il ne se consacrait pas à ses cahiers ou ses livres, il était plus attiré par les cris montants du stade de rugby, l'atmosphère insolite autour de l'Echassier et sa bande du Café Delarep, ou par les regards des jeunes filles qu'il croisait dans la rue du même nom. Il nous avait vite abandonnés à notre stratagème en oubliant de rappeler la leçon de notre père : nous n'avions ni le droit ni le devoir de nous amuser de la sorte aux dépens d'autrui. Nous étions pourtant tellement conscients de faire « quelque chose de mal » que deux mots émis dans notre dos, par une voix inconnue, suffirent à nous immobiliser :

— Pas correct.

Ou plutôt, les mots furent ainsi prononcés :

— Ba Korrekt.

Nous nous retournâmes en tremblant. C'était Monsieur Germain. Il avait dit cela de façon furtive, comme s'il demandait pardon. Notre stupéfaction n'était pas seulement due à ce qu'un adulte nous ait surpris en flagrant délit mais parce que, jusqu'à ce

116

jour, nous n'avions jamais entendu le son de la voix de Monsieur Germain. Au point que pour nous, Monsieur Germain, le très curieux jardinier de la Villa, était muet, et, qui sait, peut-être sourd.

14

Depuis quelque temps déjà, les espaces cultivables de la Villa avaient été confiés à une véritable petite armée de jardiniers. De la même manière, la maison, son ménage, sa cuisine et son train, étaient entretenus par une pléthore d'auxiliaires féminines. Il semblait, certains jours, que la population du Haut-Soleil ait triplé de volume. Le plus bizarre était que cette humanité n'appartenait en rien aux autochtones.

Ainsi, Monsieur Germain. Il avait été l'un des premiers « visiteurs » de mon père, ceux qui, entre 1940 et 1942, vinrent de plus en plus fréquemment à la Villa et qui, la visite achevée, ne ressortaient pas par l'entrée principale mais empruntaient la terrasse et s'évanouissaient dans la nature. Nous le vîmes réapparaître quelques semaines plus tard et l'on nous annonça :

— C'est le nouveau jardinier.

Il saluait de la tête en descendant le matin de son vélo, sans articuler une parole, digne et effacé, attaché à un seul objectif : passer inaperçu. Moustachu, le cheveu roux et frisé, portant binocles à montures d'acier et gilet de velours sous une veste de drap

sombre à boutons de bois, il avait l'air de tout, sauf
d'un préposé aux potagers et vergers qui l'attendaient
en haut du coteau sous les sept peupliers. Il avait un
sourire immuable sur ses lèvres épaisses, un de ces
sourires modestes qui appellent la compassion et
semblent vouloir dire : je ne demande que la paix, ne
vous moquez pas de moi. Nous ne le trouvions
nullement risible et s'il craignait, de son côté, que
notre horde toujours prompte aux lazzi et aux sobriquets ne s'attaque à lui, nous respections à son égard
la distance que créent le mystère, et le silence prolongé. Car il ne disait pas un mot, serrant longuement
chaque jour la main de mon père et s'inclinant devant
ma mère à qui il remettait deux paniers chargés de
fruits et de légumes avant de repartir, ayant attaché sa
propre récolte à l'arrière de son vélo, puisque tel était
l'accord passé entre mon père et le bonhomme : il se
payait sur le jardin. Il avait le droit de cultiver son
lopin de terre et ce droit fut étendu aux autres hommes
qui, après lui, montèrent jusqu'à la Villa pour faire des
heures dans la propriété.

Monsieur Germain dominait le lot. Les autres
jardiniers temporaires, tout aussi étranges que lui,
habillés comme des citadins qui auraient pris la fuite la
nuit devant un incendie, certains ayant juste eu le
temps de passer un veston sur leur pyjama, se
réunissaient autour de Monsieur Germain dans les
terrains le long de la douce, ample et fertile pente qui
se déployait vers la vallée du Tescou. On distribuait
les tâches. Puis l'on s'éparpillait, selon les heures, à
pied ou en vélo par la route du bas, du bord de la
rivière, pour retourner vers les quartiers de réfugiés ou
dans les fermes avoisinantes où les mêmes hommes

prêtaient leurs bras et leurs mains en échange d'un repas et d'une couche pour la nuit. Nous n'étions guère témoins de cette activité puisqu'elle se déroulait pendant que nous étions en classe. Seules, quelques figures fixes comme celle de Monsieur Germain qui venait parfois le dimanche pour chercher du ravitaillement supplémentaire, auraient dû nous faire comprendre le lien qui existait entre ces « visiteurs », ces « jardiniers » silencieux dont certains étaient si peu doués qu'on vit l'un d'entre eux piocher dans du ciment pour y faire pousser des patates — entre eux, et la situation dans l'ensemble du pays.

— Voici Dora, elle va aider à la cuisine.

C'était ainsi que notre mère nous avait prévenus de l'existence d'une nouvelle habitante dans l'univers de la Villa. A nos questions :

— Qui est-ce, d'où vient-elle ?

On nous avait dit :

— C'est une amie d'autrefois.

Cela ne suffisait plus à satisfaire notre curiosité. Nous avions noté dans l'Album que Dora parlait, certes, au contraire du taciturne Monsieur Germain, mais qu'elle s'exprimait avec un drôle d'accent guttural, heurté, maladroit et qu'elle était myope, ne sachant rien faire d'autre que le même gâteau étouffant à la citrouille et qu'elle cassait beaucoup de vaisselle, sans encourir un seul reproche. Dora s'abritait derrière ma mère, la suivant dans ses déplacements pour étudier chacun de ses gestes et tenter de les reproduire. Il passait une lueur de bonté docile sur son visage et nous lui trouvions quelque similitude avec notre mère, la même tendresse à l'égard des plus petits, le même souci de soulager mes perpétuelles

120

jérémiades, la même indulgence pour les caprices de Jacqueline ou de Violette. L'Homme Sombre, qui aimait pénétrer sans frapper dans les pièces de service pour perturber le « monde des femmes », avait pris pour habitude de rudoyer Dora, sur le ton faussement bougon qu'il adoptait dès qu'il s'adressait à quelqu'un de plus jeune que lui, a fortiori une femme :

— Alors, Dora, vous allez vous les faire faire, ces lunettes ?

Dora refusait de s'aventurer vers le centre d'une ville où, au moindre soupçon d'une intonation différente, on s'était toujours entendu dire :

— Vous, vous êtes pas d'ici.

Elle craignait d'avoir à dévoiler devant un commerçant inconnu et susceptible de bavarder, sa race, ses origines, son statut d'irrégulière. L'Homme Sombre insistait pourtant :

— Ça vous irait bien, des lunettes, ça vous rendrait encore plus attirante.

Dora rougissait, secouait ses cheveux blonds et s'affairait en ouvrant des placards, avec, pour seul résultat, un peu plus d'embarras et de désordre. Elle portait une blouse que lui avait prêtée ma mère et l'on devinait, sous le tissu léger, la courbure de ses formes. L'Homme Sombre ricanait, tournait le dos, rejoignant, dans son bureau, mon père qui élevait la voix pour l'enjoindre de refréner son penchant à la moquerie et l'allusion et lui demandait, plutôt, où en étaient leurs manœuvres.

Tous deux étaient désormais plus complices encore qu'auparavant. L'Homme Sombre, grâce à ses multiples accointances dans les services municipaux, s'était chargé d'obtenir les fausses pièces d'identité pour

121

celles et ceux qu'abritait mon père. Sans avoir prévu l'ampleur que prendraient leurs premiers gestes d'hospitalité, voilà que les deux quinquagénaires se retrouvaient à la tête d'une sorte de réseau, une filière.

Les choses s'étaient faites graduellement. La ville, par sa position en Zone Libre, son implantation sur la route qui menait aux frontières de l'Espagne, avait vu déferler en deux ans un flot hétérogène de réfugiés, juifs polonais, Allemands hostiles au régime nazi, apatrides surnommés des « heimatlos » ; les habitants avaient, dans l'ensemble, aidé les pourchassés. Certains ne restaient pas longtemps sur place ; d'autres, rassurés par les facilités du climat, l'abondance des ressources alimentaires, la mansuétude des vallons et des coteaux, avaient réussi à se fournir papiers et documents qui les mettaient « en règle » ; ils s'étaient partiellement intégrés à cette petite ville qui s'était crue fermée sur elle-même, mais se révélait capable de générosité. Tous, néanmoins, demeuraient des citoyens provisoires, nantis de noms artificiels, vivant au jour le jour, les yeux sans cesse braqués vers le Nord et l'Est d'où ils redoutaient que reviennent le malheur et la persécution.

Lorsque la nouvelle couleur vert-de-gris se répandit dans les faubourgs de la ville, la communauté éparse de réfugiés se remit à frémir. Ceux qui se sentaient trop aisément identifiables, déguerpirent plus au sud. D'autres, mieux établis mais encore peu sûrs, cherchèrent une protection supplémentaire. Il y avait cette Villa, dans le Haut-Soleil, qui employait un nombre anormalement élevé de jardiniers, et cet homme de haute taille à cheveux blancs, qu'on ne voyait pas souvent en ville et qui, paraît-il, ouvrait sa porte aux réprouvés.

Mon père avait connu Norbert Awiczi dans le Paris de l'avant-guerre. C'était un diamantaire intelligent, rusé, amateur de théâtre, de jolies filles, de musique, et de nuits sans sommeil. Il avait eu la même intuition que mon père et avait décidé de s'éloigner, bien avant l'Exode, vers des régions moins menacées. Il avait fait escale un soir à la Villa. Il était petit, brun, séduisant, avec des mains qui s'envolaient comme des oiseaux en l'air pour appuyer tel ou tel argument. Il roulait les « r » non pas à la manière du Sud-Ouest, mais sur des registres plus exotiques, à l'instar de quelque actrice roumaine :

— Biarrritz, cherr ami, Biarrritz ! ils n'irront pas nous cherrcher là-bas !

— Mais pourquoi Biarritz ? avait interrogé mon père.

— Cherr ami, il y a des casinos là-bas, il y a la merrr, donc des gens rriches et des femmes ! Ça veut dirre prrrospérité, amourrs intempestives, affairres terriblement juteuses !

Puis il avait soufflé en oubliant la parodie, son fin visage de noceur parisien gagné par une gravité brusque :

— Et l'Espagne à portée de la main — au cas où...

Et comme il avait lié ces trois derniers mots en les répétant plusieurs fois, Juliette et Antoine qui étaient assez grands pour se souvenir de lui — cela se passait quelques jours seulement après notre installation définitive dans le Midi — l'avaient surnommé Okazou dans les premières pages de l'Album que nous inaugurions. Il était originaire d'Autriche et avait, avant de repartir pour Biarritz, posé une courte question à mon père :

— Puis-je vous rrecommander quelques amis ?

— Bien sûr, avait répondu mon père.

Il ne lui était pas difficile de dire oui. Il aimait Awiczi, l'astuce de son esprit, la souplesse de sa conversation, et il avait apprécié que le diamantaire partage sa prévision des catastrophes à venir.

Mais peut-être aussi, lorsqu'il regardait son épouse évoluer autour d'eux dans le salon, mon père associait-il inconsciemment le destin de l'orpheline à celui, universel, de toutes les communautés que le nazisme avait prises pour cibles.

Il était tombé amoureux de la jeune fille dès le premier regard ; cela s'appelait banalement un coup de foudre. Mais c'est tout, sauf banal. Qu'avait-il vu en elle qui correspondît secrètement avec sa propre tragédie — la perte de son père — si tôt dans sa vie ? Le pessimisme qui avait, en filigrane, conduit la plupart de ses pensées, s'était momentanément effacé devant un amour aussi clair, aussi fort. Il s'était jugé, aux abords de la quarantaine, revenu de toutes les intrigues, expériences et sensations, de toutes les femmes. La simple vision de la jeune fille aux cheveux tressés, dans cet intérieur bourgeois où le hasard l'avait amené faire le quatrième dans une ennuyeuse partie de bridge, avait réveillé ce qu'il croyait être un cœur blasé, un corps lassé, une âme agnostique. Elle l'avait attendri, captivé, attiré sans raison et alors même qu'il ne connaissait rien de son passé, il avait pressenti qu'elle avait autant besoin de lui qu'il l'avait longtemps cherchée, elle. Leur union s'était décidée et faite là, au premier instant, premier contact, premiers gestes. Plus tard, ils n'en parleraient que rarement à quelques intimes, car ils savaient d'instinct que ce phénomène se raconte mal et qu'on risque, à l'exposer aux autres, au mieux l'incompréhension, au pis et au plus souvent, la jalousie.

Elle avait baissé son front dès qu'il avait posé son regard sur elle, et essayé un compliment. Une émotion l'avait atteinte ; elle avait reçu un signal de reconnaissance. Il se tenait droit, détaché au milieu d'un salon rempli de pantins repus, de fantoches agités. Ses lunettes d'écaille et ses cheveux blancs lui donnaient une allure professorale et sévère, une aura d'autorité, de réussite. Mais elle avait vu autre chose sur son visage, entendu une autre musique dans sa voix. Là où les relations dites d'affaires, les amis superficiels de mon père ne distinguaient que froideur et morgue, la jeune fille avait percé les couches de glace, les déguisements de la pudeur, les armures de l'orgueil dont on s'alourdit pour éviter de souffrir et faire souffrir, ce qui revient au même et mène, de manière droite ou détournée, vers les plateaux de haute solitude.

Dans une lettre rédigée à bord du paquebot *Ile-de-France*, quelques années auparavant, alors qu'il revenait d'avoir rompu avec une maîtresse américaine, mon père avait écrit à son confident, Paul : « Dans un coin de ma chambre, guettant son heure, qui est tantôt minuit, tantôt l'aube, je verrai réapparaître, familière, sarcastique et sûre d'elle, avec sa bouche tordue et son regard vitreux, la face empoisonnée de l'Inquiétude. »

— C'est une belle phrase, avait dit Paul lorsqu'ils

s'étaient retrouvés, mais un peu trop belle, un peu livresque! Tu t'es fait un tantinet plaisir, tout de même, non ?

— C'est vrai, avait admis mon père.

Paul, mieux que personne, connaissait les origines de cette inquiétude à laquelle mon père conférait une si noire majuscule. Il savait quel combat son frère spirituel livrait à l'anxiété, à l'*angst,* et soupçonnait qu'elle n'était pas entièrement explicable par l'irruption précoce de la mort pendant la jeunesse de mon père ; il faisait parfois l'hypothèse que cela relevait d'un mécanisme mystérieux, d'insondables lois héréditaires.

Mais la jeune fille, ignorant les antécédents de cet homme mûr en face d'elle, avait tout balayé de son regard d'innocente. Forte de seize années vécues sans l'once d'une présence maternelle ou paternelle, sans la moindre preuve d'amour, douée de sa seule prémonition et de son besoin d'aimer et d'être aimée, elle avait déchiffré la même nécessité chez cet homme qui aurait pu être son père — et qui le remplacerait sans aucun doute, quoiqu'elle s'en défendît — et avec lequel elle façonnerait au plus vite la famille que ni lui ni encore moins elle n'avaient eu la possibilité de connaître. Avec lui, au plus tôt, elle fabriquerait une cellule si fermée, si chaude, si maillée, qu'ils n'éprouveraient plus à une exception près — l'amitié de Paul, la présence quotidienne de l'Homme Sombre — l'obligation de rapports assidus avec autrui, cette vie en société sans quoi tant de couples se retrouvent confrontés au vide sans joie, à l'inerte silence de mariages qui s'effilochent et ne comprennent plus leur raison d'être, ou d'avoir été.

Maintenant qu'il écoutait les propos de l'ami diamantaire, en route pour Biarritz, dans le calme bienheureux de la Villa, sur ce chemin du Haut-Soleil où ne soufflait encore aucun des vents de la guerre, mon père démêlait-il les liens subtils qui le rendaient aussi prompt à ouvrir ses bras pour accueillir les étrangers ? Il n'eut aucune peine à dire oui, lorsque Awiczi, surnommé Okazou, au moment du départ, répéta de sa voix suave la question apparemment bénigne :

— Pourrrais-je vous rrecommander quelques amis ?

15

Les amis d'Okazou se présentèrent, d'abord, de façon espacée à la Villa, au début de l'année 1940.

Mais le mot avait été transmis dans un cercle restreint de juifs de Vienne où Okazou avait fait fortune avant de conquérir Paris, ses années folles, ses nuits, ses jolies femmes. Dès l'origine, à Vienne, son négoce lui pesait. Il aurait tant préféré « êtrre un crréateurr », écrire pour le théâtre, diriger un orchestre, faire œuvre de peintre ; il n'avait eu pour fréquentation que les membres d'une intelligentsia qui, peu à peu, s'effrita dans l'exil. L'un d'entre eux, un avocat antinazi, s'appelait Germain Bloch.

Il avait attendu les derniers jours pour s'évader d'Autriche après y avoir joué un rôle dans l'élaboration d'une résistance à la Gestapo — mais, sa tête mise à prix, Germain Bloch avait été forcé d'emprunter les voies clandestines pour se réfugier dans ce qui semblait, à l'époque, le havre le plus sûr, la Zone Libre en France. Ce n'était pas le hasard qui l'avait dirigé vers le bureau de mon père. Avec « Monsieur Germain », l'engrenage de la solidarité s'était mis en marche et mon père vit venir à lui au fil des mois, puis des années, non seulement les amis du Viennois, mais aussi d'autres hommes ou femmes, lointains parents des premiers réfugiés qu'il s'efforçait de recaser en ville ou à la campagne, ou de disséminer vers des réseaux similaires, des relais dans les Causses, le Gers, les Pyrénées — et ce avec l'adhésion de l'Homme Sombre, qui, fermement implanté dans l'administration de la petite ville, avait posé assez de jalons pour obtenir faux papiers, cartes de ravitaillement et autres viatiques.

La plupart de ceux que nous, les enfants, appelions encore naïvement « les visiteurs », ne faisaient que transiter par le Haut-Soleil : une nuit, parfois deux.

Visages à peine reconnus que déjà enfuis : deux sœurs appelées Edith et Judith, dont l'une était affectée d'un bégaiement dû à la terreur que lui inspirait la tombée de la nuit ; un peintre barbu, Abramovici, rigolard et fataliste ; Monsieur Krutz qu'il fallait appeler Cruse, et qui transportait un bébé sans maman, qu'il abandonna sous un faux nom à la crèche de Montbeton. Masques fugaces et pathétiques, silhouettes égarées dans les brumes du matin, s'éparpillant à travers les vergers violacés, les ronces humides de rosée et les rangs de figuiers rabougris.

Mais un noyau de permanents s'était formé, composé de ceux qui s'étaient accoutumés à l'univers de la Villa et dont Dora pour les femmes, Monsieur Germain pour les hommes, devinrent les plus familiers. Aussi, lorsque Monsieur Germain crut urgent de raconter, avec son exquise politesse, que trois d'entre les garçons s'étaient comportés de façon « ba korrekte » et que l'usage de leurs sarbacanes pouvait provoquer ce que craignaient le plus les adultes : se faire remarquer ! mon père décida-t-il qu'il était temps de nous initier aux multiples énigmes qui encombraient notre vie quotidienne.

Il y mit quelque solennité. Il nous convoqua dans son bureau, comme si nous étions des clients. Nous attendions devant la porte, sur la banquette habituellement réservée aux notables du pays, là où la belle Madame Blèze avait posé sa soyeuse et fragile personne. Nous étions assis par ordre de taille et d'âge, partagés entre les fous rires, la crainte d'une réprimande et la soif d'en savoir plus. La porte, enfin, s'ouvrit.

— Entrez, les enfants, murmura mon père.

Il n'avait pas pris son air austère de statue du commandeur. Ma mère se tenait à ses côtés. Elle souriait, comme pour nous rassurer, et j'imagine qu'elle lui avait conseillé, avec cette gentillesse persistante qui influençait insensiblement maintes de ses attitudes, d'y aller « doucement, surtout à cause des petits ». Il avait entouré sa taille de son bras et devant ce couple d'où émanait tant de tendresse, nous devinâmes qu'on nous pardonnerait bientôt les sarbacanes et qu'on allait passer à des choses infiniment plus sérieuses.

16

Nous connaissions « le bureau » mais nous n'en foulions guère le sol. C'était une sorte de sanctuaire.

J'avais eu le privilège de l'observer depuis mon canapé de convalescent mais il y avait longtemps de cela et je le voyais, cette fois-ci, sous un autre angle, depuis la place dévolue aux visiteurs.

C'était une grande pièce aux murs entièrement recouverts de panneaux de noyer sombre dans lesquels couraient de bas en haut, de long en large, des rayons garnis de livres. Vers quelque coin que se portât le regard, il n'y avait que cela, des livres ! Certains reliés, lourds, riches et recouverts de peau vert olive ou rouge cardinal, d'autres écornés, aux tranches flétries par le temps. Les œuvres complètes d'Alexandre Dumas, Racine, Corneille mais aussi Rostand, voisinaient avec celles de Bergson, Renan ou Anatole France, mais il y avait aussi Rudyard Kipling et Paul Féval et les aventures du Bossu, de Nez-de-Cuir, de Pardaillan et Lagardère. Et Baudelaire, Sir Walter Scott et Victor Hugo ! Et Fenimore Cooper et Jack London, Montaigne et Saint-Simon. Retz y côtoyait *La Comédie humaine*, Huysmans, Jules Verne et Michelet. Mélange hétéroclite et pourtant fidèle illustration des goûts de mon père pour la belle prose, la poésie autant que le récit, le feuilleton de cape et d'épée autant que la philosophie. La collection du Précis-Dalloz, encyclopédie juridique et fiscale forte de trente volumes, occupait, à elle seule, plusieurs rayons. Enfin, sur un socle aménagé dans une enclave qui cassait le rythme géométrique des rangées de livres, trônait la réplique en bronze noir du célèbre buste de Voltaire par Houdon.

Mon attention fut immédiatement accaparée par le visage de cet homme dont je ne connaissais pas le nom. Je l'avais déjà remarqué, mais c'est seulement ce jour-là qu'il frappa autant mon esprit. On eût dit qu'il avait acquis, avec les événements récents et notre comparution dans le bureau, une dimension nouvelle, et mon père prit note de ma bouche ouverte, les yeux écarquillés, levés vers le buste du grand homme. Pierre et Michel avaient adopté la même attitude.

— Il s'appelle Voltaire, dit mon père, devançant les questions que nous allions poser.

— Pourquoi il s'appelle ? Il n'est pas mort ?

— Il est mort il y a deux siècles, répondit-il, mais il est toujours vivant.

Je n'attendais pas une autre réplique, elle satisfaisait la conviction que j'avais déjà acquise ; je trouvais ce buste étonnamment animé, et cela me faisait peur et me stimulait. Il semblait que l'homme nous envoyait un message, impossible à décrypter par des enfants de notre âge. Rieur, scrutant l'humanité de son regard d'aigle, le nez busqué et les lèvres plissées en une grimace sceptique, François Marie Arouet disait à quiconque était en état de l'entendre :

132

— Qu'as-tu donc fait qui ne mérite d'être passé au crible de ta modestie ?

Ce sourire, ce front immense et osseux avec ce bonnet drôlement posé sur une aussi grosse tête, eurent un tel effet sur moi qu'il m'arriva par la suite de me glisser dans le bureau de mon père en son absence, afin de vérifier si Voltaire était toujours « vivant » et continuait de s'adresser à nous. Penché au-dessus des enfants comme des grandes personnes, l'intelligence faite homme infligeait sa loi muette, remettant toutes vanités à leur place. Il me faudra n'être plus du tout un petit garçon pour aboutir, dans l'avenir, à la conclusion que mon père avait posé le buste là, précisément dans ce but : sans doute souhaitait-il — sans trop se nourrir d'illusions — que la contemplation un peu prolongée du masque de Voltaire permettrait aux natures les plus péremptoires de mesurer leur étroitesse, aux cœurs les plus asséchés d'abandonner leurs égoïsmes.

C'est au sein de cette atmosphère, dans ce royaume des livres d'où semblaient s'échapper, fantômes invisibles et cependant présents, les personnages de Jean Valjean et Jérôme Coignard, Cyrano de Bergerac et Robespierre, d'Artagnan et Crainquebille, Belliou la Fumée et Quentin Durward, dans cet antre habité par les mots de Pascal et Daudet, les phrases de Péguy et Rivarol, que nous reçûmes notre plus belle leçon d'Histoire et de vertu.

Mon père nous informa de l'état réel du monde, la France, et la petite ville. En quelques phrases volontairement dépouillées, il décrivit Hitler, le Nazisme, l'Occupation, les juifs, la Collaboration — dans cet ordre — et souligna le devoir de résistance et la notion

133

primordiale d'assistance à son prochain. Puis, il nous recommanda la discrétion, la prudence, la loyauté.

— Vous êtes maintenant, insista-t-il, tous et toutes dépositaires d'un lourd secret. Vous avez bien compris qu'il ne faudra jamais le trahir.

Des pans entiers d'obscurité s'effondraient dans nos imaginations. C'était donc cela dont ils parlaient, en tête à tête, lui et l'Homme Sombre ! C'était donc cela, les conciliabules, les allées et venues, ces pensionnaires provisoires aux vêtements étranges, ces visiteurs du soir, ces jardiniers peu crédibles, ces femmes de ménage qui ne savaient pas manier un balai, ce Monsieur Germain sans voix et cette jeune Edith aux yeux mauves et aux cheveux de jais qui sanglotait dans la nuit.

Nos deux aînés, Antoine et Juliette, avaient hoché la tête pendant l'exposé et nous y vîmes la preuve qu'ils en avaient déjà appris plus que nous. Mon père s'était efforcé de n'utiliser aucun de ces mots insolites, dont il aimait parsemer sa conversation. Mais il n'avait pu en éviter quelques-uns et comme nous avions, grâce à lui et ma mère, été encouragés et entraînés dans l'exercice du dialogue permanent, les questions jaillirent, souvent des lèvres des plus jeunes. Il avait dit :

— Monsieur Germain est un intellectuel autrichien.
Et nous demandions :

— Ça veut dire quoi, un intellectuel ?
Il répondait :

— C'est un homme qui travaille plutôt avec sa tête qu'avec les mains.
Il avait dit :

— Une épidémie d'intolérance s'est abattue sur toute l'Europe.

Et nous demandions :

— C'est quoi, l'intolérance?

Il répondait :

— C'est quand les gens refusent qu'on ait une opinion contraire à la leur, ou qu'on n'ait pas la même couleur de peau qu'eux. Et quand ils sont prêts à tuer à cause de cela.

Il avait dit :

— L'antisémitisme.

Et nous demandions ce que cela voulait dire, et il répondait que c'était la même chose que l'intolérance. Il avait dit de Gaulle, et nous demandions de qui il s'agissait, et il répondait :

— C'est un homme seul, qui a su dire non quand tout le monde disait oui.

Quand nous avions voulu savoir :

— A quoi ça se reconnaît, un traître?

Et aussi :

— Comment on voit que quelqu'un est un collabo?

Il avait répondu :

— Ça ne se reconnaît pas facilement. Mais je vous conseille ceci : regardez bien les gens droit, toujours bien droit dans les yeux. Les yeux, quand ils s'enfuient, ça n'est jamais bon signe.

Enfin, il avait dit :

— La patrie, les valeurs.

Et nous demandions :

— C'est quoi, les valeurs?

Alors, il avait réfléchi, émis un court soupir qui exprimait la difficulté d'offrir une réponse claire, facile et pourtant satisfaisante. Au bout d'un temps, il s'était dressé de son siège, il avait ouvert puis tendu ses bras vers le millier de ses livres chéris et il les avait désignés en un ample mouvement circulaire qui embrassait aussi le buste noir du sage de Ferney :

— Les valeurs, la patrie ? mais c'est tout cela, mes enfants, avait-il dit sur un ton d'évidence sereine, irréfutable.

Puis, il s'était tu, et nous avec lui, et un même silence, pareil à ces intervalles blancs qui ponctuent une sonate, nous avait tous unis. Une sonate, ou une prière.

Dehors, on aurait pu entendre les pattes d'un chat jouant sur la terrasse. Dans les peupliers, une brise qui s'était levée agitait les feuilles en un froissement de tissu léger, et l'on discernait que la brise avait ensuite augmenté en puissance et atteint des arbres plus touffus et épais, les mélèzes et les chênes, puisque le bruit, maintenant, se faisait plus riche et proche d'un chœur de voix humaines. Du fond de la vallée, montaient quelques sons de cloches mêlés aux meuglements du bétail de la ferme des époux Barbier où nous allions chercher régulièrement notre lait avec, aussi, les œufs frais. Le lait était encore chaud du pis des vaches lorsque nous le transportions dans le gros bidon de métal mat, et le lourd clapotis du bon liquide, quand nous grimpions le coteau pour rejoindre la Villa, appartenait à la même harmonie qui nous enveloppait sans que nous soyons conscients de notre chance, de notre bonheur.

Il ne me vint pas à l'idée que cette tranquillité, cette enclave élégiaque, pourraient désormais être remises en question, à cause des choix qu'avait faits mon père.

Lui seul, avec ma mère, saurait jauger les risques qu'ils avaient pris. Et ce n'était pas la moindre des raisons qui lui faisaient un air si soucieux, avec ce front que je connaîtrais rarement autrement que barré par les rides. Lui comme elle s'étaient évertués à protéger leurs enfants, les éloigner de Paris pour les voir grandir dans le calme de la plus discrète province ; lui comme elle pratiquaient une éducation contradictoire, laissant les garçons s'étriper jusqu'au sang, mais perdant le sommeil à la moindre de nos maladies — à la fois parents-fauves et parents-poules. Or, voilà que ce qui avait été, pendant la période de la Zone Libre, une série d'actions généreuses à l'égard d'amis apatrides, devenait, dès lors que l'Occupation s'était étendue jusqu'à nous, une activité illicite, réfractaire. Paul, l'Homme Sombre, pourtant acquis à la même cause, n'en avait pas moins circonscrit les périls :

— Tu te rends compte, n'est-ce pas, dans quel bain tu trempes ton petit monde.

— Mais oui, mais oui, lui avait répondu mon père.

Et plus tard, le même Homme Sombre avait conseillé :

— Tu ne crois pas qu'il serait temps d'affranchir les petits ?

— C'est fait, depuis hier.

— C'est pas trop tôt, maugréa l'Homme Sombre.

— Tout ira bien, ne t'en fais pas, ajouta mon père.

Il trouvait quelque ironie que ce fût lui, le pessimiste légendaire, qui fût contraint de dissiper les inquiétudes de son ami. Il est vrai que le Sud-Ouest tout entier était devenu, pendant les deux premières années de 1940, un immense refuge. Dans les fermes, les domaines, les métairies, dans les hameaux sans histoires, en Dordogne, dans le Périgord, le Quercy, en Agenais, des dizaines d'honnêtes gens avaient accompli le même geste fondamental, le plus beau geste de l'homme, la main qu'on tend vers l'opprimé.

Et pour cette catégorie de gens, comme pour mon père, sans doute, cela pouvait se résumer en une phrase qu'il employa un soir afin de couper court aux paroles de gratitude d'un certain Horowitz qui portait encore dans ses yeux aux cernures bistrées la vision du ghetto de Varsovie :

— Ne me remerciez pas. C'est normal, c'était bien le moins que l'on puisse faire.

17

C'était « normal », et les enfants devaient continuer de se comporter normalement. Mais cela signifiait qu'on nous demandait de jouer la comédie.

Posséder un secret veut dire que l'on vit en danger. Il ne faut rien en laisser paraître. Il ne faut rien raconter aux camarades de classe, il faut réprimer la délicieuse envie de se vanter. Il faut, et c'est encore plus difficile, ne pas jouer le mystérieux, le comploteur.

Je me plie à cette discipline. Lorsqu'on me pose des questions, il faut faire l'imbécile. Les professeurs nous parlent et les élèves parlent entre eux. Toute la ville parle. On ne parle même plus que de cela : les Boches, la milice, les Vichyssois qui ont pris en main les commandes de la Préfecture et de la Municipalité. La ville s'est scindée en plusieurs fractions — ceux qui acceptent et vont jusqu'à aider l'Occupant ; ceux qui restent neutres ; ceux qui sont prêts à s'opposer. Alors, si le Professeur Furbaire me retient seul à la fin de la classe et m'interroge avec une amabilité inusitée :

— Dis-moi, petit, est-ce que je peux envoyer quelqu'un à ton père ?

Il est de mon devoir de répondre que je ne comprends pas de quoi il me parle. Furbaire est peut-être un Espion !

— Pose-lui quand même la question ; car il comprendra, dit Furbaire avant de me congédier.

Il ajoute :

— Si tes copains te demandent pourquoi je t'ai retenu, tu leur diras que c'était pour t'enguirlander, parce que tu avais bavardé pendant le cours de géographie.

Cette précaution me réconforte. J'en déduis que Furbaire ne veut pas que l'on connaisse le vrai sens de notre conversation et qu'il appartient au même camp que nous. En outre, j'ai regardé Furbaire bien droit dans les yeux, comme nous l'avait conseillé mon père. J'ai trouvé les yeux vitreux, d'un marron banal, mais j'ai vu qu'ils ne m'avaient pas fui et qu'ils étaient restés aussi stables que les miens. Aussi puis-je faire un rapport optimiste et complet à mon père, qui passe sa main dans mes cheveux, un brusque sourire éclairant son visage, et me dit d'une voix posée :

— Quand tu verras ton professeur, demain, dis-lui que c'est d'accord. Ce Furbaire est un « type bien ».

Mon père appartenait à cette génération de Français pour qui ces trois simples mots suffirent pendant un demi-siècle pour définir la qualité morale d'un individu. Il importait peu qu'il fût limité dans son intelligence, arbitraire dans ses jugements, dépourvu de flamme dans la conduite de ses classes d'Hist-et Géo ou qu'une fréquentation un peu approfondie de sa compagnie suscite un ennui poli, du moment que l'on savait, autant que l'on sentait, que l'homme possédait cette éthique qui permettait de séparer les lâches des braves, les compromissions de la probité. Il n'était pas

rare que ces hommes aient été élevés et aient fait leurs
« humanités » dans l'école laïque, qu'ils aient survécu
à la boucherie de la Première Guerre mondiale, et
qu'ils se soient péniblement hissés dans l'échelle
sociale par la seule vertu de leur travail; mais on
pouvait aussi bien les recruter parmi ceux qui avaient
grandi chez les Pères, reçu du bien en héritage, et
dormi dans du linge qu'on change chaque matin. Les
uns comme les autres se retrouvaient dans la même
conception de l'honneur, le même dédain pour la ligne
sinueuse, la tricherie, le faux-semblant. Ils faisaient
partie de cette catégorie d'individus dont on dit :

— Il a des principes.

Et il n'était pas nécessaire de détailler en quoi
consistaient ces « principes ».

Je suis exalté. Mon père m'a confié un message pour
Furbaire. Je dois accomplir une mission. J'ai pensé
qu'il serait trop voyant de me présenter à nouveau
devant mon professeur, à l'heure où la sonnerie de la
récréation retentit sous les armatures métalliques du
préau et fait entendre sa rengaine le long des vieux
murs de briques rouges et de crépi usé. J'ai joué cela
plus finement, et dans l'étroit couloir central qui mène
au portail d'entrée du lycée, à midi, lorsque la
bousculade est à son comble, quand les claquements
des galoches à semelles de bois des demi-pension-
naires, qui se ruent vers la cantine, se confondent avec
ceux des externes, pressés d'aller jusqu'à leurs vélos
rangés dans le parc désuet garni d'un palmier et de
trois catalpas afin de repartir chez eux pour le repas de

la mi-journée, je me suis projeté dans les jambes de Furbaire. Il a vacillé, s'est retrouvé plaqué contre le mur, et m'a saisi par l'avant-bras :

— Tu ne peux pas faire attention, non ?

Dans les cris et le vacarme, j'ai vite articulé avec sérieux :

— Papa m'a dit de vous dire que c'est d'accord.

Il a eu un signe de compréhension et relâché sa prise en clamant :

— Ne recommence pas, sinon je te mets une heure de colle !

J'étais fier de moi. J'avais effectué mon parcours sans erreur. Mon stratagème était peut-être inutile car l'ensemble du corps enseignant avait, dès les premiers jours, adopté une attitude de défiance butée vis-à-vis de l'Occupation, ses responsables, leurs agissements. Les professeurs incorporaient sans hésiter les fils et filles de réfugiés dans les effectifs de leurs classes et le proviseur, l'insignifiant monsieur Poussière, faisait montre, à la surprise générale, d'une forte dose d'initiative. Le lycée devint l'un des principaux fournisseurs de faux papiers, la plaque tournante de diverses filières. Plus tard, certains pions et quelques moniteurs de gymnastique, parmi lesquels le fameux « Joues-Rouges-Au-Milieu-Pas », se volatilisèrent et on murmura qu'ils avaient « pris le maquis », concrétisant un esprit de résistance qui reflétait la vraie personnalité de la petite ville.

C'était une cité huguenote, orgueilleuse, qui avait bâti au cours des siècles passés une tradition d'indépendance, connu l'affrontement des Guerres de religion, et déjà mis à l'épreuve sa capacité de rejeter tout corps étranger à son organisme. Il lui avait fallu forcer sa nature pour intégrer les réfugiés, en majorité des juifs polonais, quelques Russes, et nombre de Parisiens balayés là par l'exode, et cela avait duré deux ans. Mais on s'était fait à eux ; tandis que l'irruption des Allemands en vert-de-gris, bientôt suivis de leurs séides, Français en uniforme de la milice ou en civil, déclencha une instinctive réaction d'hostilité. Il serait fallacieux de croire que toute la communauté fit montre de la même pugnacité, mais, dans l'ensemble, la cité se tint avec dignité.

J'ignorais ces composantes ; et le nouveau jeu auquel je venais de goûter me remplissait d'enthousiasme. J'étais devenu un Agent Secret, un Messager indispensable ! J'étais tous les héros dont j'avais précocement dévoré les exploits dans les livres autorisés par mon père. J'étais à la fois Judex et Arsène Lupin, Fantômas et La Flèche, j'étais Gavroche qui meurt sur le pavé des barricades, le capitaine Corcoran, Roland de Roncevaux, j'étais le Colonel Chabert — personnage incarné par un homme épais à la voix inoubliable, un acteur nommé Raimu que nous avions découvert au cinéma dans un film en noir et blanc, le premier, peut-être, qui ait imprimé sa marque dans mon imaginaire. J'avais rarement le droit d'aller au cinéma dans la grande salle tendue de rouge du Théâtre Municipal, près de la Place de la Préfecture. « Les grands » jouissaient de cette faveur et quand mes parents emmenaient Antoine et Juliette, et parfois les sœurs et frères « intermédiaires », je restais seul dans la maison vide, confié aux soins de Dora.

Autrefois, j'aurais été pétrifié de peur. Maintenant, j'avais grandi, je savais ce que représentait Dora et je me voyais comme un membre attitré des Forces de l'Ombre ; aussi, rester en compagnie de Dora me semblait participer de la même aventure, et je me disais que j'étais autant là pour la protéger, qu'elle pour assurer la garde d'un petit garçon. La jeune femme était née à Cologne où toute sa famille avait été massacrée pendant une nuit de pogrom — mais cela, je ne le savais pas. Elle n'en avait parlé qu'une fois à ma mère ; elles avaient le même âge, ou presque, et ma mère, cœur constamment ouvert, lui avait dit :

— Vous êtes des nôtres, maintenant.

Dora avait répondu dans son français approximatif :

— Votre bonté donne envie pleurer, mais je peux plus.

Nous avions vu et entendu la petite Edith pleurer, pleurer, hoqueter de frayeur dès que la nuit tombait sur nos paysages bienveillants, ces coteaux où poussaient aisément les pêches et les abricots, ces vallons d'où ne surgissaient que les volutes diaphanes d'une brume vespérale. Elle était repartie, soutenue par sa sœur aînée Judith, en direction de Perpignan, et ses sanglots qui se transformaient, à mesure que la nuit avançait, en râles douloureux, nous avaient laissés, les enfants de la Villa, pantois et impuissants. Juliette avait tenté de la prendre dans ses bras, mais la sœur aînée, Judith, s'était interposée avec douceur :

— Nein. Pas la peine.

Nous n'osions plus consigner de telles scènes dans l'Album. Nous ignorions l'origine exacte du cauchemar qui agitait la jeune Edith, mais nous comprenions vaguement qu'il devait être aussi terrible que celui qui empêchait toute larme de sortir du corps de Dora. L'une pleurait sans fin, l'autre garderait à jamais les yeux secs, et c'était pour la même raison, mais, pauvres ignares que nous étions, malgré le discours de notre père dans son bureau, nous ne pouvions mesurer l'étendue de l'événement. Cependant, il altérait nos insouciances. Un invisible voile de gravité était venu se poser, sans faire de bruit, au-dessus du paradis du Haut-Soleil.

18

Au cinéma, à l'époque, toute une humanité sans rapport avec la réalité des temps présents évoluait sur l'écran, au grand ébahissement des provinciaux, et à l'hilarité épatée des gamins moqueurs que nous ne cessions d'être.

On voyait un homme à l'extravagante denture, celle d'un canasson, qui jouait des rôles d'imbécile et s'appelait Fernandel ; des beaux messieurs aux cheveux blancs comme la neige, blancs comme le blanc du noir et blanc des films, mais dont on imaginait que c'étaient des cheveux blonds ou roux, car les messieurs étaient jeunes et éthérés, ils s'appelaient Jean Marais ou Pierre Blanchar ou Pierre-Richard Wilm ; il y en avait d'autres, moins beaux mais plus saisissants, par l'insolite de leur diction, la singularité de leur physique, l'artifice de leurs manières. Ils s'appelaient Louis Jouvet, Jules Berry, Alexandre Rignaud, Saturnin Fabre, Michel Simon. Un très gros ridicule bredouilleur répondait au nom de Gabriello, patronyme impossible à prendre au sérieux, et l'on remarquait aussi une sorte d'homme-femme aux cheveux filasse, à la voix traînarde et mollassonne, comme enrobée sur un bâton de guimauve, qui s'appelait Jean Tissier.

Les femmes n'étaient pas moins irréelles que leurs partenaires. Il y avait cette Edwige Feuillère, que notre sœur aînée Juliette avait voulu prendre pour modèle avec ses mimiques de duchesse et sa démarche d'autruche distinguée ; une grande perche à la voix tout aussi parodique et qui semblait se complaire dans des rôles dominateurs, Suzanne Dehelly ; une autre « grande dame », dont on pouvait difficilement concevoir qu'elle ait une seule fois plongé ses mains dans la farine ou l'eau de vaisselle, tant elle était grande et tant elle était dame, Françoise Rosay ; une blonde aux cheveux si plats et si longs, aux joues si pâles et si creuses, elle avait l'air perpétuellement malade et s'appelait Madeleine Sologne.

Mais il y avait d'autres spécimens, radicalement contraires, des « filles » plutôt que des femmes, avec des yeux de garce et des lèvres peintes, des cuisses et des poitrines qu'elles suggéraient sans trop les montrer. On avait l'impression qu'elles n'étaient jamais tout à fait sorties de leurs lits, qu'elles vivaient dans des chambres d'hôtels, qu'elles étaient malheureuses et que les hommes aimaient les toucher, les gifler ou les embrasser sur leur bouche voyante. La plupart étaient des brunes ; leurs cheveux étaient aussi noirs que de l'encre, noirs comme le noir du blanc et noir des films, et elles se prénommaient Viviane, Ginette, Dita, Simone, Lucienne. Elles exerçaient sur moi un pouvoir plus fort que celui des hommes, pour la seule raison que le noir et les dentelles dont elles recouvraient leur chair blanche me rappelaient la belle Madame Blèze dont j'avais secrètement espéré pouvoir, au moins une fois, caresser les chevilles gainées de soie obscure.

C'était le seul lien que je parvenais à établir entre ce cinéma-là et ma vie. Seule, Madame Blèze ressemblait à ces actrices aux dimensions géantes sur l'écran du Théâtre Municipal. Toutes les autres femmes, tous les autres hommes étaient à mes yeux, comme à ceux de mes frères et sœurs, proprement incroyables, inaccessibles ! Ils portaient des smokings, des robes du soir, du lamé, du strass, des bijoux et des paillettes ; ils fumaient de longues cigarettes fichées au bout de longs objets en ivoire ; ils étaient affublés de costumes du Moyen Age, d'uniformes ou d'habits de pays lointains, chauds, exotiques. Et même lorsque cela se passait plus près, sur des quais, dans des ports, des bistrots ou des gares, ils étaient toujours aussi lisses, impeccables, désincarnés, évoluant sous une lumière anormale. Contrairement à toutes les idées reçues, ils ne nous faisaient pas rêver, et nous ne les enviions pas. Certes, Juliette s'était pendant un temps, déjà lointain, identifiée à Edwige Feuillère, mais elle était revenue de cette mode. Elle, comme Antoine, semblait chercher ses inspirations ailleurs et mes parents avaient détecté cette transformation chez les deux aînés.

C'est que la distance avec les êtres que nous côtoyions chaque jour, les paysans et les fermiers des environs, les professeurs du lycée, les parents de nos camarades, mais aussi et surtout les « visiteurs » qui avaient subtilement bouleversé nos habitudes et l'ambiance de la Villa, rendait cette troupe de personnages en celluloïd à la fois prestigieuse et grotesque, voire scandaleuse.

Nous ne pouvions pas croire à ce que l'on nous montrait sur l'écran, mais c'était ce qui faisait la force et la fragilité de ce cinéma-là. Il ne reposait sur aucune réalité tangible. Ses protagonistes, les premiers comme les seconds rôles, avaient été conçus et respiraient sur une autre planète.

Les bavards et les ratés, les oisifs assis aux tables du Café Delarep situaient la fabrique des personnages en celluloïd à Paris — dans la « Capitale », métropole mythique encore plus lointaine aujourd'hui qu'hier, maintenant que la région prenait conscience des actions de maquisards, des rafles, des fusillades, des bombardements. De la même manière que nous allions, à la Villa, prendre enfin conscience de l'imprévisible.

19

Un matin, tôt, alors que nous n'avions pas achevé nos bols d'orge grillé, ersatz de café arrosé de lait, avant d'enfourcher les vélos pour descendre vers le lycée, un bruit inédit se fit entendre au-dehors dans le jardin. Du métal, des cris brefs, le choc d'objets contre le sol.

— C'est plein de soldats allemands, fit Michel, qui avait été le plus prompt à se porter à la fenêtre.

— Quoi, fit mon père. Ne bougez surtout pas !

Il se leva et sortit par le côté droit de la cuisine. Nous nous sommes rués vers la fenêtre.

Sur la pelouse où nous échangions le ballon de rugby, des fantassins casqués et armés procédaient à des mouvements rapides, organisés. Aucun véhicule lourd visible dans l'aire de gravier servant de débouché au chemin d'entrée du parc, mais une moto avec son side-car et, se tenant debout près du chauffeur assis, un officier galonné, une casquette grise sur la tête, qui surveillait les travaux de ses hommes. Ceux-ci, au moyen de petites pelles portatives à larges lames, creusaient, de-ci, de-là, avec une certaine régularité, des tranchées où ils viendraient ensuite s'allonger en position du tireur couché, le fusil à même la terre, pointé devant eux. Sur la plus basse et forte branche d'un des grands chênes, un soldat, jumelles à la main, scrutait les environs. Ses bottes brillaient au soleil éclatant du matin. L'ensemble de la Villa offrait un aspect dérangé, sinon dévasté. L'agitation des uniformes, les coups de pelle dans notre gazon — le nôtre ! — et l'impunité avec laquelle se déroulait ce manège nous laissèrent sans voix.

Nous vîmes mon père s'avancer vers l'officier, le saluer brièvement de la tête. Les deux hommes semblaient parler avec retenue et courtoisie. Il était clair que mon père savait comment l'on s'adresse à ce genre d'homme, dans ce genre de circonstance.

— Il y en a aussi derrière, vint crier Pierre, qui revenait en courant du salon-salle à manger.

Par la porte-fenêtre de la terrasse, il avait constaté le même déploiement de troupes, la même activité.

— Mon Dieu, fit ma mère, les diamants ! Antoine, il faut y aller !

A Antoine, déjà dressé derrière sa chaise avec pour témoins muets les sœurs et les frères, ma mère apprit sur un débit hâtif mais précis que Norbert Awiczi, celui qu'on avait surnommé « Okazou », avait confié à mon père avant son départ pour Biarritz, un petit sac en daim rempli de diamants qu'il préférait ne pas transporter pendant son voyage. Sans doute aussi, le lui avait-il laissé en guise de caution ou d'avance, à l'intention de tous les « amis » qu'à sa recommandation mon père avait accepté d'accueillir. Comme on ne possédait pas de coffre dans la Villa, les deux hommes avaient superficiellement creusé le sol, dans la nuit, pour y enfouir le magot.

151

— C'est au pied du troisième peuplier sur la gauche, quand on regarde le Tescou, dit ma mère. Va t'asseoir là-bas et n'en bouge plus.

Puis, elle nous donna l'ordre de ne quitter la cuisine sous aucun prétexte et nous la vîmes emprunter en vitesse l'escalier intérieur qui menait à la buanderie, puis à un niveau de sous-sol encore plus bas, à la cave. Là, entre les cageots de légumes, les caisses de biscuits, les sacs d'engrais, les outils de jardinage, on avait installé Dora et c'était là aussi que, dans une sorte de dortoir fait de lits picots et de paillasses, dormaient pour une ou plusieurs nuits tous les clandestins, les passagers du désespoir. Nous l'entendîmes s'adresser à Dora et découvrîmes qu'elle parlait bien l'allemand. Mais nous étions encore plus surpris par son esprit de décision, l'efficacité de ses gestes, sa frénésie froide. Nous ne la reconnaissions plus.

Elle remonte dans la cuisine, verrouille la porte conduisant à la buanderie.

— Aidez-moi, les enfants.

Ensemble, nous poussons contre la porte la grande table sur laquelle vacillent les bols, Juliette déplace les serviettes et la corbeille de pain faite de tiges de mûriers, pour dissimuler poignée et serrure. Mon père pénètre dans la cuisine. Il regarde ma mère.

— La buanderie. Le sac.

— C'est fait, dit-elle.

Il sourit, et son sourire ne s'adresse qu'à elle. Il l'embrasse. Puis, mû par la volonté de nous transmettre l'impression qu'il a tout en main, qu'il domine tout de sa majestueuse personne, il nous sourit d'une autre façon, moins amoureuse, plus protectrice.

— Reprenez vos places, nous dit-il. J'ai parlé avec

152

cet officier, c'est un capitaine, et vous savez que je l'ai été aussi. Il m'a eu l'air convenable. Ils n'ont pas plus choisi cette villa qu'une autre. Il y a des hommes à côté chez le docteur Sucre, et plus haut sous le château d'eau. En fait, il y en a dans tout le Haut-Soleil. Ils exécutent des petites manœuvres de routine, mais vous ne descendrez pas au lycée ce matin, c'est préférable.

— Antoine est allé s'asseoir sous le peuplier, lui dit ma mère.

— Je n'irai pas le rejoindre, répond mon père, ça ferait bizarre. Il faudra qu'il se débrouille seul.

Mon père est resté debout et tient à mieux nous informer encore de l'état de la Villa — comme si la profanation de notre territoire béni ne devait en rien troubler notre équilibre.

— Nous avons fait un accord avec l'officier, poursuit-il. Il n'est pas question qu'ils investissent les maisons. Leur exercice doit se terminer d'ici une heure, au maximum. J'espère simplement que les journaliers ne vont pas se présenter en bas plus tôt que d'habitude.

C'est l'heure, en effet, où les jardiniers improvisés, arrivés par la route de la vallée, empruntent les champs de la ferme des Barbier pour monter, sous la houlette de Monsieur Germain, vers les terrains cultivables. Nous avons les yeux braqués sur mon père qui réfléchit à haute voix. Il a changé d'avis.

— Non, dit-il, tout compte fait, on ne peut pas prendre le risque qu'ils débarquent tous, comme cela, au milieu des Boches. Il faut aller au-devant de Monsieur Germain !

Son regard parcourt notre tablée. Il consulte sa montre.

— Il va falloir y aller vite en vélo et couper par le Chemin des Amoureux. Votre mère et moi devons rester ici, moi pour coller cet officier au plus près, votre mère pour Dora, la buanderie, et tout ça.

Juliette lève la main.

— J'y vais tout de suite, propose-t-elle.

Mon père fait non en secouant la tête.

— Certainement pas une jeune fille de ton âge.

— Mais pourquoi, proteste Juliette.

— Parce que, dit-il, parce que !

Il s'adresse aux plus petits :

— Les enfants de votre âge, ça roule vite et ça passe inaperçu. Il y a un volontaire ?

Je suis resté muet quelques secondes de trop, parce que je n'ai pas osé avouer ma peur ancienne et irraisonnée du tortueux Chemin des Amoureux. Pierre et Michel ont déjà empoigné leur pèlerine sur le dossier des chaises et vont sortir pour aller chercher les vélos. Mon père dicte en termes courts aux jumeaux ce qu'il faudra annoncer à Monsieur Germain. Les deux autres filles, Violette et Jacqueline, traversent le couloir avec ma mère pour tenter de voir, par la porte-fenêtre du salon, comment Antoine « se débrouille ». Je les suis, piteux, en proie aux affres de l'humiliation. L'Agent Secret s'est dégonflé. J'en pleurerais si quelque orgueil blessé ne me retenait. Mais la honte monte insidieusement en moi : Judex est un trouillard, Gavroche a eu la pétoche, Corcoran est un poltron !

20

Antoine était assis, la hanche droite appuyée contre le tronc du peuplier, les fesses calées sur le sol, en dessous duquel était censé se trouver le sac en daim du diamantaire.

A quelques mètres de lui, en retrait, un jeune soldat allemand, étendu dans un sillon de terre fraîchement ouvert, son nez collé contre la plaque du Mauser, lui décocha un sourire qui se voulait amical et prononça quelques mots dans sa langue natale.

« Je ne vais pas lui répondre ; d'ailleurs je ne sais pas ce qu'il me dit ; je ne vais surtout pas lui rendre son sourire », pensa Antoine.

Il baissa la tête vers le gros livre de recettes culinaires du Bas-Quercy, le seul ouvrage qu'il ait trouvé sous la main avant de sortir de la cuisine pour rejoindre le troisième peuplier.

Il s'était dit que cela paraîtrait plus naturel de venir s'asseoir sous un arbre avec quelque chose à lire, à étudier. Il n'avait pas réfléchi à l'incongruité du spectacle d'un jeune homme lisant dans l'herbe encore humide, vers huit heures du matin. En chemin vers les peupliers, il avait croisé plusieurs soldats qui s'affairaient sur le terre-plein, ils ne lui avaient prêté aucune attention. Le cœur avait battu mais pas trop, et il avait pressé le pas. Ce qui importait, c'était d'arriver sous l'arbre avant qu'un Allemand n'y enfonce sa pelle. Il y était parvenu sans encombre, avait bien compté la rangée des peupliers pour ne commettre aucune erreur ; il avait d'abord martelé le sol sous ses pieds afin d'enfoncer le sac, puisque sa mère avait eu le temps d'expliquer que le trou creusé par Okazou et son père n'était guère profond ; mais il n'avait senti aucune protubérance sous ses chaussures et après quelques secondes de ce piétinement, il s'était assis, décidé à ne plus bouger ses fesses comme il en avait reçu l'ordre. Le soldat, derrière lui, avait achevé de bêcher la terre et il s'était couché au moment où Antoine s'était installé.

« Je crois que je suis un imbécile », fut la deuxième pensée cohérente d'Antoine. « Si je ne veux pas éveiller la curiosité de ce type, je vais lui sourire. »

Alors, il ferma le livre de recettes dont il ne réussissait pas à lire une ligne, tant sa concentration était grande et ses instincts en éveil. Les mots : truffe, foie gras, cassoulet, lardons, confits et morilles, avaient valsé devant ses yeux jusqu'à ce qu'il en éprouve la nausée. Il posa le gros bouquin, se retourna vers le soldat et lui rendit son sourire en disant :

— Nicht spragen sie deutsch,
ce qui eut pour effet de mettre le tireur couché dans un état de grande hilarité. Antoine reprit sa position initiale, et contempla le paysage à ses pieds.

L'endroit où il se trouvait formait une sorte de plateau d'observation, un palier situé entre le premier grand espace de jeux sur la terrasse de la Villa et les

156

coteaux cultivables qui descendaient en pente vers la ferme des Barbier et la rivière. Mon père n'avait pas choisi ce coin fortuitement pour y installer les sept peupliers déracinés dans une plantation le long de l'Aveyron, du côté du village de La Française. Il avait poussé la coquetterie jusqu'à obtenir du vendeur qu'on lui livrât sept arbres de tailles différentes, en ordre décroissant, afin que chacun corresponde à l'un de ses enfants. Ainsi chaque peuplier portait-il l'un de nos prénoms. Et chacun d'entre nous y avait, à un moment ou un autre de notre enfance, gravé son nom au moyen d'un laguiole, et ajouté quelques signes cabalistiques au fil des saisons.

Le coin des peupliers était l'un de nos lieux favoris, nous y prenions nos goûters — du pain frotté à l'ail, des figues, des barres de chocolat Meunier, s'il en restait encore chez l'épicier — dès que le temps le permettait. De ce point privilégié, on pouvait, par temps clair, embrasser du regard toute la vallée dite Vallée du Tempé, et les collines au-delà. C'était un paysage envoûtant, suffisamment vaste pour que l'imagination voyageât par-dessus les coteaux bleus, les prés verts, les arbres multicolores et les collines émeraude, mais aux dimensions assez humaines pour que l'on acquît peu à peu l'impression que le paysage vous appartenait, qu'il faisait partie de votre vie la plus intime. Antoine, lorsqu'il scrutait l'horizon vers la droite, savait que derrière la masse brunâtre des premiers faubourgs de la ville, se trouvaient le quartier de Sapiac, ainsi que le stade municipal de rugby que les joueurs, comme les aficionados, surnommaient « La Cuvette ». Il avait découvert le stade et le sport dès ses douze ans et il ne s'en était pas remis.

L'appellation de cuvette était due à la configuration même du stade, puisque le terrain était encerclé par une piste cyclable de vilain goudron noir, très pentue.

Les tribunes et gradins ayant été dressés au-dessus de cet anneau, l'ensemble ressemblait bien à une cuvette, d'autant que l'on n'avait pas vu grand. Tout cela avait été construit de bric et de broc et dès qu'il pleuvait, l'eau se répandait par la piste pour imbiber la pelouse, cet étroit carré d'herbe pelée, presque constamment boueuse, où les équipes-visiteurs avaient la sensation d'être tombées dans un piège étriqué, parfois sanglant.

Antoine y avait fait ses premières armes, comme demi de mêlée, poste de commandement où il avait rapidement excellé. Il avait été fier de porter, lorsqu'il avait accédé à la catégorie junior, le maillot local vert sombre et noir, dont les couleurs se mariaient curieusement avec le climat coriace de ce lieu, son atmosphère brutale et machiste. Il avait aussi aimé « la cuvette » parce qu'on pouvait y rencontrer des filles. Elles venaient là non par intérêt pour le sport, mais pour admirer les costauds, les héros de la petite ville. Le match terminé, les filles vous raccompagnaient jusqu'au centre. Une main posée sur le guidon du vélo, l'autre sur l'avant-bras de la fille, vous avanciez dans la rue Delarep, le cheveu peigné, le pantalon de golf tombant « impec » sur les chaussures à lanières, un petit roi dans la ville. Vous vous arrêtiez au Café Delarep et vous participiez aux joutes oratoires orchestrées par l'Echassier, vous découvriez le goût mielleux de la Balto ou celui, plus sournois, de la Gauloise verte.

Antoine, peu à peu, avait négligé ses études et mon

père avait eu une altercation avec lui, puis plusieurs confrontations dont nous ignorions tout. Leurs relations s'étaient détériorées, comme il se doit en cette période adolescente de mutation, et tous deux en avaient souffert sans que nous ayons pu le deviner. Au nom de quel orgueil commun, quel attachement à la pudeur, à la dignité, ou quel souci de préserver la stabilité ambiante du petit monde de la Villa, mon père et son fils aîné avaient-ils, sans se concerter, décidé de taire leur conflit, je ne saurais dire. Mais l'un avait déçu l'autre — « J'ai d'autres ambitions pour lui que de le voir faire le paon sur le pavé provincial », avait lâché mon père à l'Homme Sombre — et le jeune homme, conscient de cette désillusion, se rebellait et refusait une autorité aussi écrasante.

Maintenant, adossé à son peuplier, Antoine était saisi par l'un de ces instants de lucidité que vous donne l'opportunité d'une action dangereuse. Ce qu'il venait de faire, ce qu'il était en train de vivre, en demeurant obstinément assis pour protéger le sac du diamantaire juif avec un fantassin allemand armé d'un fusil à ses côtés, l'avait obligé à une autre appréhension de soi. Il savourait ce qui était arrivé. Il voyait bien ce qu'il y avait de légèrement comique dans toute l'affaire, et qui pourrait faire l'objet d'un joli récit dans notre Album. Mais il en magnifiait l'aspect sérieux, songeant en outre que derrière leur fenêtre, les frères, les sœurs, sa mère et surtout son père devaient l'observer et louer sa ténacité. Son père, qui ne pourrait s'empêcher d'être épaté, et qui devait l'admirer, et cette pensée lui fit chaud au corps. Un imperceptible dégoût de son comportement pendant l'année écoulée le gagna alors. Rien n'était aussi enthousiasmant que cette sensation de surpassement. C'était beaucoup plus enivrant que le rugby. D'ailleurs, la « cuvette » avait été abandonnée par ses meilleurs acteurs, disparus sans crier gare pour éviter le STO et rejoindre les maquis. Quant aux heures gaspillées au Café Delarep — c'était surtout à leur propos qu'Antoine se sentait coupable de manque de caractère.

— L'Echassier m'exaspère, pensa-t-il. Je ne peux plus voir tous ces cons-là.

Le grand échalas pervers faisait toujours autant valoir sa science du jazz américain et semblait agiter ce thème comme un drapeau, c'était sa manière à lui de « résister ». Devant la cour qui l'écoutait à longueur d'après-midi, évoquer des rencontres qui n'avaient probablement jamais eu lieu, avec les plus fameux interprètes du style New Orleans, il « résistait ». Il continuait de distiller pour le monotone plaisir des habitués du bistrot, ses ragots crapoteux, hypothèses sinistres sur la vie sexuelle cachée des habitants de la ville.

C'était le genre d'homme qui suscite le malaise, et sait fasciner les faibles et, même provisoirement, ceux qui le sont moins. Un artiste de l'insinuation, un prince de la négation, un de ces êtres qui recherchent la petite faille chez les autres, ou quand ils ne la trouvent pas, l'inventent et la développent à satiété, flattant ainsi la part de bassesse et la tentation du sordide, ce vice douillet qui sommeille en chacun de nous. Il était d'autant plus néfaste qu'il ne faisait rien d'autre, car il vivait dans un vide affectif, n'ayant pour seule compagnie que sa mère, une vieille dame impotente dont les rentes permettaient d'entretenir l'existence de ce « bon à rien ». Mais il avait un physique surprenant, un bagou à toute épreuve, ce qui, ajouté à sa science d'expert en une musique difficile d'accès, lui avait donné un ascendant sur les éléments disponibles de la ville, tous ceux que mon père appelait, avec mépris, des « fruits secs ». On racontait que, chez lui, des milliers de disques de jazz étaient classés en ordre maniaque et qu'il pouvait en réciter par cœur les titres, la durée, les interprètes. Il fallait avoir gagné sa confiance ou l'avoir suffisamment encensé, car il était vaniteux, comme il se doit, pour être admis dans son cénacle.

— Tu devrais venir un soir chez moi, avait dit de sa voix de gorge l'Echassier à Antoine. On fume des cigarettes à l'eucalyptus, et on écoute de très bons disques.

— Viens, lui avait répété Barroyer, un gommeux aux yeux vides, à qui revenait l'insigne privilège de se tenir en faction auprès du tourne-disques. Si l'Echassier t'a à la bonne, tu pourras m'aider à remonter la manivelle.

Antoine avait décliné l'offre.

Une brusque révélation que la vraie vie était ailleurs s'empara de lui. Il voulait partir, fuir la Villa et sans doute la domination de son père. Il y avait un instituteur qui faisait les petites classes, prénommé Henri, un brun à lunettes, il connaissait les filières pour passer en Espagne et, après un séjour obligatoire dans les prisons de Franco, rejoindre l'Angleterre par le Portugal et par la mer. Certains profs de gym, au grand lycée, étaient au courant. Antoine décida qu'il en parlerait avec son père, dès aujourd'hui, dès que les Allemands auraient quitté le jardin. Et comme il n'était pas

161

certain de pouvoir le persuader tout seul, il eut sa troisième pensée cohérente de la journée :

— Je le dirai d'abord à Juliette, et on ira le voir tous les deux dans son bureau. Elle m'aidera à le convaincre.

Puis, il modifia son projet :

— Nous ne lui parlerons pas dans le bureau, mais ici, sous les peupliers.

Le coin des peupliers, rendez-vous symbolique ! Antoine venait de découvrir comment certains sites inspirent les cœurs fougueux et les âmes entières. Tout plein de sa résolution nouvelle, il vit le paysage bleuté avec d'autres yeux, et il éprouva une émotion qu'il aurait aimé faire partager à quelqu'un, mais il n'avait, pour toute compagnie, que le troufion teuton qui s'était assoupi la joue contre son arme, un brin de luzerne voletant au-dessus de ses bottes immobiles, dont le cuir luisant avait été maculé par notre bonne terre argileuse.

21

La jarre jaune et orange.

Il y avait, ancrée dans le gravier qui entourait la Villa, côté façade ouest, une énorme jarre de terre cuite, peinte en vernis jaune clair pour la partie supérieure, le col, puis le milieu — et pour toute la partie inférieure, le ventre et la base, en une couleur orange vif, d'une teinte comme on n'en voyait pas dans la région, et dont nous nous plaisions à imaginer qu'elle avait été, avec la jarre, conçue dans un lointain pays asiatique.

Il semblait que mon père eut trouvé la jarre présente, quand il découvrit pour la première fois les hectares du parc sauvage qu'il venait d'acquérir et qu'il eut décidé de l'emplacement de la Villa; je n'affirmerais pas que la maison fût construite par rapport à la position exacte de cette jarre aux origines inconnues et aux dimensions extraordinaires, mais il est permis de le croire, car la jarre était, tout simplement, inamovible. Les plantes, ronces, fleurs, liserons et chiendent qui avaient poussé à ses pieds et avaient débordé tout autour de sa base, apportant une touche supplémentaire de vert, de beige et de violacé à l'ensemble jaune et orange, témoignaient de son ancienneté sur les coteaux du Haut-Soleil. Qui avait pu la déposer là, et quand ? Des saisons de pluie, impossibles à dénombrer, l'avaient remplie à ras-bord et si les jardiniers écopaient souvent la surface d'eau sale, ils ne réussissaient pas à vider complètement la chose tant elle était profonde. Il eût fallu, pour ce faire, procéder à la façon d'un égoutier, bottes et combinaison à l'appui. Aussi demeurait-il en son bas-ventre une masse de liquide épais, glauque, d'une odeur pestilentielle que l'on pouvait renifler si l'on escaladait l'imposante jarre.

On se faisait la courte échelle. Le plus léger — c'était moi — parvenait à se tenir à genoux sur les rebords arrondis. Je tentais d'apercevoir le fond, comme penché au-dessus d'un puits, et recevais une violente bouffée de cette odeur dont j'aimais pourtant, sans trop savoir pourquoi, les relents fétides. Je me demandais s'il n'y avait pas, tapi en bas, quelque dragon venu du fond des âges, ou bien, peut-être, un Esprit en demi-sommeil. Quand j'interrogeais :

— Esprit de la jarre, es-tu là ? je ne recevais en réponse que l'écho déformé de ma voix craintive.

Lorsque le soleil tapait très fort dans les après-midi d'été, nous jouions à plaquer nos torses nus contre la poterie géante afin de sentir la chaleur emmagasinée par la couche de céramique peinte. Nous nous y brûlions presque la peau. La circonférence de l'ouvrage était assez vaste pour qu'au moins cinq d'entre nous, écartant bras et jambes et se tenant l'un après l'autre par les mains, forment une chaîne humaine, une espèce de fresque. On restait quelques instants immobiles, avant de briser la chaîne sous l'effet cruel de la chaleur pour nous écrouler, ensuite, sur le gravier tellement plus frais. Juliette, à son piano, faisait, par une fenêtre ouverte, entendre les mesures d'une étude de Chopin ou de Diabelli. Elle reprenait plusieurs fois les mêmes notes, et j'aimais qu'elle n'arrivât pas au bout du morceau et qu'elle répétât inlassablement le passage difficile, car ce qui constituait pour elle le corrigé d'une erreur me permettait de goûter ce plaisir impalpable du temps lorsqu'il reste suspendu.

Alors, je regardais la jarre jaune et orange qui venait de diffuser sa chaleur sur mon corps et je me disais que tant que l'Esprit de la jarre régnerait sur nous, tant que la jarre ne changerait pas de place, tant qu'elle resterait enracinée au milieu de notre enfance, rien de véritablement maléfique ne pourrait nous arriver.

22

Ma mère triait les morceaux du cochon quand deux hommes en civil sont arrivés à pied. Leur Citroën 11 CV noire était visible au bout du chemin, garée près du portail d'entrée, une silhouette de chauffeur derrière le volant.

Ils portaient des feutres mous, et marchaient sans se presser.

Le printemps venait tout juste d'éclore. On avait oublié les « grandes manœuvres »; les tranchées individuelles creusées dans le jardin par les fantassins allemands avaient été, depuis longtemps, comblées. Mon père avait su tirer les conclusions de ce qu'il avait pris comme une alerte sérieuse. Désormais, « les visiteurs », « les jardiniers », « les gouvernantes », s'ils n'avaient pas diminué en nombre, avaient perdu leurs statuts de permanents. La Villa servait toujours de refuge mais elle était devenue un point de passage plutôt qu'un abri fixe. Pour tout « visiteur » qui se présentait à lui, mon père organisait, dès la première nuit, son transfert vers les fermes, avec l'aide de son ami Paul. Mais il n'avait pu se résoudre à voir partir Dora, Monsieur Germain, son adjoint l'ingénieur autrichien, Franck, qui faisait pousser des légumes là où ils ne poussent pas, et une nouvelle arrivée dans la Villa, une jeune juive de treize ans, Jannette, dont les parents avaient quitté la ville une nuit. Ils avaient abandonné la petite entre les mains de leur voisine qui l'avait, tout naturellement, par le truchement de ses professeurs au lycée, confiée à mon père et ma mère. Jannette vivait dans la chambre de nos sœurs cadettes, tranquille, peu loquace, dotée d'un joli sourire et d'une tendance à la boulimie, descendant avec nous au lycée sur un vélo d'emprunt. On nous avait conseillé de dire :

— C'est une cousine venue de Dordogne.

De neuf membres, la famille était donc passée à treize.

Il fallait nourrir tout ce monde. Difficile en période de restriction, car les réfugiés, porteurs de faux papiers, ne pouvaient courir le risque d'aller quérir en ville leurs « cartes d'alimentation ». Mais on pouvait compter sur les produits des fermes.

Elles étaient au nombre de trois. Le Jougla, la plus éloignée, perdue dans un vallon du bas Quercy, appartenait à l'Homme Sombre. Saint-Martial, en direction opposée, dans la plaine de l'Aveyron, ainsi que La Crière, sur les collines les plus proches de la ville, avaient été achetées par mon père, toujours sur les conseils de son ami. Petites exploitations — bétail, maïs, une modeste polyculture. Elles fonctionnaient en métairie, mon père y perdit plus d'argent qu'il n'en gagna, mais elles lui permettaient de ravitailler sa communauté et abritaient, en outre, les « visiteurs ». Mon père, méfiant, envoyait régulièrement un curé complice, qui faisait en vélo les tournées des deux fermes, afin qu'on le voie déambuler dans les environs, et que l'on sache qu'il était venu confesser tous ces traqués transformés en Monsieur Bertrand, Madame Durand, Monsieur Fournier ou la Famille Blanchard, des « Parisiens » venus prendre le bon air de la campagne, et dont il fallait bien que, de temps à autre, un curé vérifie l'état de leur âme.

Aller au Jougla faisait partie de mes plus grandes joies. J'y étais conduit par l'Homme Sombre, au volant de son Phaéton, cette Juvaquatre noire grâce à laquelle nous lui avions trouvé son deuxième surnom : Pauloto. Lorsqu'il m'embarquait pour rejoindre son Jougla, il n'était plus du tout Sombre, mais devenait Pauloto, un joyeux compagnon qui sifflait et chantait tout au long du voyage, et ne cessait de me provoquer de son ironie :

— Le petit citadin va retrouver ses fiancées, commençait-il.

Il y avait plusieurs filles de mon âge au Jougla. Elles habitaient le hameau composé d'une petite chapelle, un vieux cimetière, un ruisseau gorgé de roseaux et de truites sur lequel passait un pont de pierre ancien, quatre maisonnettes, une minuscule école qui accueillait les enfants des paysans de tout ce vallon, dont le charme résidait en ce qu'il constituait comme une frontière naturelle, la jonction entre la verdure des plaines du Tarn et les Causses, avec leurs roches blanches, leurs caillasses ingrates, leurs lièvres et leurs perdreaux coursés par des chiens bâtards, bouffeurs de prunes et de pain. Deux civilisations, ou plutôt deux cultures s'y jouxtaient, celle de la pêche et de la poire, du limon riche et facile à travailler, et celle du châtaignier, des chèvres, du seigle, du cep, des murets de pierres sèches et du chasselas. Pour accéder au vallon, il fallait bien connaître les routes et les sentiers ; aucune troupe allemande ne l'approcha ; c'était ce qu'on appelle un coin perdu, un de ces innombrables petits « bouts du monde », comme il en pullulait dans toutes les campagnes de France. Et je l'imagine et l'espère encore aujourd'hui aussi peu entamé, aussi vert et blanc, aussi doux et parfois aride, calme et inaccessible, sentant le saule, le tilleul, le tournesol et le fumier.

— Elles te plaisent les petites, hein ? Tu ne sais plus où donner de la tête, continuait Pauloto.

Les « petites fiancées » du Jougla s'appelaient Marie, Lucette et Sylvie. Avec elles, j'osais ébaucher les premiers gestes d'attouchement, des baisers, des mains perdues sous les tabliers, des fous rires dans les corps à corps sur la paille des meules ou le sol embaumé de la réserve à grain. J'en ressortais ébouriffé, l'œil allumé, embarrassé mais sans hypocrisie, et la famille de Pauloto riait et me prenait pour ce que je n'étais pas — le « filou » dont avait parlé la petite Murielle. Mais Murielle me faisait peur par sa perversité, tandis que mes « fiancées » me stimulaient par leur franchise.

— Avec laquelle es-tu allé te cacher dans la grange ? Et qu'est-ce que vous y avez fait tous les deux ?

Je ne répondais pas. La voiture avançait dans les collines, traversait quelques villages, longeait des vignes, des champs, laissant la ville loin derrière elle.

A mesure qu'il se rapprochait de ce Jougla hérité de

son père, Pauloto rajeunissait, dégrafant sa sombre cravate puis enlevant le lourd veston de drap noir, pour finir, à quelques kilomètres de son vallon chéri, en bras de chemise, de larges bretelles blanc crème barrant son torse musclé. Par les vitres avant grandes ouvertes, nous recevions le cri des corbeaux et le frisson des vols de buses, l'odeur des fougères et des ajoncs, et il m'enjoignait de chanter avec lui à tue-tête :

> *En avant*
> *le régiment*
> *des mandolines.*

Puis il reprenait ses interrogations mordantes qui m'amusaient autant que lui, puisque je savais, sans que cela fût dit, qu'il gardait pour lui la moindre de mes frasques et n'en aurait pas fait le récit à mes parents. Sans doute estimait-il que cette partie de mon éducation au Jougla lui revenait de droit, et calculait-il que cela compenserait la rigueur que mon père essayait de nous inculquer. Il appelait ce dernier « Le Puritain » et mon père lui rendait la pareille en l'invectivant amicalement : « L'Iconoclaste ». Leur puissante connivence se nourrissait de ces contrastes et Pauloto caricaturait volontiers ses propres convictions pour le simple plaisir de voir réagir son ami mon père.

— Tu es un loustic, mon garçon, me disait-il. Un asticot ! Voilà ce que tu es, un sacré petit asticot !

Et, partant dans un grand éclat de rire :

— Ton père aussi a été un drôle d'asticot. Dans le temps.

Cette fois, je sortais de mon silence : toute mon enfance avait été et continuerait d'être dominée, voire obsédée, par notre curiosité à l'égard de ces deux hommes qui donnaient une aussi forte impression de partager de grands secrets. Certes, l'un de ces secrets, leur organisation d'un réseau pour aider les juifs en détresse, nous avait été révélé. Plus fasciné que mes frères et sœurs par ceux qui étaient pour moi des êtres de légende, je cultivais l'idée qu'ils en savaient encore plus et que le lien unissant l'Homme Sombre à mon père remontait plus loin.

Et je demandais :

— Pourquoi me dis-tu que papa était un asticot ? Qu'est-ce qu'il a fait « dans le temps » ?

Pauloto repartait de plus belle :

— Ça ne te regarde pas. Tu ferais mieux de regretter ce que tu traficotais l'autre jour dans le champ de maïs avec l'Insensé !

Parmi la bande des enfants du Jougla s'agitait un énergumène, fils d'un maître valet de ferme, aux cheveux roux et au nez épaté, les jambes arquées, les yeux hallucinés, une dégaine de clown, qui se présentait à quiconque il rencontrait par les mots suivants :

— On m'appelle l'Insensé, et je suis un In-sen-sé !

Il consacrait toutes ses forces à accomplir des actes justifiant l'adjectif qui lui avait été attribué, un jour qu'il avait commis une bêtise plus grosse que n'en font habituellement les enfants. Pour nous, qui aimions tant les sobriquets et en remplissions les pages de notre Album, l'Insensé représentait un cadeau du ciel. Et comme j'étais celui parmi les frères et sœurs qui passait le plus de temps au

171

Jougla, il me revenait de rapporter le récit de ses exploits.

J'écrivais : « L'Insensé s'est accroupi sur le sol et a mangé du caca d'oie en racontant que c'était de l'anis. »

Ou encore : « L'Insensé s'est jeté tout habillé dans l'étang du Jougla, une fourchette à la main, pour soi-disant attraper un brochet. »

Ou bien : « L'Insensé a voulu monter sur le clocher de l'église pour jouer de la trompette mais il n'y est pas arrivé et il a troué son froc. »

Mais je me gardais d'écrire ce que Pauloto me reprochait : nous avions, avec l'Insensé, confectionné des cigarettes en nous servant de la barbe jaunâtre qui sort des écosses des épis de maïs et nous avions fumé jusqu'à ce que dégueulis, maux de tête et début d'incendie dans le champ de maïs s'ensuivent. Ce soir-là, j'étais resté, malade, dans un lit de la demeure de Pauloto, une bouillotte brûlante à mes pieds, avec pour tout remède un verre de vin chaud sucré. J'avais trouvé cela délicieux, autant que les journées passées en septembre à fouler de mes pieds nus la cuve pleine de chasselas pendant les vendanges, avant d'accompagner les hommes au pressoir. Le grouillement des jus, des peaux, du raisin, le fruit qui éclate sous la plante des pieds, les jaillissements rouges, violets et jaunes sur les mollets qui se coloraient, j'en gardais un souvenir haletant et précis et je priais pour que cette orgie recommence, à l'automne suivant.

J'avais aussi pris un goût très vif à l'assiette de soupe de poule au vermicelle, que l'on achevait, lorsqu'elle était aux trois quarts vide, en y rajoutant une giclée de vin rouge. Vous posiez la cuillère, saisissiez l'assiette par le bord et la portiez à la bouche pour lamper le mélange de bouillon et de vin. On appelait ça « faire chabrot », et quand je retournais à la Villa, je me vantais devant mes frères et sœurs d'avoir accompli un tel rite que je décrivais en détails, tel le voyageur revenu d'un pays lointain qui fait le récit d'agapes exotiques.

J'avais aussi passé sous silence l'usage que nous faisions, avec l'Insensé, des cochons qui occupaient la porcherie de la petite ferme. Assis à califourchon sur le dos, qui de la truie, qui d'un goret, nous le cravachions à coups de sureau, et les faisions dévaler un talus qui longeait la route. Mes cuisses nues sur la peau rose et drue de la bête, je chevauchais le gros animal qui couinait et reniflait, imbécile, soumis. Cette fois-là, j'avais reçu une authentique réprimande de Pauloto, pourtant si indulgent à l'égard de mes efforts pour égaler l'Insensé dans ses insanités, ses « insenseries ».

— Ne refais jamais ça, m'avait-il dit en haussant le ton.

Il pouvait donner un registre caverneux à sa voix, et mettre au roulement de ses « r » un trémolo plus intimidant que celui d'aucun de mes professeurs. C'était une belle voix profonde, dont le timbre apportait à ses propos une emphase et ajoutait une signification autre, comme celles de ces artistes que l'on dit dramatiques, qui vous transforment un texte anodin en une tirade épique.

— On ne plaisante pas avec les cochons dans ce pays, avait-il ajouté. Et surtout pas en temps de guerre.

Pour m'assener cette vérité concrète, idéologie

173

dominante de toute une région et toute une époque, Pauloto avait retrouvé le ton et les manières de l'Homme Sombre. Et, bien sûr, il avait raison : le cochon, animal aux ressources infinies, servait de base au ravitaillement de ma famille. Et si Pauloto m'avait emmené puis reconduit dans sa Juvaquatre, c'était aux fins de rapporter chez nous, au Haut-Soleil, un cochon entier, don de la communauté du Jougla aux treize occupants et « visiteurs » occasionnels de la Villa.

Le cochon mort et déjà décapité — enveloppé dans la bâche entourée de ficelle — pesait lourd dans le coffre arrière de la voiture et l'on entendait sa masse valser avec fracas dans les virages. Pauloto m'avait assis sur le siège avant. Etais-je un alibi utile pour traverser la ville à ses côtés ?

— Si on nous arrête, m'avait-il dit, tu te mettras à pleurer et à réclamer ta mère.

Mais aucun barrage militaire ne mit un terme à notre équipée.

— Il sent, dis-je à Pauloto.

— Qui ça ?

— Le cochon. Ça sent.

— Mais non, dit-il en riant. C'est ton imagination de petit citadin qui travaille. Pense plutôt à tes fiancées. Laquelle as-tu embrassée aujourd'hui ?

J'avais embrassé Lucette. C'était acide.

— Pauloto, demandai-je au bout d'un moment, pourquoi tu te moques toujours de moi ?

Il fourragea de sa main droite dans mes cheveux.

— Parce que, mon ami. On se moque toujours avec beaucoup plus de plaisir de ceux que l'on aime.

Nous avions atteint la Villa. Le Phaéton de Pauloto, chargé du cochon, s'engageait dans le gravier et je me sentais tout gonflé d'importance.

23

Alors, on « faisait le cochon »

La vaste buanderie, au sous-sol, avait été vidée du superflu. Restait une grande table de bois blanc, à laquelle on avait rajouté deux rallonges soutenues par des tréteaux aux armatures d'acier, au support du même bois. Aux quatre coins de cette salle de plafond bas et au sol de ciment gris lavé au jet d'eau, étaient posées des bassines de métal étamé, certaines vides, d'autres remplies d'eau bouillante, d'autres de saumure. Disposés avec ordre sur la table, se trouvaient des dizaines de petits pots de papier sulfuré — des couteaux et coutelas, larges, courts, longs ou effilés — du drap blanc, des kilos de gros sel, un hachoir qui avait été fixé à même le bois — plusieurs tas de torchons encore pliés en quatre — des tabliers de coutil blanc, ou à carreaux rouges et bleus — des petites jarres de grès — du vieux drap.

Les participants à la cérémonie se pressaient autour de Maria, l'épouse du métayer de notre ferme de La Carrière qui était venue pour la circonstance. C'était une grosse femme, originaire de Castelsarrasin.

Le long des murs de la buanderie, on avait aligné

quelques chaises et des tabourets, et dans la cheminée du fond, brûlait un feu de bois au-dessus duquel était installé un lourd chaudron de cuivre sombre travaillé par le temps. Je regardais et reniflais, passionné par l'activité qui se déroulait autour de cette bête morte dont j'avais chevauché la croupe soyeuse et poilue quelques jours auparavant. Je retrouvais la même forme d'ivresse qui me venait par les sens olfactifs et m'avait tant tourneboulé pendant les vendanges, car il y avait dans l'air une odeur de viande, de sang frais et de graisse, de lard, mais aussi d'aromates et de plantes, laurier et oignons, céleris, et le picotement du poivre, et la senteur de l'eau-de-vie que l'on utilisait pour laver boyaux et abats.

L'affaire durait deux pleines journées, car entre l'éviscération, la découpe du corps, les diverses opérations de séparation des jambons, des épaules, du façonnage des saucisses et saucissons, les mises en pots des pâtés, il se passait de longues heures et nous n'assistions pas au déroulement de toute la cérémonie. Certains moments me révulsaient, quand les tripes, boyaux, foie, cœur et reins, à peine séparés, s'étalaient en morceaux sanguinolents sur la table. D'autres me ravissaient, comme le rasage du cochon avant qu'on l'étripe, ou son ébouillantement, ou encore son découpage en long par celui qu'on appelait le « tueur ».

C'était le fils de la métayère. Ils étaient les chefs d'orchestre de la manipulation. Compétent, il savait tuer les bêtes d'un coup précis de son coutelas et les découper, une petite scie à la main, avec rapidité et adresse. Il était bâti comme sa mère. Ils avaient des têtes solides, des bras et des mains vigoureux, un soupçon de blondeur dans les cheveux trahissait leurs origines lointaines, on les disait venus du Piémont. Le père était resté à la ferme, il paraissait qu'il n'aimait pas tuer ni découper et laissait ce soin à son fils, ce qui ne choquait guère, mais aussi à sa femme, Maria, ce qui faisait un peu jaser. Maria parlait peu, « le tueur » encore moins. Nous buvions chacune de leurs paroles et donnions à la moindre de leurs indications des dimensions mélodramatiques :

— La bassine. Le sel. On peut préparer le court-bouillon.

Dites avec l'accent du pays par « le tueur » impassible, tête penchée sur son établi, l'arme à la main, revêtu de toile bleue maculée de sang, ces banales directives résonnaient dans la buanderie envahie par la fumée, le grésillement du lard dans les chaudrons, comme des incantations magiques que nous nous répéterions plus tard, au cours de nos jeux et nos imitations.

Autour d'eux s'activait ma mère, aidée de Juliette, Dora, et les femmes de la ferme des Barbier ; mon père se tenait à l'écart, faisant des visites espacées, le nez pincé, le sourcil froncé, ce qui lui valait les brocards de l'Homme Sombre :

— Ça te dégoûte ? Tu renies tes origines ! Tu es un fils de paysan, ne l'oublie pas !

Mon père traversait la salle pour accueillir le docteur Sucre à qui l'on remettrait quelques pots ; toujours habillé de blanc, les pinces à linge aussi protubérantes qu'autrefois au bas de ses pantalons, le docteur Sucre avait été savamment courtisé ; on lui distribuait fruits et légumes et quelques morceaux de cochon afin de s'assurer de son silence. Mon père redoutait la curiosité, la tentation du bavardage ou de

178

la dénonciation, car Monsieur Germain, Dora, Jannette, Franck, et le flux et reflux des visiteurs avaient
provoqué des questions parmi les voisins, et il avait
fallu là encore mentir, déguiser, amadouer. C'est
ainsi que, malgré la distance qu'il établissait invo-
lontairement entre lui et ses contemporains, mon
père se voyait forcé de frayer avec « les polichinelles
et les arlequins ». Je lui avais demandé :

— Pourquoi polichinelle ?

Pour moi, le mot évoquait un personnage bossu,
laid et ridicule, et je ne pensais pas que les parents
de la petite Murielle ou les propriétaires des villas
du quartier de Haut-Soleil fussent si risibles. Certes,
je ne leur accordais pas l'admiration, l'amour, la
vénération, que suscitait l'homme aux cheveux
blancs et au regard droit qui régissait notre vie. Son
jugement ne prêtait à aucune réfutation, mais je
voulais comprendre l'usage que cet amoureux des
livres faisait de chaque mot. Cela faisait déjà longtemps qu'il mettait une infinie coquetterie à choisir
les mots justes et, si possible, à nous apprendre les
plus inusités.

— Les mots ont un poids, se plaisait-il à nous
dire. Il y en a qui font dix grammes, et d'autres cent
kilos. Il faut savoir les estimer. Vous devez porter en
chacun de vous une petite balance interne qui les
soupèse avant usage.

Et il exécutait l'un de ses gestes favoris, portant
les mains à hauteur de sa poitrine et les tenant à
plat devant lui comme les deux plateaux de cette
invisible mesure qui aurait dû habiter nos esprits.

— Pourquoi polichinelle, insistai-je ?

Il nous avait habitués à répondre à toutes les

questions, puisqu'il nous encourageait toujours à l'interroger.

— Ce petit garçon commence à me tenir tête, l'avais-je entendu dire à son ami Paul.

— Pas étonnant, avait grommelé celui-ci. Devine de qui il tient cela !

Mon père me répondit :

— Polichinelle ne veut pas seulement dire laid ou ridicule. Cela peut être aussi employé dans le sens d'irréfléchi. Tu comprendras plus tard que la plupart des gens que tu côtoies ont des actions ou des paroles *irréfléchies*. Je n'ai pas voulu te dire que nous sommes entourés d'imbéciles, mais seulement qu'aucun d'entre nous, et moi pas plus que les autres, ne réfléchit assez bien, assez souvent, assez vite.

— Mais papa, dis-je, on ne peut pas tout le temps réfléchir.

— Non, fit-il, à ceci près que tu viens juste de le faire.

Notre moment préféré, quand on faisait le cochon, venait avec les frittons, qu'on appelait aussi des grattons. On les trouvait dans le fond du chaudron où l'on avait tout fait cuire, où l'on avait plongé la viande pour en faire du confit, où avaient mariné au fil des heures et des jours tous les abats, les os, les chairs et les couennes, et où étaient venus se mélanger des plantes, des herbes, du poivre et même, versé par un invité exalté par l'atmosphère de fête tranquille qui se créait autour du traitement de la divine bête, quelques gouttes d'alcool de vin. Et lorsqu'on vidait le chaudron et qu'on en raclait les parois et le fond, on trouvait tous les débris de viande et de lard qui n'avaient pas été récupérés par les femmes dans leur répartition des morceaux.

Vous grattiez les frittons et les entassiez dans un petit moule. Sur du pain qui avait été grillé au-dessus des cendres du même feu qui avait servi à entretenir le chaudron, vous étaliez l'aliment comme beurre en tartine, et vous mordiez dedans avec voracité d'abord, puis, rapidement, une certaine prudence, car si le goût en était succulent, il était lourd, gras et très chaud, et il vous restait sur l'estomac quand vous n'aviez pas su faire preuve de modération.

L'effet, alors, était cruel. Les yeux vous tournaient, la tête aussi ; votre organisme luttait contre le dégoût du cochon, ses restes, ses odeurs. Vous détestiez la gourmandise qui vous avait entraîné, et vous courbiez la nuque sous les rires des adultes qui répétaient :

— Le fritton t'a battu. Le fritton t'a vaincu.

Cet instant de délice si brutalement suivi d'un aussi violent repentir donnait le signal du grand nettoyage. Rien ne retenait plus les enfants dans la buanderie enfumée et souillée, et nous remontions par l'extérieur pour aller jusqu'à la cuisine où ma mère avait, aidée de Dora, d'ores et déjà commencé de ranger une partie des provisions dans des bocaux. C'est au cours de cette ultime phase du cochon que nous vîmes arriver deux hommes en civil, à pied, coiffés de chapeaux mous.

Avec l'instinct qui fait reconnaître, à leur seule démarche, des hommes qui se savent investis du pouvoir de nuire, ma mère dit à Dora :

— C'est la police. Filez !

Et à nous :

— Allez prévenir votre père.

Puis elle recouvrit calmement les bocaux clandestins d'une nappe blanche, et elle décida de se porter à la rencontre des deux personnages.

24

Elle avança vers les hommes. Elle avait conservé son tablier et portait un foulard blanc et jaune sur la tête. Juliette et moi l'encadrions. Elle nous prit chacun par la main et nous formions, à trois, comme un petit rideau humain qui barrait l'accès à la Villa.

Les autres frères et sœurs avaient couru vers la buanderie où j'imaginai que mon père organisait le départ de Monsieur Germain, Dora et les autres, vers la ferme des Barbier, par les coteaux et les vergers de l'arrière.

Le premier homme avait un grand nez dont le bout déviait vers la droite de son visage, ce qui lui donnait une mine comique, des lèvres minces et une tache noire sur la joue, une mouche. Il souriait. Le deuxième me rappelait un homme que j'avais déjà vu dans le bureau paternel lorsque, convalescent, je contemplais silencieusement les « polichinelles » qui venaient consulter mon père. Il était petit et rond et le feutre taupé qu'il avait posé sur son crâne ne parvenait pas à contenir les longues mèches noires de sa chevelure épaisse mais plate, dont les pointes semblaient coller à ses tempes comme les plumes mouillées d'un canard.

Ce fut la chevelure qui me permit d'identifier « le cuistre », Monsieur Floqueboque. Il ne souriait pas.

J'ai dit que les deux hommes étaient en civil, mais tout, dans leur allure et le choix de leurs vêtements identiques, indiquait qu'ils voulaient apparaître comme les membres d'une sorte d'armée, une organisation. Le même imperméable long, ceinturé, en toile cirée de couleur mastic; le même pantalon de laine brune tombant sur les mêmes chaussures à lacets, des souliers faits de cuir noir, cousus et piqués, avec de vraies semelles et non pas du bois comme nous en portions tous ou presque; et surtout le même chapeau qui avait, j'en étais persuadé, déclenché l'alarme dans l'esprit de ma mère. Car ces chapeaux ne se voyaient guère dans le pays. Lorsque mon père décidait d'en porter un, il le choisissait moins large et moins sombre, plus familier, tandis que le feutre dans lequel étaient fabriqués les couvre-chefs des deux hommes avait un air étranger, comme s'ils l'avaient acheté ailleurs, dans une autre ville, et ceci pour leur servir de signe de ralliement. Pour moi, qui croyais que les jarres peuvent parler, ainsi que les bustes des grands hommes, j'entendais ce chapeau hostile nous dire :

— Je sais que je suis laid mais je m'en fiche, car je ne cherche pas à séduire.

Les deux hommes arrivent à notre hauteur et s'arrêtent. Le grand nez tordu salue ma mère et lui dit avec lenteur, et un accent très marqué :

— Vous avez chez vous une femme du nom de Dora Kümmer, étrangère et israélite. Elle est convoquée à la mairie pour une vérification d'identité. Qu'elle prépare un sac et du linge pour la nuit.

— Nous n'avons personne de ce nom ici, dit ma mère.

— Madame, nous savons de quoi nous parlons, intervient Floqueboque.

Dès les premiers mots, il a recours à son tic verbal que j'avais relevé dans l'Album pour le plaisir de mes lecteurs :

— Et j'ajouterai, nous ne sommes pas ici par hasard.

Puis il se tait.

— Qui êtes-vous, messieurs ? demande ma mère.

— Nous sommes la police, répond Grand Nez Tordu.

Je note que Floqueboque n'a rien « ajouté ». Je m'aperçois aussi que s'il use de ce ton qui se veut châtié et précieux et dont j'avais auparavant décelé la fausseté, Grand Nez Tordu, lui, s'exprime avec l'accent de la région. Cela le rend moins dangereux à mes yeux. Floqueboque esquisse un geste de main en direction de la Villa, par-dessus l'épaule de ma mère.

— Monsieur votre mari est ici, madame ?

— Il arrive, répond-elle.

On dirait que les deux hommes n'osent pas forcer le fragile barrage qui se trouve devant eux.

Dans ma main, je peux sentir la main de ma mère, chaude, et qui enserre mes doigts, pour mieux conserver notre posture de défi, sa volonté de dresser un rempart. Grand Nez Tordu ne semble pas à l'aise. Il dit avec hésitation comme s'il fallait le faire, mais comme si cela lui en coûtait :

— Madame, allez donc chercher cette femme, on ne vous embêtera pas plus longtemps.

Ma mère répond, de sa même voix que je sens frêle,

craintive, mais qui peut donner aux deux hommes une impression de tranquillité :

— Vous ne m'embêtez pas du tout, mais nous n'avons personne d'autre ici que les membres de notre famille.

Floqueboque, sur son registre onctueux et suffisant :

— Et j'ajouterai, nous ne sommes là que pour transmettre une convocation. Et j'ajouterai : un sac et du linge pour la nuit, c'est tout.

Derrière nous, j'entends les pas de mon père sur le gravier. Le soulagement m'envahit. Non que je ne fasse confiance à ma mère, dont l'impassibilité m'a ébahi et dont j'admire qu'elle ait décidé de faire front en se tenant droite au milieu du chemin, entourée d'une jeune fille et d'un petit garçon face à deux hommes habillés couleur mastic, qui pourraient d'un coup d'épaule renverser notre barrière pour aller jusqu'à la Villa, mais je ne doute pas qu'avec mon père, la scène va prendre une autre tournure. Un vers de Victor Hugo, souvent récité par ma mère, aura pénétré mon esprit et flottera pendant toute mon enfance dans mon paysage le plus intime :

« Mon père, ce héros au sourire si doux. »

Sans me retourner pour le voir se porter à notre hauteur, je sais qu'il arbore en ce moment même ce sourire d'autant plus capable de nous rassurer qu'il l'affiche rarement, préférant offrir au petit monde qui l'entoure cette mine sévère qui lui vaudra selon les âges et les saisons, de la part des témoins impertinents que nous sommes, toutes sortes d'abréviations patronymiques : « Pessimo », « Mysterioso », et même « Misanthropo ».

Floqueboque, à sa vue, avance d'un pas et Grand

186

Nez Tordu soulève son vilain chapeau. Je me dis qu'il l'a reconnu. D'ailleurs, mon père s'adresse d'abord à lui, ignorant Floqueboque :

— Nous nous sommes déjà rencontrés, je crois. Vous, c'est Pallombière, c'est bien cela ?

— C'est exact, Monsieur, fait l'homme.

Je remarque qu'il l'appelle Monsieur, alors que mon père lui a donné seulement du « Pallombière » et je peux sentir entre eux deux comme une différence, que le dialogue va accentuer.

— A l'hôpital Saint-Hippolyte, c'est cela, continue mon père. Nous étions ensemble là-bas pendant le rappel des réservistes, il y a quelques années de cela. J'étais votre officier de réserve — capitaine — je vous y ai vu, et peut-être même commandé, et aujourd'hui, si je comprends bien, vous appartenez à la police ?

Grand Nez Tordu se dandine sur ses deux pieds.

— Non, je ne suis pas vraiment de la police, je travaille pour les services d'état civil de la Mairie.

Mon père :

— Vous étiez quoi, à l'époque ? Caporal ?

Pallombière :

— Heu, oui, mon capit-, heu, je veux dire Monsieur.

Ma mère intervient, d'une voix qui se veut naïve :

— Vous m'avez pourtant dit il y a un instant que vous étiez de la police.

— Oui, enfin, c'est presque la même chose, dit Pallombière.

Alors mon père, comme s'il jugeait avoir provisoirement neutralisé Pallombière, se retourne vers Floqueboque :

— Ça n'est pas du tout la même chose, et ça n'est

187

pas vous, Monsieur Floqueboque, avec votre sens si précis de la chose administrative qui allez me contredire. Comment allez-vous ? Que devenez-vous depuis notre dernière rencontre ? Vous êtes un employé municipal, maintenant ? Quelle autorité vous amène jusqu'ici, et que puis-je faire pour vous ?

Le petit garçon ne peut savourer les variations de ton qui ont émaillé ces quelques phrases et comment une dose de flatterie a contrebalancé une pincée d'ironie, le tout saupoudré de courtoisie, de fermeté, avec la constante notion d'une supériorité émanant de mon père, qui pourtant n'en abuse pas puisqu'il sait qu'elle irrite les médiocres et qu'il faut, en ces circonstances, jouer au plus fin avec l'adversaire, précisément parce qu'il n'est pas plus fort que vous, et ne pas risquer de le vexer mais plutôt encourager chez l'autre la satisfaction de soi, la conscience de son rôle.

Je ne parviens pas non plus à relever, sur le visage ingrat de Floqueboque, les signes tout aussi multiples et contradictoires d'irritation et de vanité, sa volonté de forcer l'événement combattue par une retenue et une prudence face à cet homme dont il connaît le prestige en ville et devine, ne serait-ce qu'à l'attitude respectueuse du comparse local, Pallombière, que ce dernier a déjà battu en retraite et va lui laisser la responsabilité de l'échec de leur intervention. Floqueboque est un « cuistre », mais il n'est pas dépourvu de malignité ni de ressources. Et si mon père avait le loisir de se pencher vers moi pour décoder ce qui se passe, il me donnerait une de ces leçons d'histoire naturelle de l'homme comme il lui est déjà arrivé de faire, à peu près en ces termes :

— « Cuistre » appartient, certes, à une espèce vaniteuse, pédante et ridicule... « Le cuistre » est incapable de se voir avec lucidité lorsqu'il exhibe en société les attitudes qui permettent de le reconnaître, ni de s'entendre lorsque les opinions ou le ton qu'il invente pour les transmettre tracent les limites de son intelligence, mais il n'en est pas moins fort, puisque sa faiblesse l'aveugle assez pour lui permettre d'avancer sans gêne dans le monde et bousculer des comportements plus discrets, donc moins efficaces. Et sa pédanterie n'en recèle pas moins un savoir, un bagage de connaissances et une panoplie de références qui l'autorisent, là encore, à progresser ou à survivre au sein des autres animaux parfois moins péremptoires et bruyants, donc moins entreprenants que lui. Il ne faut pas sous-estimer les capacités d'un cuistre. Le cuistre n'est pas un couillon. Il ne lui viendrait pas à l'esprit de se pencher au sol pour goûter le caca d'oie, comme l'Insensé du Jougla. En revanche, et tout bien réfléchi, il confond malgré tout, lui aussi, le caca d'oie avec l'anis, comme le copain crétin de mes jeux d'enfance, de la même façon qu'il prend tout être inconnu pour un imbécile, tout être puissant pour une lumière, et tout être humble pour une victime.

Je ne sais pas encore tout cela, mais ce poids des mots dont mon père a tant voulu qu'il joue un rôle dans la conduite de nos vies me permet d'entrevoir les évolutions de la scène. Je regarde, comme on nous l'a conseillé, les yeux de Floqueboque, et je les trouve si fuyants et si mobiles que j'en suis presque heureux : voilà au moins quelqu'un que je peux facilement identifier comme un « traître ». Floqueboque lève son visage vers mon père et lui répond :

— Apprenez, Monsieur, que j'ai mis mon expérience de l'administration au service de ce que je crois être la bonne cause et j'ajouterai, celle des représentants réels du pays. Les Hommes Nouveaux. Et j'ajouterai que je pense rendre ainsi un service tangible à la nation.

Mon père :

— Cela est certainement vrai, mais puis-je vous demander de me montrer quelque mandat, quelques papiers qui puissent justifier votre venue ici — et son but ?

Floqueboque, soudain impatient :

— Nous avons déjà dit à madame votre épouse : un sac et du linge pour la nuit. Ça suffira. Présentez-nous donc cette Dora Kümmer, la juive qui vit clandestinement chez vous. Si elle est en règle, elle pourra vous rejoindre dès demain matin.

Mon père :

— Je vous ai demandé vos justificatifs.

Floqueboque sort de la poche de son imperméable une feuille qu'il déploie et agite sous les yeux de mon père.

— Mais les voici, que croyez-vous ! Nous agissons en parfaite légalité et j'ajouterai, dans une perspective tout à fait logique de collaboration avec les forces du Grand Reich.

— Je n'en doute pas, dit mon père, après avoir lentement parcouru le papier. Comme nous ne cachons personne ici, je veux bien accepter de vous recevoir dans mon bureau pour en parler avec vous, mais il n'est écrit nulle part sur cet ordre de convocation que je doive vous faire visiter toute ma propriété.

Il s'adresse à nouveau à Grand Nez Tordu, qui s'était emmuré dans le silence et l'ennui :

— A quoi pensez-vous donc, Pallombière ?

Grand Nez Tordu a un petit rire à la fois amer et admiratif, et je l'entends dire ce qui m'était venu depuis quelques minutes à l'esprit :

— Je pense, Monsieur, que s'il y avait quelqu'un qui se cachait chez vous, depuis le temps qu'on en cause tous sur ce chemin, elle a eu tout le temps de déguerpir. Voilà ce que je pense.

Il ponctue les derniers mots, sans y prêter attention, d'un « con » digne de ceux utilisés par mes petits camarades de classe, comme s'il avait voulu se situer à nouveau dans sa vérité régionale et souligner la différence qui existe entre lui, le natif du coin fourvoyé dans une démarche dont il ne peut augurer l'issue, et « le Parisien » transplanté au ton pointu, au verbe ampoulé et aux ambitions fumeuses.

— Pour cela, vous avez raison, lâche Floqueboque dans un court soupir énervé. Au revoir, Monsieur, nous nous retrouverons.

Mon père nous fait signe de rebrousser chemin jusqu'à la Villa.

— Vous êtes entrés ici sans prendre rendez-vous, dit-il aux deux hommes, je vais néanmoins vous reconduire jusqu'au portail.

Mon père nous expliqua ensuite qu'il ne les avait pas accompagnés par simple souci d'entretenir un semblant de civilité, mais pour vérifier, grâce à la vue qu'on avait depuis l'entrée sur le chemin du Haut-Soleil, l'état du voisinage, ses carrefours et ses sentiers. Il ne fut guère rassuré : le quartier était traversé par deux autres Citroën noires du même modèle que celle de Floqueboque et Pallombière.

Des hommes en civil s'étaient introduits dans plusieurs jardins et patrouillaient le long des fourrés et des ronces.

Au bout du fossé, à quelque cinquante mètres de notre Villa, au croisement du Chemin des Amoureux, mon père vit un vélo abandonné dont la roue avant tournait sur elle-même, le guidon à moitié tordu. C'était le vélo de quelqu'un qu'on avait dû jeter à terre, dont on avait arrêté la course, et qui avait tenté d'éviter un contrôle. Aisément reconnaissable grâce à son panier d'osier fixé sur le porte-bagages arrière, c'était le vélo de Monsieur Germain.

Nous ne parvînmes pas à reconstituer l'itinéraire de Monsieur Germain. En toute logique, il aurait dû, par les coteaux, accéder à la route du bas le long du Tescou et s'échapper vers la ferme de La Carrière où il savait que nos métayers le dissimuleraient. Comment s'était-il fourvoyé en sens contraire, comment avait-il pu remonter vers le Haut-Soleil par le Chemin des Amoureux pour se faire piéger dans le quartier infesté de policiers en civil ? Nous en déduisîmes qu'il y avait eu d'autres barrages près de la rivière, et que Monsieur Germain avait été forcé de s'engager dans le sentier. Mon père eut cette phrase qui n'expliquait rien mais disait tout :

— Il n'aura pas pu faire autrement.

Mais Dora, Jannette et Franck avaient, sans problèmes, atteint à pied la ferme des Barbier, la plus proche de notre jardin, accompagnés de toutes celles et ceux qui avaient « fait le cochon ». Alors, pourquoi

Monsieur Germain n'était-il pas resté soudé à ce groupe ? Il avait dû se passer quelque chose que nous ne savions pas. Alors, à nouveau :

— Sans doute n'a-t-il pas pu faire autrement.

Mon père portait ordinairement des espadrilles à semelle de corde, des pantalons de flanelle gris clair ou blanche et une veste d'intérieur en coton sur des chemises de laine peignée à col souple, offrant l'image composite d'un gentleman-farmer, d'un joueur de tennis qui revient de l'entraînement, ou d'un de ces débonnaires touristes britanniques qu'il avait croisés, avant-guerre, dans le Pays basque et dont il avait imité la négligence étudiée. Cet homme raide, à la démarche un rien guindée, mettait quelque coquetterie à ne plus utiliser les habits civils que sa vie passée à Paris dans le monde des affaires lui avait fait prendre en horreur. C'était une autre façon de dire : je suis un homme libre, caché dans ma Villa inviolable, prêt à écouter les doléances de chacun et à distribuer mes conseils ou avis, mais je m'habille comme il me plaît, comme un homme retiré du monde, débarrassé du besoin de paraître.

Il poussa même un jour cet anticonformisme à venir chercher, au sortir de la cérémonie de leur première communion, ses filles aînées en savates et en casquette de toile blanche à visière de mica vert, style Suzanne Lenglen, au plus grand étonnement des citadins bourgeois et à l'indignation contenue de ma mère, qui plaisantait moins que lui sur l'éducation religieuse des enfants. Son ami Paul l'avait félicité : « Tu es aussi mécréant que moi ! »

Mais dès l'instant où fut constatée la disparition de Monsieur Germain, mon père changea de tenue. Il s'habilla à la hâte, en notable : cravate, chemise amidonnée, chaussures noires et veston rayé droit.

Il descendit à la mairie où l'attendait, au milieu de quelques fonctionnaires amis, son complice l'Homme Sombre. Ensemble, ils tentèrent de récupérer Monsieur Germain. Il fallut aller à la caserne Doumercq, mais, après palabres et atermoiements, ils finirent par comprendre que le petit groupe était parti par camions vers la gare. Là-bas, on les informa qu'un train, dont les portes des wagons étaient verrouillées et plombées, transportant les hommes et les femmes qui avaient été raflés dans la journée, venait de prendre la direction d'un camp, près de Font-Romeu, dans les Pyrénées.

Quelque temps plus tard, on apprit que ce lot humain avait été envoyé dans deux autres camps par d'autres trains, mais cette fois hors de France, des camps aux noms inconnus de tous. Notre père nous dit avec force :

— N'oubliez jamais les enfants, n'oubliez jamais que c'est la police française, que ce sont des fonctionnaires français qui ont mis Monsieur Germain dans le premier train.

Puis il se retira dans son bureau.

Quant à nous, entourant notre mère dont les yeux laissaient perler des larmes, nous eûmes une pensée pour Monsieur Germain, puis pour le frère aîné, Antoine. Il avait rejoint le maquis dans les monts de

Vazerac, aux côtés de Henri l'instituteur, comme il s'était juré de le faire un jour sous son peuplier, et comme mon père l'y avait autorisé sans l'ombre d'une hésitation, ce qui avait surpris Juliette et tous les petits.

25

Un jour, à la ferme de La Carrière où j'étais venu apporter un message à l'intention d'un certain Monsieur Durand en compagnie des jumeaux Pierre et Michel, un jeune homme que je n'avais jamais vu sortit d'une grange et vint à ma rencontre.

— Je m'appelle Diego, me dit-il.

Il avait des yeux vert noisette, une mèche de cheveux sombres barrait son front basané. Il était grand et mince. Ses lèvres finement ourlées formaient comme deux pétales posés au milieu d'un visage de condottiere, hardi et insolent, beau, romantique, marqué par l'audace, voire la folie. Ce fut une sorte d'apparition : débouchant de l'ombre pour se carrer au centre de la paisible cour, Diego portait un fusil de chasse à double canon en bandoulière et arborait, traversant sa poitrine, deux rangées croisées de cartouchières abondamment garnies. Bien que notre ferme, comme ses environs, ne reçût jamais la visite de militaires allemands, je vis dans ce refus de dissimuler qu'il appartenait à la Résistance, et même dans son ostentation orgueilleuse, le signe d'un caractère hors série.

Il avait une démarche de cavalier professionnel. C'était le seul défaut que l'on pouvait trouver à ce corps élancé, cette silhouette racée : des jambes tellement arquées qu'il perdait, en marchant, une partie de sa grâce. Les chevilles torses, les cuisses gonflées, et ce déhanchement particulier qui trahit immédiatement « l'homme de cheval » laissaient croire que, malgré sa jeunesse (il ne devait pas avoir plus de dix-huit ans), le dénommé Diego avait passé une vie entière sur une selle. Pour dissiper toute équivoque, il portait des bottes d'écuyer, longues, d'un rouge acajou fatigué, une couleur inusitée qui jurait dans le paysage, autant que la culotte de cheval en whipcord serré, blanc crème, tachée de boue à la hauteur des genoux. Je n'avais pas encore approché un seul maquisard depuis que nous avions vu Antoine partir un matin, tôt, à bicyclette, aux côtés de Henri l'instituteur, avec leurs musettes chargées de vivres et de lainages. J'essayais d'imaginer à quoi on pouvait ressembler, une fois qu'on avait gagné les monts et les forêts, les grottes, les abris et les granges où se retrouvaient ces hommes dont j'enviais l'existence périlleuse. Eh bien, avec Diego j'étais servi — c'était le plus beau « maquisard » qu'il me serait donné de connaître, même s'il n'utilisait pas ce terme.

— Je suis un partisan, me dit-il. J'appartiens à l'équipe de destruction Perelski, du corps franc Pamiers.

Je ne comprenais pas pourquoi il me livrait des informations aussi confidentielles, mais j'étais flatté, au-delà de toute mesure, qu'il se soit accroupi à ma hauteur pour prononcer des mots si extraordinaires : destruction, corps franc, partisan ! Je m'enhardis à l'interroger.

— Qu'est-ce que tu fais ? demandai-je.

— Je travaille la nuit, me dit-il.

— Tu connais mon frère Antoine ? dis-je.

— Je ne vois personne, me dit-il. Personne d'autre que les types avec lesquels je travaille la nuit.

— Et qu'est-ce que vous faites la nuit ? demandai-je.

Il s'approcha de moi et me regarda, une lueur verte de défi dans ses yeux, et comme s'il voulait un peu plus m'envoûter, il sourit, articulant à voix basse et lente :

— On fait sauter des choses. On est des spécialistes.

J'étais épaté, presque enivré.

Des machines en dépôt à la gare de Ville-Bourbon avaient été détruites et une partie de la ville avait pu entendre les explosions qui avaient permis de retarder la circulation ferroviaire du matériel allemand. Une autre nuit, la centrale électrique de Verlaguet avait été attaquée et plus tard, la ligne à haute tension du pont de Chaume sabotée, toujours en pleine nuit. Ces actions avaient augmenté en nombre à mesure que l'année 1944 avançait. Nous savions, par les bribes de conversation entre mon père et l'Homme Sombre, que ceux qu'ils appelaient « les Alliés » avaient débarqué en Afrique du Nord, qu'il se passait des choses décisives sur le Front de l'Est, et nous avions, un soir, suivi le doigt de mon père qui retraçait sur un Atlas géant la progression des uns (les bons) et le recul des autres (les mauvais).

En ville même, quelques attentats avaient eu lieu. L'officine d'un pharmacien collabo de la rue Marcy avait explosé, les vitrines du marchand de chaussures de la rue Fraîche avaient volé en éclats. Des représailles, dénonciations, condamnations et déportations avaient suivi au même rythme. Nous avions commenté ces bouleversements qui transformaient la couleur des jours et avaient chassé toute notion de tranquillité dans la petite ville, et voilà que je me retrouvais face à celui qui était peut-être l'un des auteurs de ces exploits ! Je ne me remettais pas de ce choc, et ne parvenais toujours pas à saisir les raisons pour lesquelles il m'avait choisi au milieu de la cour afin de me faire de telles révélations.

— Diego !

Derrière nous, un homme plus âgé que mon héros inattendu — petit, serré dans une veste en cuir de tankiste, ou de garçon livreur, un visage fermé et autoritaire — lui fit signe de le rejoindre.

— On s'en va, cria-t-il.

Diego me prit par les épaules avant de se relever ; ses deux mains exerçaient une légère pression autour de ma nuque.

— Tu diras à ton père que tu m'as vu, me dit-il rapidement. Tu lui diras : Diego est arrivé.

Puis il redressa sa splendide carcasse et je le vis marcher vers celui qui semblait être son chef. Ils disparurent au détour de la grange, en direction du sentier qui menait à l'ancienne carrière de quartz que l'on empruntait pour se perdre dans les landes, puis les sous-bois. J'admirais la démarche du romanesque « partisan » que je venais d'écouter, quand Pierre et Michel m'entourèrent :

— Qu'est-ce qu'il t'a dit ? Qu'est-ce qu'il t'a dit ?

— Rien, leur dis-je.

De retour à la Villa, je fis à mon père le récit détaillé de ma rencontre avec le jeune homme aux bottes rouge acajou. Et je lui répétai la phrase :

— Diego est arrivé.

Il me remercia, m'embrassa sur le front et me fit jurer de garder pour moi les mots et les noms propres que j'avais recueillis de la bouche du jeune homme.

Le soir venu, à l'heure habituelle de la visite de son ami, il prit l'Homme Sombre à l'écart. Ils ne s'installèrent pas, comme il en était d'usage, dans les deux fauteuils bleus du grand salon où nous tentions parfois de suivre leurs affrontements ou de comprendre leurs commentaires, à peine avaient-ils tourné ou retourné le bouton de la TSF et entendu, brouillées et grésillantes, des informations qui les abattaient ou les exaltaient selon les jours.

Mon père emmena l'Homme Sombre jusque dans son bureau où ils s'enfermèrent pour la soirée. Je me dis que j'avais eu raison : il y avait bien un autre et plus grand mystère entre eux deux. Et si je brûlais d'en savoir plus, je pressentais à leurs visages faussement impassibles, à la porte fermée du bureau paternel, aux chuchotements qui avaient aussitôt commencé que cette fois, nous ne connaîtrions rien de ce nouveau secret.

26

Aux abords du lycée, sur la placette caillouteuse où, en attendant que la cloche sonne l'heure de la classe, les plus âgés échangeaient des cigarettes et les plus jeunes des billes, on racontait toutes sortes de choses sur le comportement des Allemands.

On disait qu'ils distribuaient des gâteaux en ville et que ces gâteaux, comme les dragées qui les accompagnaient, étaient empoisonnés. Il ne fallait jamais accepter de sucer, croquer, manger une quelconque friandise offerte par un officier et encore moins par un soldat. C'était de l'arsenic, de la mort-aux-rats, du cyanure! On disait aussi qu'un parachutage d'armes anglaises avait eu lieu dans les bois au-dessus du Fau et chacun de s'agglutiner autour de Bonazèbe qui prétendait avoir retrouvé un bout de toile de parachute au cours d'une expédition familiale dans cette région.

— Montre-le, si tu es si malin, disaient les envieux.

Bonazèbe était un garçon sans intérêt, pâlichon et maigre, sanglé dans une tunique de femme à col de fourrure qui avait été retaillée par sa mère. Dans la petite, puis dans la grande cour du lycée, il n'avait jamais fait l'objet d'une seule conversation, mais maintenant qu'on le croyait possesseur d'un si rare fétiche, il était devenu, pour un instant, le pôle d'attraction. Il en tira tellement de vanité que les plus belliqueux finirent par le renverser sur la surface ingrate de la placette, l'immobilisèrent par les jambes et les bras, et fouillèrent les poches de ses pantalons.

— Le voilà! s'écria celui qui avait découvert le morceau de toile.

On se repassa de main en main le bout de tissu pas plus large qu'un mouchoir. Il semblait avoir été déchiré.

— Ça vaut rien, ton machin, dirent les agresseurs de Bonazèbe.

Ils s'éloignèrent. Je lui demandai de me prêter un instant le « parachute » qui avait déchaîné tant de jalousies. Il était d'un blanc lumineux et quand je le tins entre mes doigts je lui trouvai une texture douce, agréable, comme de la soie. D'où venait-il? D'Angleterre? Dans quelle usine inconnue où l'on parlait une autre langue que la nôtre avait-il été façonné?

— Moi, je te crois, dis-je à Bonazèbe. Je suis sûr que c'est pour de vrai.

Bonazèbe me regarda avec un sourire de reconnaissance. Il me raconta qu'il avait, en compagnie de ses parents, récupéré un plus grand fragment du parachute, de la taille d'un drap de lit; ils l'avaient découvert enroulé autour d'un massif de ronces, au pied d'un châtaignier. Mais ses parents avaient eu peur de revenir en ville avec un objet aussi compromettant, et n'avaient conservé que le petit carré que Bonazèbe avait bien voulu me laisser caresser.

— Si tu veux, me dit-il, je t'emmènerai demain à l'endroit. On se découpera un plus gros morceau. Et avec, on pourra échanger toutes les billes et tous les boulards qu'on voudra !

Lorsque je mentionnai l'enthousiasmante proposition de Bonazèbe, mes parents m'interdirent d'aller traîner dans les bois du Fau.

— On ne joue plus, dit presque brutalement mon père.

Il avait un air préoccupé, accablé ; comme si les obstacles, les incidents qui s'étaient accumulés au fil du temps venaient de trouver leur paroxysme.

Un officier d'ordonnance de la Waffen SS s'était présenté à la Villa pendant que nous étions en classe, dans l'après-midi, au volant d'une Mercedes noire au fanion noir et argenté, aux roues à rayons, à la calandre étincelante. L'Obersturmführer avait expliqué à mon père que son chef, général de division, songeait à s'installer chez nous. Il en avait assez de vivre dans les appartements du Grand Hôtel du Midi transformé depuis plus d'un an en quartier général des forces d'occupation au cœur de la ville, et il cherchait une résidence plus calme où l'on serait, avait-il recommandé à son ordonnance, « réveillé par les oiseaux ». Renseignements pris, et après des repérages nombreux et variés dans les environs, la Villa du Haut-Soleil répondait aux souhaits exprimés.

— Si vous le permettez, je reviendrai dans quelques jours vous rendre visite avec mon supérieur, afin qu'il juge par lui-même, avait dit le militaire.

Il parlait un français châtié, empreint d'une courtoisie sans faille. Il avait d'emblée informé mon père qu'il connaissait sa réputation, celle d'un éminent juriste venu de Paris, respecté et écouté de tous. Si le projet était poursuivi, il ne serait pas question d'entraver la

203

bonne marche du cabinet de mon père — pas plus que d'exiger l'évacuation de la Villa. Tout ce que suggérait l'ordonnance, c'était l'usage, pour une durée provisoire, d'un des étages de notre maison, et ce au seul bénéfice de son supérieur, jusqu'à ce que celui-ci se sente un peu reposé.

— Vous comprenez, avait-il dit, le Brigadeführer déteste la promiscuité.

— C'est-à-dire ? avait demandé mon père.

— La compagnie des autres officiers, Monsieur ! Toute la journée au travail, Monsieur ! Alors le soir, coucher dans son lieu de travail, voir les mêmes hommes avec lesquels on a œuvré toute la journée, cela représente une très grosse fatigue ! Et puis la ville, Monsieur, avec ses bruits... tandis qu'ici... les oiseaux...

— Si je vous comprends bien, avait dit mon père, mon foyer familial fait l'objet d'une réquisition.

Le premier lieutenant avait protesté sur des accents de sincérité outragée :

— Pas ce mot, Monsieur ! Pas ce mot ! Pas d'un officier à un autre.

Car il avait, lorsqu'il s'était présenté à mon père en claquant des talons et en saluant, immédiatement mis en avant qu'il n'ignorait pas le statut d'officier de réserve de mon père et que, par-delà les nations ou les conflits, ce point commun permettrait de balayer tous les malentendus.

— Entre officiers, Monsieur, les choses ne peuvent se faire que d'une manière ouverte et franche.

— Bien entendu, avait dit mon père.

La Mercedes était repartie.

Pour la première fois depuis la fin de la Zone Libre, mon père se sentait incapable de chasser l'appréhension qui l'avait assailli.

Jusqu'ici, il avait toujours su, avec sa femme, contrôler les événements qui avaient dérangé la vie quotidienne de la Villa. Pas plus l'épisode des « grandes manœuvres » que la tentative de Floqueboque pour démasquer Dora, la disparition de Monsieur Germain ou le départ de son fils Antoine pour le maquis n'avaient entamé sa sérénité. Il avait pris ces incidents comme des crises sporadiques auxquelles il avait toujours trouvé une solution et qui n'affectaient pas profondément ce qu'il appelait « le cours des choses ». Et même lorsqu'il n'avait pas pu redresser une situation, comme dans le cas de Monsieur Germain dont l'absence lui pesait car il s'était senti responsable de la sauvegarde de son silencieux « jardinier », il avait tout de même jugé que cela ne remettait pas en cause la manière dont tournait son petit monde, l'éducation de ses enfants, le bonheur de son épouse, ses lectures, son amitié avec Paul, ni même le bon fonctionnement de son réseau clandestin de « visiteurs ».

Il exerçait, face à l'imprévisible, un mélange de fatalisme et de rationalité qui lui permettait de maintenir le cap et ne laissait apparaître aucun signe de doute, de désarroi, dont il savait qu'ils auraient pu perturber ce climat de rire, de jeux, d'insouciance, cette cellule familiale qu'il chérissait tant et dans laquelle il puisait ses propres forces afin de dissiper le pessimisme foncier qui avait trop souvent dominé ses

205

pensées. Il avait réussi à combattre son ennemi juré, l'Inquiétude, grâce à l'amour de sa femme et aux sept existences balbutiantes puis mûrissantes qui avaient accaparé chaque instant de leur vie de couple. Il possédait cette solidité de caractère qui sied aux sceptiques et aux lucides, ce ressort moral que donnent plusieurs passages à travers l'épreuve du feu — en l'occurrence la mort brusque et prématurée de son père, et d'avoir survécu au massacre de la Grande Guerre.

Lorsque mon frère aîné était venu lui exprimer, voix tremblante et regard incertain, son désir de partir pour l'Espagne et puis l'Angleterre, il n'avait pas formulé d'objection.

— Bien sûr, Antoine, avait-il dit. Je suis d'accord.

Le jeune homme était resté coi. Il s'était préparé à un rejet ferme, voire violent, qui aurait servi de prétexte à une nouvelle critique de sa nonchalance, ses lacunes au lycée, ses fréquentations en ville. Le père, l'ayant désarçonné en acceptant sa proposition sur-le-champ, avait pu dès lors modifier les plans du jeune homme, sans froisser sa susceptibilité en lui donnant l'impression d'influencer un choix aussi grave.

— Ecoute-moi bien, lui avait-il dit. Tu es si jeune que je ne devrais pas te laisser faire, mais si j'avais ton âge et ta disponibilité, j'aurais le même réflexe, dont je te félicite. Mais les événements se précipitent. Les Alliés sont partout en position de reconquête. D'un trimestre à l'autre, tu verras qu'ils vont s'atteler à délivrer la France. Le voyage pour l'Angleterre est long, pénible, et tu risques d'arriver à Londres quand les Forces Françaises Libres en seront parties pour débarquer ici, chez nous. Rejoins plutôt le maquis et exploite le temps qu'il reste, tout de suite, et ici même.

Encadré par Henri, l'instituteur, que mon père avait aussitôt contacté, Antoine avait pu se détacher de la Villa pour aller vivre son aventure, mais mon père le savait proche de lui et de nous, quelque part dans les collines au-delà de la rivière, et il considérait qu'il avait fini, là encore, par rester maître des circonstances. Quant aux « visiteurs », dont le nombre n'avait pas diminué malgré les alertes et la rafle dont avait été victime Monsieur Germain, mon père continuait d'en assurer le flux et le reflux. Il prévoyait quelques saisons encore difficiles, certes, mais de même qu'au milieu de la décennie précédente, il avait devancé la catastrophe mondiale, il espérait désormais une issue au drame de l'époque — drame à l'écart duquel il estimait avoir réussi à tenir sa couvée.

Or, voilà que la plus délicate, la plus dangereuse des situations lui était soudain imposée. Un général des forces d'occupation allait faire irruption au centre même de notre vie de tous les jours, à l'intérieur du premier cercle, dans le jaune de l'œuf, sans qu'il soit donné à mon père une seule possibilité de déjouer cette entreprise. Il s'en trouvait abasourdi, mais s'efforçait de dissimuler la sensation de déséquilibre qui venait de le troubler.

— Mais papa, dit l'une des sœurs, lorsque mon père se vit obligé de nous tenir au courant, il n'a pas le droit de venir chez nous !

Et moi de surenchérir :

— Chez nous, c'est chez nous !

Alors, mon père :

— Il n'a pas le droit mais il a *son* droit et il dicte sa loi, et c'est la loi du plus fort.

— Oui mais, insista Juliette, chez nous ? Enfin papa, voyons, la Villa !

Et Pierre de reprendre en chœur avec Michel :

— Mais Dora, et Franck, et Jannette, qu'est-ce qu'ils vont faire ?

Et Violette :

— Cet officier ne va tout de même pas manger à notre table ?

« La Villa ! » Juliette avait dit cela sur ce ton style « Duchesse de Langeais », le rôle tenu par Edwige Feuillère dont elle n'imitait plus les intonations. Il lui était resté quelques traces de ce parler « grande dame » et sa protestation, ce « La Villa ! » ressemblait, jusqu'à la parodie involontaire, au dialogue d'un film au cours duquel une belle aristocrate aurait dit dans une circonstance analogue : « Le château ! On ne touche pas au château ! »

Mon père voulut clore le débat :

— Ne vous inquiétez pas et faites confiance à vos parents.

Il n'avait pas répondu à nos questions. L'invasion du pays, l'occupation de la ville avaient jusqu'à ce jour, dans nos esprits d'enfants ou d'adolescents, revêtu un aspect sinon abstrait, du moins difficilement palpable. Nous continuions d'aller à vélo au lycée, nous ébattre dans notre jardin des merveilles, Juliette prenait toujours ses cours de danse et de piano, taquinant Diabelli par les fenêtres, et si nous croisions beaucoup d'uniformes en ville, ils nous apparaissaient comme une tache dans le paysage plutôt qu'une inexorable coercition.

On parlait des attentats et des sanglantes représailles, mais nous n'avions rien touché du doigt. Nous étions préservés. A la fois physiquement proches, impliqués dans cette histoire puisque la Villa servait de refuge aux juifs, nous persistions à nous sentir exonérés, immunisés. Le secret des « visiteurs », qu'on nous avait demandé de partager, avait été intégré dans ce jeu permanent, cet univers d'affabulation et cette incapacité d'apprécier clairement le réel qui constitue le privilège, et l'infirmité, des enfances heureuses. Devant notre stupéfaction, mon père comprit que toutes les alarmes récentes n'avaient ébranlé aucune de nos certitudes : chez nous, c'était chez nous, et l'on pouvait bien occuper toute la ville, tout le Midi, toute la France, la Villa, c'était la Villa ! et aucun étranger n'allait se permettre d'y poser ses bottes.

Cependant, mon père nous répéta que nous étions dans l'erreur, qu'il fallait comprendre, et nous finîmes par croire qu'il y avait des limites à la liberté, qu'il existait une loi différente et plus puissante que ces « droits » dont nous avions l'illusion de pouvoir jouir, puisque nous avions régulièrement accompli nos « devoirs ».

Cette « loi du plus fort » me taraudait :

— Papa, dis-moi, pourquoi les Allemands sont-ils plus forts ?

Je le vis ébaucher un geste d'exaspération. Son visage devint une mosaïque d'expressions complexes et changeantes dans quoi mon manque d'expérience m'empêchait de départager la résignation, le survol fulgurant de l'histoire et du passé de l'Europe, mais aussi l'amertume, la volonté de lutter contre la conscience de la vanité des choses, les stigmates de ce désespoir paisible qui peut passer pour de la sagesse. Mais comme ma question n'appelait qu'une seule réponse, et qu'elle était l'une de ces réponses que les enfants refusent d'entendre : « Parce que c'est comme ça, et pas autrement », mon père me renvoya à mes cahiers, mes jouets et mes tartines. Et nous écrivîmes dans l'Album :

« Il n'y a pas de réponse à la question de savoir pourquoi les Allemands sont plus forts que les Français. »

L'Homme Sombre sortit d'un long silence. Il eut un sourire supérieur, qu'il voulait diabolique.

— Je vois, dit-il, une formidable carte à jouer.

Mon père, pris de court, le regarda avec curiosité. Il respectait l'intelligence de Paul, mais il s'était rarement trouvé en retard d'une idée sur son ami. Il le savait plus paysan que lui, plus malin, plus proche de la vie, la terre, la chair, la chasse, les bêtes. Il lui avait avoué son sentiment d'impuissance, sa crainte, et les questions qu'il se posait sur l'avenir des « visiteurs ». Il ne voyait pas comment il pourrait, du jour au lendemain, mettre un terme à cette filière qu'il avait créée et que les circonstances l'avaient amené à animer. L'autre lâcha sur ce ton ricanant qu'il donnait à la plupart de ses phrases :

— A partir du jour où ton général s'installe chez toi, c'est fini, tu n'as plus rien à craindre de Vichy, Floqueboque, les flics, la Gestapo, les dénonciations ou les investigations surprises. Putain con ! réfléchis ! C'est une chance. Ton territoire deviendra, d'un seul coup d'un seul, in-vio-la-ble !

— Crois-tu ?

— Je crois même, mon petit, que ton Brigadeführer de mes couilles ne pourra pas un instant s'imaginer que, avec lui vivant sous ton toit, tu puisses entretenir un va-et-vient de réfugiés juifs !

— Crois-tu, répéta mon père, sans mettre cette fois l'once d'un point d'interrogation au bout de ces deux mots.

— Pardi, pitchoun ! fit Paul. On dirait que tu n'as jamais joué au poker dans ta vie — mais seulement au bridge !

Les deux hommes à cheveux blancs, le Puritain et l'Iconoclaste comme ils aimaient se surnommer respectivement, examinèrent alors tout ce que la prochaine réquisition, vue sous cette lumière nouvelle, pourrait leur apporter d'avantages. Après quelques heures de réflexion intense, enrichies de leur avis sur l'état des différents affrontements dans le monde, ils finirent par en rire.

Puis, ils purent aborder un sujet qui les tracassait tout autant : Diego.

27

Il y avait, dans le Paris du milieu des années 20, une longue poupée argentine qui tenait salon dans un hôtel particulier du boulevard Malesherbes, au-dessus du parc Monceau, et dont les yeux languides, la voix faussement ingénue, la taille étroite, la peau mate et la vivacité intellectuelle faisaient tourner la tête des hommes qui, venus sous couvert de saluer son mari, n'avaient d'attention que pour elle.

Elle s'appelait Consuelo Barzillievi. Le mari était russe, arménien, iranien, nul ne savait très bien. Brasseur d'argent plutôt que banquier stable, puissant et lourd, moustachu, le nez camus, l'œil impitoyable, le crâne rasé, il s'était acheté, lors d'un passage à Buenos Aires, la plus belle des jeunes filles de la société aux fins de l'établir à Paris où elle lui servirait d'aimant, de vitrine, de rabatteuse. Il ne lui déplaisait en rien qu'elle allumât les hommes, mariés comme célibataires, et qu'elle eût quelques aventures puisqu'il n'avait eu de cesse de la dévoyer suffisamment pour qu'elle sache pratiquer sans vergogne ses talents d'amoureuse, sa science de l'intrigue, son art du chantage, sa capacité de culpabiliser ceux qu'elle avait dragués au fond de sa nasse. Les époux avaient fait un arrangement et respectaient les termes d'un contrat dont il n'était pas sûr que Barzillievi ne l'ait pas crûment consigné par écrit, et mis au coffre, comme un bijou.

On la décrivait comme « la dame en ocre », car elle avait choisi de porter presque exclusivement des tenues brun-jaune ou orangées, se fardant le visage d'une poudre rosée tirant aussi sur l'ocre, les lèvres peintes dans les mêmes coloris, ce qui faisait ressortir d'une manière provocante, presque scandaleuse, le beau vert, pur et liquide, de ses grands yeux. Et comme les ragots qui couraient sur son compte en avaient bientôt fait une dévoreuse d'hommes de tous âges et de tout rang — pourvu que le rang fût haut, et haute la cotation à la Bourse —, certains l'avaient surnommée « l'Ocresse ». Elle était anormalement grande, et lorsque les habitués de son salon se pressaient autour d'elle, la domination qu'elle exerçait sur eux tendait à la caricature. Il n'eût pas fallu grand-chose pour que le cirque chez l'Ocresse versât dans le ridicule. Il eût suffi d'un œil, possédant cet éclat du carat auquel la vérité ne résiste pas, dont parle le cardinal de Retz, pour mettre cette femme et son mari à nu.

Cela se produisit au cours d'une réception chez un associé de Barzillievi, quand mon père, alors célibataire, lui infligea une courte correction verbale. Il l'avait maintes fois observée précédemment, chez son mari, boulevard Malesherbes, et il connaissait, comme tout le monde, la réputation de Consuelo. Mon père avait éprouvé une aversion irraisonnée à son égard qui l'avait, finalement, fait sortir de ses gonds.

— Sans doute, madame, lui avait-il dit, êtes-vous consciente de votre attraction, mais avez-vous pesé la part de grotesque dans la comédie que vous jouez et que l'on vous joue ? Croyez-vous que le simple fait d'être une jolie femme autorise ou excuse tant d'artifices, tant d'efforts au service d'une cause aussi sordide ?

L'Ocresse n'avait pas cillé. Sous le choc, elle avait opposé le même visage souriant, distant, le même flegme princier. Elle avait répondu, sur un ton mesuré :

— Qui êtes-vous pour me juger ?

Il avait tourné le dos et quitté la pièce.

L'Ocresse n'était pas une simple poupée trafiquant ses atouts pour le bénéfice d'un mari combinard. J'ai dit qu'elle était vive — et l'insulte proférée par cet homme raide l'avait fouaillée. Elle n'avait pas rapporté l'incident à son mari et, par chance, le court échange avait eu lieu à voix basse, sans témoins proches. Elle avait décidé d'en savoir plus sur mon père.

Elle avait appris sa réussite, son indépendance, le rôle qu'il jouait au sein du monde des affaires et la qualité du silence qui se faisait dans les conseils d'administration où il siégeait lorsque venait son tour d'avancer une opinion ou d'élaborer une synthèse. Mais elle avait aussi, car son réseau d'informateurs était touffu et efficace, découvert qu'il aimait plaire aux femmes, que ses maîtresses duraient peu de temps et qu'il n'était pas regardant sur leur nombre. Elle avait entrepris de le revoir et le séduire, victime de cette disposition fatale du cœur qui pousse les êtres au charme desquels on a coutume de céder à user de toute

214

leur énergie, leur passion, les ressources fournies par leur orgueil blessé, afin d'être aimés de la seule personne qui leur ait manifesté mépris ou indifférence.

Mais comme elle était rouée, et comme le combat dans lequel elle s'engageait avait décuplé ses facultés stratégiques et stimulé son intelligence, lui faisant entrevoir que ces sortes de batailles ne se gagnent jamais par les armes de la sensualité mais que la sensualité vient en bouquet final, et qu'il faut d'abord conquérir l'adversaire par la richesse et l'ingéniosité de son esprit, Consuelo Barzillievi avait abordé mon père sur le seul terrain du rapport intellectuel, les arcanes de la conversation littéraire. Il avait vu le piège, mais il avait mordu à l'hameçon, à la fois flatté et défié dans sa misogynie.

Elle venait à leurs rendez-vous maquillée sans ostentation, appliquée à effacer sa beauté, décidée à démontrer qu'elle n'était pas une putain de luxe mais qu'on pouvait l'aimer, ou du moins s'intéresser à elle, pour ses capacités de jugement, ses dons pour la maïeutique, son appréciation des œuvres de Baudelaire ou des théories de Spinoza. Comme elle humait l'air du temps et gardait ses oreilles grandes ouvertes, elle rajoutait, au fondement de leur dialogue, le piment de la nouveauté et des modes : Nietzsche, l'Art Nègre, les Surréalistes.

— Avez-vous remarqué, lui dit-elle un jour, sincère et enjôleuse, que j'ai changé de couleur pour vous ?

L'ocre avait radicalement disparu. Elle s'habillait en gris, rose, en noir ou en grenat, selon l'humeur ou les saisons. Tout cela dura longtemps, puis il succomba. Ils devinrent amants.

Consuelo n'avait pas interrompu sa frénétique activité sociale et jouait désormais deux comédies au lieu d'une. Possessive parce que amoureuse ; destructrice parce que assez lucide pour comprendre que cet homme ne lui pardonnerait pas son passé et qu'à tout prendre, il valait mieux tenter de le débaucher et l'avilir puisqu'ils ne pourraient rien construire ensemble ; dépressive parce que maintenant mieux consciente de la réalité de son rôle, la cruauté de son mari, l'avidité des autres hommes, le cynisme de l'époque, tout ceci rendu plus vif à cause du jeu stimulant des deux intelligences et de l'influence d'un homme sans attaches ; incapable de trancher, voulant tout à la fois l'amour rédempteur et noble avec mon père, le vice et le lucre avec Barzillievi ; et d'autant plus hystérique que son amant ne lui demandait pas de choisir et mesurait, de son côté, les abysses dans lesquelles cette affaire l'avait entraîné, commençant bientôt de se détacher d'elle, aspirant à la pureté, cherchant sans le savoir à tourner une page de sa vie, reconnaissant de plus en plus souvent en lui les pulsions qui lui avaient, à l'origine, commandé d'injurier cette femme.

Ils connurent plusieurs ruptures et le même nombre de rabibochages, jusqu'au moment où il lui ferma sa porte, ses accès, son univers intime. Il avait rencontré celle qui deviendrait ma mère.

L'Ocresse voulut le poursuivre. Il avait quitté Paris en voyage de noces. A Paul, le confident et l'ami avec qui il avait partagé quelques-unes de leurs années folles dans un Paris où Paul, hébergé par mon père, avait vainement tenté de s'adapter, il laissa pour consigne :

— Vois-la. Calme-la. Explique — et si tu ne peux pas expliquer, console.

Paul appliqua la recommandation à la lettre — et même un peu au-delà. En fait, il avait été littéralement chargé de faire le ménage, car Consuelo n'était pas seule. Dans ce que Paul et mon père appelleraient plus tard leur « vie antérieure », l'amour et ses traces, avec son bagage de responsabilités, dettes morales, mauvaise conscience, reproches, liens ténus ou fortes pressions, avait beaucoup compté.

Paul fit le tour des « anciennes », apurant les comptes, du plus simple — le compte matériel — au plus douloureux — le compte sentimental. Paul lui-même, bel homme, magnétique, parfois impétueux, doué d'humour, sexuellement vigoureux et capable d'enlever les plus imprenables places fortes, eut une brève aventure avec Consuelo qui se donna à lui par dépit, perversion, goût de revanche, volonté de nuire aux liens fraternels entre les deux amis, tandis que Paul, de son côté, pouvait voir dans cette péripétie le moyen le plus définitif de couper, pour son ami, toutes les amarres. Mais elle l'avait un peu ferré, et il avait eu, comme il dirait par la suite, un gros béguin pour elle.

Il raconta tout à mon père. Le temps passa. Un jour, parvint à Paul comme à mon père une lettre elliptique, non signée, écrite de la même main, sur du papier de couleur ocre et dans les mêmes termes : « Il n'est pas impossible que l'un de vous m'ait fait un enfant. C'est un garçon. Je l'ai appelé Diego. »

Les deux hommes ne doutèrent pas que la même perfide missive avait dû être envoyée à plusieurs autres correspondants à travers la France et le monde. Et ils n'eurent plus aucune nouvelle de la poupée argentine qui avait brûlé les nuits de leur jeunesse.

Bien plus tard, au plus noir des orages de la guerre et de l'Occupation, ils apprirent que Barzillievi s'était réfugié avec son épouse dans une suite de l'Hôtel Régina, à Nice. Puis, l'homme s'était volatilisé et la femme était restée seule et avait gagné Menton, Beaulieu, Monaco, la Riviera italienne.

Diego était-il parti de là, et quel itinéraire hasardeux avait-il parcouru pour arriver dans les maquis du Sud-Ouest? Que lui avait dit Consuelo? Elle devait aujourd'hui avoir atteint la quarantaine. Fallait-il contacter Diego? A quoi cela servirait-il? Qui savait quoi? Que savaient-ils, eux-mêmes, de ce spectaculaire « partisan » aux attitudes aussi flamboyantes que celles de sa mère? Et que savait Diego? Ne leur avait-elle pas menti du tout au tout dans son désir de les faire souffrir? Mais dans ce cas, qui était Diego, et pourquoi avait-il transmis ce message au petit garçon : « Tu diras à ton père que je suis arrivé » ?

Ainsi brassaient-ils toutes ces questions, le soir, dans la Villa, baignant dans une sorte de nostalgie d'un passé révolu, à propos duquel, dorénavant retournés à la terre, aux arbres, à la quiétude de leur pays natal, ils n'éprouvaient aucun regret mais une reviviscence indulgente — aiguillonnés, toutefois, par les difficiles réalités du temps présent et pénétrés, quoiqu'ils en aient, par le sentiment qu'ils venaient de recevoir, non loin d'eux, une nouvelle charge d'âme.

28

Juliette quitta la Villa le jour de l'arrivée du SS Brigadeführer.

Elle avait dix-huit ans; sa beauté faisait tache au milieu des autres collégiennes. Elle semblait hors de l'atteinte des jeunes gens, certains amis de lycée d'Antoine, qui quémandaient en vain le privilège de marcher, vélo contre vélo, à ses côtés, le long de l'étroite rue Delarep. Elle ne s'adonnait pas à ces rites de province. Elle ressentait de plus en plus de gêne, une oppression, lorsqu'elle évoquait ses ambitions. Elle aurait voulu danser, jouer la comédie, parcourir le monde avec un corps de ballet, un chœur d'orchestre ou une troupe théâtrale, ou, bien mieux encore, être soliste, et se voir applaudie, reconnue, célébrée! Elle se faisait plus secrète, lorsque le désir de connaître l'amour venait perturber son corps vierge.

Elle avait réussi à laisser derrière elle ce moment de la relation entre mère et fille où se heurtent les volontés, quand une jalousie indicible se glisse, tel un rai de soleil à travers les volets, dans la chambre obscure de l'adolescence. Elles étaient redevenues complices, comme deux amies d'enfance ou deux grandes sœurs, et Juliette confia ses impatiences à ma mère, qui en fit part, encore une fois, à son mari.

— De toutes les façons, dit-il, il est temps qu'elle s'en aille.

— Pourquoi ?

— Parce que, dit-il, je ne veux pas qu'elle soit présente lorsque l'officier et son ordonnance s'installeront chez nous.

— Mais que crains-tu donc ? interrogea ma mère.

— Je ne veux prendre aucun risque. Juliette est trop belle, et ces militaires ont vécu trop longtemps seuls.

On l'envoya chez une cousine de Paul à Toulouse — la grande cité ! Si proche et pourtant si lointaine, si différente de notre petite ville, avec son grand théâtre, son Capitole, ses cafés et leurs terrasses bigarrées, ses salles de cinéma, ses avenues aux larges trottoirs grouillants de passants, ses massifs de glycines et ses platanes centenaires ; tant de visages inconnus, tant de choses à apprendre et à découvrir... Elle avait l'impression de partir pour le bout du monde, une autre vie. De leur côté, les parents eurent la sensation qu'avec Antoine déjà éloigné dans le maquis, la Villa s'était vidée, et qu'il ne leur restait que « les petits ».

L'officier supérieur allemand était grand, pâle, sûr de lui et peu bavard. Il avait un long visage osseux, des joues creusées, un menton fendu en deux, des oreilles collées aux tempes, des cheveux coupés très court et haut, et l'on pouvait seulement discerner leur couleur blonde quand il ôtait sa casquette sur le bandeau noir de laquelle était brodée la célèbre petite tête de mort, emblème du corps auquel il appartenait. Nous remarquions aussi, sur le col de sa tunique, les deux SS runiques et la croix de fer accrochée autour de son cou, dont les bords argentés brillaient en envoyant de courts éclats de lumière à chaque fois qu'il se déplaçait.

— Vous dites bonjour et au revoir quand on s'adresse à vous, et puis c'est tout, avait recommandé mon père.

Il avait regroupé les enfants, les trois frères, les deux sœurs ainsi que « la cousine Jannette » au même niveau, en les répartissant dans trois chambres à coucher du rez-de-chaussée, et avait abandonné l'étage supérieur, avec l'ancienne chambre de Juliette, au Brigadeführer et son ordonnance. Il pensait ainsi pouvoir mieux surveiller le va-et-vient des occupants. Il nous avait expliqué que tout devrait se dérouler normalement, comme autrefois, mais pour plus de sûreté, Dora, qui continuait d'aider ma mère à tous les travaux de cuisine et de ménage, ne parlerait plus. Nous devions, par conséquent, nous habituer à nous adresser à elle le moins souvent possible, et faire comme si elle était une demeurée mentale.

— Nous dirons qu'elle souffre d'un sérieux retard. Son accent allemand ne doit à aucun prix être décelé, car même si l'officier ne met pas les pieds dans la cuisine, il y a toujours l'ordonnance, et le chauffeur.

Le chauffeur roumain parlait couramment français. C'était un jeune homme rond et brun, d'apparence banale. Lorsqu'il arrivait chaque matin dans la Mercedes noire, nous étions en train de préparer nos vélos, puisque l'officier supérieur partait pour rejoindre son QG à la même heure que nous. Dès le premier jour, une routine avait été établie qui ne serait jamais brisée : le chauffeur manœuvrait pour disposer la Mercedes face au chemin de gravier, afin de pouvoir ressortir du parc sans perdre une minute. Puis, il ouvrait les portières et restait debout le long du véhicule, ne s'en éloignant guère, nous lançant quelques phrases qui se voulaient amicales.

— Le Roumain a lui aussi été « réquisitionné », avait dit mon père. Ce n'est pas un mauvais bougre. Son pays est comme le nôtre, occupé. Mais il travaille pour eux, il porte leur uniforme, alors gardez vos distances.

L'officier descendait l'escalier, suivi de son ordonnance qui lui avait apporté quelques instants plus tôt une tasse de café que Dora, muette et jouant les imbéciles, avait fait réchauffer dans la cuisine. Mon père, dans le grand hall, attendait le Brigadeführer en marchant de long en large. Au début, nous prîmes ce comportement pour un excès de politesse et nous en fûmes surpris et humiliés mais il nous fallut peu de temps pour comprendre, en observant son manège, que mon père avait adopté pour règle de ne quitter l'officier à aucun moment dès la seconde où celui-ci était entré la veille au soir, jusqu'à celle où il repartait « au travail ». Il ne voulait lui laisser aucune chance de parler à qui que ce soit d'autre, ou de fouiller dans la vie secrète de la Villa. Les deux hommes échangeaient quelques mots en français, des propos polis, anodins. Chacun gardait sa distance, respectant une sorte de convention qui n'avait pas été ouvertement définie.

— Ah ! monsieur, faisait l'officier, beaucoup d'oiseaux, ce matin.

— Oui, disait mon père, ils sont très nombreux à cette époque de l'année.

— Ah, je voulais vous dire, je ne dînerai pas dans ma chambre ce soir. Retour très tard.

— Très bien, répondait mon père.

Et il était implicite que mon père l'attendrait, quelque tardive que serait l'heure. Ils se saluaient d'un bref mouvement de la tête. Mon père s'effaçait pour laisser l'officier et son ordonnance ouvrir la porte, descendre les trois marches sous le porche et franchir les quelques mètres qui les séparaient de la voiture devant laquelle attendait le Roumain. Parfois l'officier, sur le pas de la porte, tournait la tête vers nous, qui attendions le départ de la Mercedes pour, au signe de mon père, monter sur nos vélos et nous acheminer vers le lycée. L'officier tendait alors le doigt dans notre direction.

— Les enfants, disait-il, comme s'il dressait un inventaire.

Il n'ajoutait pas de commentaires et ne s'adressait pas directement à nous, il aurait tout aussi bien pu énoncer sur le même ton : « Les arbres. Le chêne. Le gravier. Les vélos. »

Nous le regardions.

Une courte balafre partait de l'extrémité de la lèvre supérieure vers la partie gauche de son visage, souvenir, sans doute, d'un coup de sabre dans un duel d'étudiants. Son sourcil était long et arqué, au-dessus d'une paupière qui s'étirait latéralement, couvrant la moitié d'un œil bleu clair, dur. La façon dont cette paupière masquait l'œil et se terminait comme la pointe d'un V sur le haut du visage donnait à l'Allemand un air de sévérité, ainsi qu'une vague allure orientale, comme bridée. Ni effrayant ni fascinant, il nous dérangeait plus que nous voulions l'admettre.

D'abord, nous ne parvenions pas à lui inventer un surnom. Aucune des propositions que nous faisions ne retenait l'approbation du groupe et ne pouvait s'inscrire dans l'Album. Si nos aînés, Antoine et Juliette, avaient encore été parmi nous, peut-être auraient-ils su imposer l'adjectif qui nous faisait défaut. Mais livrés à nos propres initiatives, privés de l'influence directive des aînés, nous nous sentions pauvres, et cette occasion me permit de mesurer le vide qu'avait provoqué le départ d'Antoine, puis de Juliette. Mon père, par exemple, n'utilisait plus ces mots rares qu'il aimait nous faire découvrir. L'Album en souffrait. Il était moins riche, et nos contributions plus rares. Nous avions bien essayé : Le Balafré ou Tête de Mort, ou Panzeros — mais rien ne nous semblait adéquat et nous butions contre cette énigme : un homme qui résiste aux surnoms. Alors, on l'appelait l'Officier, ou l'Allemand.

La rigidité de ses traits nous dérangeait aussi. Le visage de mon père nous avait toujours paru sévère et intimidant mais si, d'une certaine manière, les deux hommes pouvaient se ressembler — ils mesuraient le même mètre quatre-vingts, se tenant droit avec leurs masques d'adultes composés et maîtres d'eux-mêmes, avec cette même capacité d'en imposer aux autres — l'un nous semblait chaleur et lumière, l'autre froideur et obscurité. Certes, nous chérissions l'un et ignorions l'autre, mais l'amour filial seul ne suffisait pas à expliquer ce sentiment de différence. Etait-ce dû à cette tunique noire à large col, cette jaquette SS Panzer qui enveloppait son corps comme d'une carapace et faisait ressortir la pâleur de sa peau, ou bien à tout ce que nous ne savions pas mais pouvions soupçonner de l'itinéraire qu'il avait suivi depuis le Front Russe jusqu'ici, tout ce qu'il avait pu voir et faire, et commander, et comment les quatre années qu'il venait de vivre à travers le continent, à la tête de sa division d'élite, avaient peu à peu figé un visage et ôté à ses yeux toute trace de tendresse, toute douceur, l'avaient désincarné?

Enfin, j'étais dérangé plus profondément encore par sa situation même au sein de notre vie quotidienne. Je ne parvenais pas à accepter qu'il dormît chaque nuit, en même temps que moi, un étage au-dessus de notre chambre. Qu'un être humain aussi étranger à ma famille puisse, du jour au lendemain, arriver avec son sommeil dans ma maison me troublait sans raison. Je m'interrogeais :

— Quand il dort dans la chambre de Juliette, à quoi rêve-t-il ?

Quand je pensais à mes parents, mes frères ou mes sœurs, chacun enfoui dans son sommeil au cœur de la nuit sous le même toit, je me faisais l'idée que, si nous ne rêvions pas les mêmes rêves, ils avaient néanmoins quelque chose en commun. Je rencontrais mon père ou ma mère dans mes rêves, comme je rencontrais les personnages des livres que je lisais, ou les animaux et les êtres humains que je voyais à la campagne et en ville. Aussi, je ne doutais pas que de leur côté, mon père, ma mère, mes frères ou mes sœurs ne me rencontrassent. Savoir que je pouvais me promener dans les rêves de ma mère m'avait toujours réconforté et consolidait la notion selon quoi un esprit commun veillait sur nous et notre bonheur — cet Esprit que j'étais allé chercher au fond de la jarre géante orange et jaune.

Mais, les rêves de l'officier allemand? De quoi étaient-ils peuplés?

Sûrement, les oiseaux, les chevaux, le feu et l'eau, les femmes, les chiens et les enfants, les épées et les navires, les dragons et les forteresses, n'étaient pas semblables aux miens. Ils n'avaient pas les mêmes formes, ni les mêmes couleurs. J'étais persuadé que les rêves des autres peuvent sortir de la chambre dans laquelle ils dorment, pour venir flotter aimablement autour de vous. Je craignais que les rêves de l'officier, que je soupçonnais plus noirs que les nôtres, ne s'échappent du premier étage, glissant le long de l'escalier, pour venir pousser ma porte et que ses oiseaux à lui, ses épées à lui, ses horreurs à lui assaillent mon sommeil.

Soudain, une pensée plus forte, dont la portée me faisait chavirer : et s'il m'avait fait entrer dans son propre rêve? Il vivait ici depuis bientôt un mois. Qui pouvait dire si, peu a peu, les habitants de la Villa n'avaient pas pénétré ses rêves? Et si je me promenais déjà dans l'un des siens? Et si c'était le cas, comment se servait-il de moi?

Que suis-je donc en train de faire dans le rêve d'un homme qui commande d'autres hommes que mon frère Antoine, mon père et Diego combattent?

Je m'éveille, cauchemardeux, en larmes. Je sors de mon lit. Il y a une lumière au bout du couloir. Je m'avance, curieux et apeuré, marchant sur la pointe des pieds. Dans le grand hall, sur le canapé qui appartient au salon, je vois mon père, enroulé dans

226

une couverture. Il dort. A ses jambes et sa poitrine qui dépassent, je m'aperçois qu'il ne porte pas de pyjama ; il a conservé son pantalon de toile et sa chemise de laine. Il a choisi de camper au milieu de cet endroit clé, ce point de rencontre entre l'escalier qui mène au premier étage et distribue les couloirs vers la cuisine, les chambres des enfants, mais permet aussi l'accès au sous-sol.

Et je me dis qu'il n'est pas seulement là pour surveiller d'éventuels déplacements intempestifs. Je comprends qu'il s'est fait le gardien de mes rêves. Alors, je vais embrasser, en m'agenouillant, sa main tavelée qu'il a laissée posée sur le dos d'un livre ouvert.

29

La requête fut d'abord présentée par l'officier d'ordonnance qui parlait si bien le français :

— Mon chef veut organiser une petite cérémonie. Et je viens exceptionnellement vous demander d'utiliser votre salle à manger pour cette organisation.

Mon père savait qu'il n'avait aucun moyen de dire non et qu'on eût facilement pu passer outre à son opposition. En fait, il vit, dans la formulation de la demande, une preuve que son attitude de discrétion et de ferme courtoisie avait porté ses fruits. La prédiction de l'Homme Sombre s'était révélée juste. Pendant la journée, lorsque la Mercedes avait emporté sa cargaison vers le QG en ville, mon père pouvait vaquer à ses affaires, réguler le trafic de ses « visiteurs » vers les fermes, et suivre sur la TSF la lente et inexorable dégradation des Forces Armées du IIIe Reich et de l'Axe sur tous les fronts.

« *Andromaque se parfume à la lavande* », bientôt suivi de messages similaires, lui avait permis, comme à l'Homme Sombre, d'apprendre que la grande offensive alliée tant attendue était enfin lancée. On était en juin. Le débarquement venait d'avoir lieu. Mon père n'évo-

quait pas cet événement extraordinaire avec le SS
Brigadeführer lors de leurs deux rendez-vous quoti-
diens — départ de l'Allemand le matin, retour le soir
— mais il avait observé son air préoccupé et, à
certaines confidences faites par le chauffeur roumain,
et même par l'ordonnance, nous comprîmes que la
« réquisition » allait vite toucher à sa fin. L'état
d'alarme des trois Allemands contrastait avec
l'enthousiasme, difficile à contenir, qui avait envahi le
visage de mes parents.

— Pas un mot, pas un signe de joie ou de provoca-
tion, avait donné mon père comme nouvelle consigne,
car il redouterait jusqu'au dernier jour et à la dernière
minute de cette occupation que le fragile édifice, son
univers d'enfants innocents et de femmes sans armes,
ses clandestins dans le jardin et la buanderie, ne soient
détruits par manque de prudence ou de tact.

Nous nous tenions tranquilles, mais la nouvelle du
débarquement avait parcouru la ville et la cour du
lycée, provoquant sourires et conversations fébriles.
L'Homme Sombre, qui ne venait plus le soir à la Villa
afin de laisser à mon père toute liberté de « marquer »
les va-et-vient du Brigadeführer, fit une incursion dans
la journée. Il jubilait :

— Tu vois, c'est le commencement de la fin.

— Les Alliés seront peut-être repoussés à la mer,
avança mon père.

— Toujours le même affreux pessimiste !

— C'est une déformation chez moi, avoua mon
père, tu le sais bien, c'est ma manière de conjurer le
sort.

Les semaines qui avaient précédé l'annonce du
débarquement avaient vu une augmentation des

actions des maquisards, une recrudescence d'attentats, et l'on entendait parler des exploits des partisans plus haut sur la carte : en Périgord, Limousin et Quercy.

— Vous savez comment on appelle ces régions quand nous sommes entre nous ? On les appelle la Petite Russie !

— Pourquoi ?

— Parce que la résistance des terroristes y est aussi tenace, et le terrain aussi difficile que pendant notre campagne de Russie.

Le Brigadeführer était assis dans le bureau de mon père. Après la requête faite par son ordonnance, il avait tenu à venir lui-même pour trouver un accord. Et pour la première fois, il s'était exprimé autrement que par monosyllabes. L'ordonnance était présente pour servir d'interprète.

— Ah, Monsieur, la Russie ! c'est mon plus cruel souvenir... Mais parlons de l'organisation des choses.

— Parlons-en, fit mon père.

— Il s'agit d'une sorte de cérémonie d'adieu. Ma division va quitter la ville sous peu, pour aller en renfort en Normandie. Mes camarades des autres unités, qui vont rester ici, veulent saluer notre départ.

— Vous partez quand ? dit mon père.

— A vrai dire, je ne vois pas de raison de vous le cacher : demain matin.

— Ah ! dit mon père.

— Ça vous fait plaisir ?

— Comment cela ?

L'ordonnance insiste :

— Le SS Brigadeführer veut savoir si votre « Ah » est l'expression d'un soupir de plaisir.

— Le SS Brigadeführer, répond mon père, est en

droit de se mettre à ma place et de se demander comment il aurait réagi à une telle information.

L'officier, une fois traduite la réplique de mon père, lui décoche un sourire qui soulève sa lèvre supérieure et semble envoyer la balafre plus haut sur ce visage d'ordinaire impassible et dont mon père a appris à scruter les humeurs.

— Diplomate, monsieur, très diplomate! dit-il en français.

Puis il revient à sa langue maternelle et aux services d'interprète de l'ordonnance :

— Le SS Brigadeführer fait savoir que nous serons une vingtaine d'officiers, ceux qui partent, ceux qui restent. Nous amènerons tout : boissons, repas, vaisselle. Vous n'aurez à vous occuper de rien. Il demande simplement l'usage de la salle à manger et de la terrasse arrière. Il fera chaud, et l'on voudra respirer l'air du soir.

Mon père ne répond pas, et les deux militaires jugent que son silence vaut consentement. Ils se lèvent. A mon père qui va les raccompagner, le Brigadeführer dit, sans avoir recours à l'interprète :

— On boira beaucoup, je vous préviens. Il ne sera fait de mal à personne, mais je vous conseille de fermer les portes des autres pièces à clef.

Mon père les voit partir, les lignes de son front barrées par l'inquiétude.

Une vingtaine de minutes plus tard, sans avertissement, comme si la décision avait déjà été prise, et que tout avait été planifié longtemps à l'avance, quel qu'ait pu être l'acquiescement de mon père, le carrousel commence.

Une succession de voitures blindées vient déposer,

231

manipulées par de simples soldats en uniforme de la Wehrmacht, des caisses et des caisses de champagne et d'alcool. Puis, une « roulante » de l'armée, camionnette-cantine, couleur vert-de-gris, au toit recouvert de deux cheminées fumantes s'installe sur le gravier, ses moteurs dégageant des bouffées noires, malodorantes et bruyantes. Des cuistots ouvrent des portes, déploient des battants de métal, découvrant deux petits fourneaux et un comptoir sur lequel vont s'accumuler assiettes, couverts, plats et soupières. On s'interpelle mais sans hâte, avec économie, des petits cris secs, sur un registre satisfait. Divers auxiliaires bottés, calots sur le crâne, mettent en place une courte et double rangée de troènes nains qui ont été déposés dans leurs jardinières de bois et d'acier afin de créer une sorte de haie d'honneur, longue de quelques mètres, qui mènera jusqu'aux marches de la porte d'entrée de la Villa, lorsque les invités sortiront de leurs voitures. Une répétition a lieu, puis deux, puis trois, jusqu'à ce que le manège et le protocole soient au point. Pendant ce temps, à la grille d'entrée et sur le parcours se déploient des sentinelles en armes, casquées.

Médusés, revenus du lycée sur nos vélos, assis dans le gravier à l'angle formé par le mur de la façade et l'arête du mur latéral, nous avons regardé jusqu'au soleil couchant à quoi ressemblait l'illustration de ce mot qui était revenu plusieurs fois dans les propos de l'officier, mais dont nous n'avions pas perçu la dimension : *l'organisation.*

La veille, mon père avait reçu un couple juif, lui avocat, elle antiquaire, les Bernhardt, accompagnés de leur enfant, un garçon de mon âge, Maurice. Ils avaient couché à la cave. Il avait été décidé qu'ils repartiraient pendant les heures creuses du lendemain matin quand la Villa serait vide de ses occupants. Mais l'irruption des véhicules, troufions, cuistots, ordonnances, chauffeurs et autres estafettes avait rendu impossible toute tentative de départ vers les fermes.

Mon père fit le compte : entre les trois Bernhardt à la cave, Dora qui dormait dans la buanderie au premier sous-sol, Franck sur son propre lit de camp dans le même espace, et notre « cousine Jannette » qui partageait la chambre des sœurs, il y avait six juifs en situation irrégulière sous son toit. Plus cinq enfants (les jumeaux, les sœurs et moi) et leur mère. Et il fallait dissimuler ou protéger tout cela ! Il eut un court instant d'abattement.

Il s'assit sur le canapé, qu'il ne prenait plus la peine de redisposer dans la journée à sa place traditionnelle dans le salon. Soudain voûté, la tête basse, il pensait qu'il avait été aveuglément optimiste, inconscient, et qu'il avait petit à petit conduit son univers familier au bord de la catastrophe. L'absence de nouvelles récentes d'Antoine, l'intensification des actions de la Résistance, donc l'aggravation du danger couru par le fils aîné, d'une part ; l'éloignement de Juliette dont la vivacité d'esprit, la grâce et l'affection lui manquaient plus qu'il ne l'avait prévu, d'autre part ; enfin, sa permanente interrogation à propos de Diego dont il n'avait reçu aucun signe depuis que je lui avais transmis son message, ce Diego dont il ignorait la véritable identité et qu'il voulait voir de près au moins une fois ; tous ces éléments l'alourdissaient comme un excès de bûches dans la hotte accrochée au dos d'un coupeur de bois, et il sentait ses muscles se contracter, son corps subir l'accablement pernicieux qui peut pousser à la renonciation.

Les Bernhardt avaient, en outre, apporté avec eux de terribles nouvelles. Ils fuyaient Bayonne, atteinte par une vague de rafles et de dénonciations et ils avaient appris qu'à Biarritz, la ville voisine, Norbert Awiczi, le diamantaire, le spirituel « Okazou », était mort, défenestré. Deux hommes de la Gestapo l'avaient projeté à travers les vitres de sa chambre du Grand Hôtel du Palais, son corps avait rebondi sur les piquets en fer forgé des grilles du parc, au bord de la mer. Nous ne l'entendrions plus donner du « cherr ami » à mon père et ce dernier, consterné par la disparition d'un autre témoin de sa vie d'avant-guerre, ne pensa même pas au petit sac de diamant qu'ils avaient, tous deux, enterré sous les peupliers.

Plutôt, par un de ces effets inévitables qui font qu'un mort en appelle un autre, mon père reprit sa réflexion sur le destin de Monsieur Germain. Malgré tous ses efforts et les questions qu'il n'avait cessé de faire poser à travers les réseaux de complicité et de relations entre réfugiés, il n'avait jamais pu savoir ce qu'était devenu le digne et modeste « jardinier », l'intellectuel viennois qui avait vécu deux ans à nos côtés. Les noms des camps, où l'on disait qu'avait abouti le train transportant Monsieur Germain et ses compagnons d'infortune, continuaient de lui échapper, sans qu'il pût envisager la vérité, puisqu'il n'avait, en cette période, encore aucun accès à la vérité.

— Ne t'en fais pas, mon chéri, c'est la dernière épreuve. Demain, tout ira mieux.

Il releva la tête. Agenouillée devant lui, il y avait une jeune femme aux cheveux clairs, au visage fin, aux manières douces et charnelles.

Elle le regardait et lui parlait avec cet amour qu'elle éprouvait pour lui, mélange de respect, admiration et gratitude, mais aussi cette passion, et enfin cette tendresse qui faisait que malgré leur différence d'âge, ma mère avait à son égard les gestes et réactions qu'on peut observer chez toute femme amoureuse, certes, mais cet amour était trop grand pour qu'on puisse l'enfermer dans un seul rôle, une seule définition.

Il irradiait vers lui avec la force d'autres instincts, régi par d'autres lois qui ne dépendaient plus du seul désir ou de l'unicité de la relation harmonieuse entre homme et femme, mais de ces éléments inespérés qui relèvent de la magie, de l'irrationnel, et dont Proust a écrit que le mieux est de ne pas essayer de les comprendre. Il se complaisait parfois dans l'idée qu'il tenait le rôle du père qu'elle n'avait jamais eu, mais voyait-il seulement et en cet instant précis qu'elle l'entourait d'une sollicitude maternelle, lui parlait sur le même ton, le caressait avec la même patience et l'enveloppait de la même mansuétude dont elle usait vis-à-vis de ses « petits », et reconnaissait-il, dans les mots qu'elle venait de prononcer, les accents qu'il avait perçus quelques années plus tôt, lorsque, tous deux penchés sur le lit de leur petit garçon oscillant entre la vie et la mort, elle avait chanté et murmuré sans lassitude, des heures et des heures durant, la musique de son dévouement, la mélodie de son réconfort ?

Il avait tendance à ironiser, en toute complicité affectueuse, sur ses réactions de « petite fille », et il trouvait sans doute quelque satisfaction d'orgueil, ou peut-être la confirmation des préjugés de sa génération et de la culture qui avait dominé le siècle à la fin duquel il était né, à voir en sa femme un oiseau fragile et primesautier, et à redouter, dût-il lui arriver quelque malheur, qu'elle ne puisse faire face seule aux réalités qui l'attaqueraient de toute part. Mais c'est qu'il oubliait, alors, la force qui avait permis à cette femme d'encaisser les coups d'une enfance dévastée, le sang-froid et l'esprit de décision dont elle avait fait montre à plusieurs reprises, lorsque la Villa et son univers avaient été mis en péril. Ce genre d'oubli ne durait pas longtemps, et s'il n'avait pas toujours su voir sous le tendre ovale du visage, la fermeté du menton, ni derrière le sourire limpide, la résolution au pli des lèvres, il suffit ce soir-là qu'elle lui ait conseillé, comme elle le fit, de prendre les mesures nécessaires, distribuer les rôles, ordonner aux enfants de servir de relais de transmission entre les gens d'en bas et le monde d'en haut, puis fermer les portes des chambres à coucher, et lui répéter que tout cela était l'affaire d'une nuit et qu'on serait libéré des occupants le lendemain, pour que mon père retrouve, grâce à sa femme, la détermination qu'il avait provisoirement perdue.

Au découragement, elle lui avait permis de substituer le calme, un sens simple et nouveau de la direction.

30

On avait fermé les volets bien avant la nuit, mais les jumeaux, toujours industrieux, avaient réussi, canifs à la main, à élargir une fente entre deux lattes de bois, de telle sorte que nous pouvions assister à l'arrivée des officiers et au caravansérail de leurs voitures.

Ils apparaissaient, vêtus plus souvent de noir que de gris-vert, en bottes et casquettes, gradés, médaillés, blasonnés. Les têtes de mort, aigles, feuilles de chêne, sigles et chevrons ; les emblèmes, sabres, lions, bras brandissant des épées, doubles S gothiques, croix gammées ; les couleurs des galons ou des badges définissant la spécialité de chacun (feldgendarmerie en orange, cavalerie en jaune doré, artillerie en rouge) étaient réparties sur ces tuniques impeccables aux étincelants boutons argentés, ces cols serrés, ces épaulettes amidonnées, ces manches coupées à façon, ces baudriers rutilants. Gantés, rasés de près, ils se regroupaient sur le gravier, bavardant entre eux, un même sourire sur les visages étrangement semblables de ce groupe aulique.

Les enfants n'éprouvaient, à les regarder, pas plus de haine que d'attraction. Un sentiment de crainte nous parcourait, pourtant, à l'idée que ces hommes étaient venus pour boire des caisses de vin et de champagne que nous avions vues s'accumuler, et qu'ils allaient faire ça chez nous, dans notre salle à manger, et qu'ils pourraient « casser des choses ». Nous étions intrigués par leur air de consanguinité. On eût dit qu'ils avaient tous eu le même père et la même mère. Cependant, ils étaient de taille, de poids et d'âge parfois différents. Et je pus dire à mes frères :

— Celui-là, il est aussi gros que le cochon des Barbier.

— Ça fait rien, ils sont tous pareils, répondit Michel.

Etaient-ce l'uniforme, la petite tête de mort aux yeux vides et au rictus entre les deux os, ou les courtes dagues à pommeaux d'argent dans leurs fourreaux de cuir accrochés au ceinturon qui leur donnaient cette apparence identique et, surtout, cette contenance faite de certitude, cette affectation supérieure que nous avions notée chez notre occupant, le SS Brigadeführer, et qui avait fini par lui valoir le seul surnom qui nous satisfaisait un tant soit peu : le général Arrogaboche?

Plus tard, dans la soirée, mon père ouvrit la porte et s'approcha de mon lit.

— Tu vas descendre, me dit-il à voix basse, l'escalier arrière et aller par le jardin jusqu'à la porte de la buanderie. Tu frapperas et tu diras qui tu es. Tu entreras et tu diras aux Bernhardt qu'ils peuvent se servir dans la réserve de nourriture. Ta mère et moi avons oublié de le leur dire, et je redoute qu'ils n'osent toucher à rien et qu'ils aient très faim, cette nuit.

En pyjama et en pantoufles, je sortis par la petite terrasse attenante à notre grande chambre — celle à quatre lits — et m'exécutai sans angoisse. J'avais vu entrer les officiers par l'autre face, la porte principale, pour se diriger vers notre salle à manger et cela m'avait convaincu qu'il ne se passerait rien de ce côté-ci de la maison. D'autant qu'à cette heure de la soirée, ils étaient déjà avancés dans leurs libations.

— Assieds-toi un peu avec nous, me dit Monsieur Bernhardt, une fois que j'eus transmis mon message.

— Ils sont nombreux, là-haut ? demanda sa femme.

Leur enfant, Maurice, l'œil brun, les cheveux bouclés, la peau pâle, un corps maigre enveloppé dans une couverture de couleur bleu foncé, me regardait sans parler.

— A mon avis, une vingtaine, dis-je.

Ils étaient réunis tous les trois, soudés en un seul bloc, assis sur le rebord de leur lit de camp, dans l'obscurité de la cave, et je compris qu'ils avaient peur. Ils avaient déniché dans le garde-manger du fromage et des pommes, des biscuits en abondance, et ils avaient tiré de l'eau au robinet du premier sous-sol, dans la grande buanderie où j'avais vu, quelques mois auparavant, « faire le cochon ». Mais ils ne mangeaient rien, à peine buvaient-ils un peu, en se transmettant la cruche vernissée dont ils versaient le contenu dans des quarts en métal, du type de ceux que nous utilisions autrefois, pendant les étés d'innocence, en pique-nique sous les peupliers.

— Et qu'est-ce qu'ils font ?

— On sait pas, dis-je. Je crois qu'ils boivent et qu'ils mangent. Papa nous a dit que ça n'avait pas l'air bon du tout ce qu'ils mangeaient, mais qu'ils n'ont pas fait beaucoup de dégâts jusqu'ici.

La nuit était tombée. La seule lumière que les

Bernhardt s'étaient autorisée provenait d'une lampe de poche qu'ils avaient posée, sur sa poignée d'acier, à même le sol. J'avais envie de les quitter pour rejoindre ma chambre, mais je devinais insensiblement que ma présence leur faisait du bien, surtout au petit Maurice qui, resté muet, semblait moins noué qu'à mon arrivée.

— Il faut dormir maintenant, lui dit son père.

Les Bernhardt étendirent leur fils, tout habillé, dans ses culottes et son chandail de gros tricot noir, sauf les galoches qu'ils avaient soigneusement rangées sous le lit-picot, et ils rabattirent la couverture bleue sur son corps.

— Ferme tes yeux et endors-toi, lui répétaient-ils à voix basse.

Le petit Maurice obéissait, puis rouvrait les yeux sans attendre plus d'une dizaine de secondes. Il ne me lâchait pas du regard, comme si le petit garçon en face de lui, dans son joli pyjama et ses chaussons à peine humides de la rosée du soir, représentait la bouée à laquelle il s'accrochait afin de ne pas sombrer dans l'océan de sa nuit à venir. Il frottait ses paupières à intervalles de plus en plus rapprochés et je me surpris à lui dire :

— Tu peux dormir, tu sais, mon papa s'occupe de tout. Il faut pas avoir peur.

Ces quelques mots, prononcés avec une certaine emphase, car j'avais, pour la première fois de ma vie, l'exaltante impression de dominer un enfant de mon âge, et de disposer d'un pouvoir que seuls, jusqu'à présent, mes aînés avaient pu exercer à mon encontre, n'eurent pas un effet immédiat sur Maurice. Ses parents me remercièrent d'un mouvement silencieux de la tête et au bout de quelques instants, le garçon parut avoir trouvé ce sommeil qu'il refusait si farouchement, contre lequel je l'avais vu lutter avec une détermination que je connaissais bien, ce qui me l'avait rendu proche en un bref espace de temps. Grâce à Maurice, en assistant à son combat contre l'inconnu, je venais de ressentir la sensation qu'un des jumeaux avait autrement exprimée, un peu plus tôt, à propos des officiers allemands :

— Ils sont tous pareils.

Et je me disais que Maurice et moi étions pareils et cela me troubla, parce que je ne savais pas si je voulais demeurer celui qui avait toujours pensé : « Je ne suis pas comme les autres », ou s'il fallait me réjouir de l'identité commune de toutes vies et y puiser un semblant d'assurance, un surcroît de sagesse, et si c'était par le biais de telles émotions que l'on abordait ce passage dont on parlait sans cesse autour de moi et que l'on définissait ainsi : grandir.

Au-dessus de nous, malgré les épaisseurs de sol qui séparaient la salle à manger de la vaste buanderie et la buanderie de la cave, un sourd martèlement se fit entendre, suivi de cris et de vivats qui se transformèrent en chants. Les chants n'avaient rien de guerrier. C'étaient des chansons légères, reprises en chœur au refrain après qu'une seule voix, plus juvénile que les autres, eut poussé le couplet.

— Viens, je te raccompagne jusqu'à la porte, me dit Monsieur Bernhardt.

Sa femme, restée auprès de Maurice endormi,

m'envoya un baiser du bout de ses doigts. Arrivé au premier sous-sol, Monsieur Bernhardt leva la tête vers le plafond.

— Qu'est-ce qu'ils chantent, demandai-je. Vous comprenez l'allemand ?

— Bien sûr, répondit-il. Attends un peu que j'écoute mieux.

De derrière le mince rideau improvisé en toile cirée qui lui servait de cloison pour ses quartiers privés, Dora apparut en robe de chambre, et vint se joindre à nous. Elle était volubile. Le rôle de femme de ménage demeurée et muette qu'elle jouait dans la journée lui donnait une envie de confidence, de bavardage. Monsieur Bernhardt parvint à endiguer son flot de paroles. Puis, ce fut Franck, l'ingénieur-jardinier, surgi de la même aire de la buanderie, et si mon attention et ma curiosité n'avaient pas été captées par les bruits et les chants au-dessus de nos têtes, j'aurais pu en déduire que Franck partageait la même couche que Dora. Mais j'étais trop intéressé par ce qui se passait là-haut, et par cette vision des réfugiés juifs tendant leurs visages vers le plafond et chuchotant dans leur langue natale, la même que celle utilisée par les officiers, un étage au-dessus de nous. Passait sur leurs visages cette expression qui manifeste la reconnaissance d'un air familier : ils avaient déjà entendu ces notes-là.

— Qu'est-ce qu'ils chantent ? insistai-je.

— Oh rien, c'est toujours les mêmes choses, répondit Monsieur Bernhardt. C'est très champêtre, tu sais. Ils parlent de forêts et de jeunes filles. Ils chantent « Rosemary » et « Monika ». Et aussi « Westerwald », et ils disent :

*« Sur la prairie
pousse une jolie petite fleur
qui s'appelle Erika. »*

Dora entrouvrit la porte de la buanderie après en avoir défait les verrous.

— Sauve-toi, me dit-elle. Rejoins vite ta chambre !

Monsieur Bernhardt me prit dans ses bras et m'embrassa :

— Si tout va bien, me dit-il, je serai parti demain avant que tu ne rentres du lycée. Nous ne nous reverrons peut-être plus mais je t'embrasse, au nom de Maurice, mon petit garçon.

Dehors, il faisait doux ; le ciel bleu-noir était piqué d'étoiles ; une nuit belle et longue, une nuit de juin, odorante, propice à l'indolence et aux abandons des sens. Dans l'horizon sombre au-delà de la vallée du Tescou, des lueurs orangées et rougeâtres firent irruption, accompagnées d'un fracas lointain. Attentat, bombardement ? On pouvait situer les explosions, comme la plupart du temps depuis quelques mois, aux alentours de la gare et des dépôts militaires.

Je marchai prudemment sous la longue et large terrasse quand j'entendis des voix, plus proches. La porte-fenêtre du grand salon et de la salle à manger s'était ouverte et certains officiers venaient respirer, ou bien avaient-ils été attirés là par le bruit distant des attentats ? Leurs voix étaient rauques, fatiguées, ils parlaient par courtes phrases, des mots et des interjections que je ne comprenais pas. L'un d'eux émit une toux brusque et gémissante qui s'acheva en spasmes violents et je vis sa vomissure passer devant moi pour éclabousser l'herbe. Il y eut des rires moqueurs, des exclamations, quelqu'un applaudit. Cependant, les chants continuaient, mais ils avaient changé ainsi que le ton, plus militaire, plus martelé. Le refrain était repris en chœur par toutes les voix, soûles ou sobres, basses ou suraiguës, et répété jusqu'à épuisement. Si Monsieur Bernhardt s'était trouvé à côté de moi, il m'aurait traduit le « SS marschiert » :

> « *Les SS marchent dans le*
> *pays ennemi*
> *et chantent*
> *une chanson du diable.* »

Paralysé sous la voûte de la terrasse, je me sentais écœuré par le dégueulement dont j'avais été le témoin et fasciné par ce chant qui semblait simple à retenir et donnait envie, malgré soi, de marcher au pas ou de taper dans ses mains pour marquer la cadence.

Puis d'autres cris intervinrent, brisant cette ambiance, et qui résonnaient comme des ordres. Des piétinements multiples me firent comprendre que la majorité des officiers s'était déplacée sur la terrasse. Je crus identifier la voix de notre occupant et après qu'il eut parlé, il y eut une modification dans les bruits, et je sentis qu'il me fallait sortir de ma paralysie pour rejoindre ma chambre, car une atmosphère de départ succédait soudain aux rumeurs de beuverie. Je parvins à bouger, puis à courir. Pierre et Michel m'attendaient, debout devant les fenêtres, guettant à travers les volets l'agitation qui venait de s'emparer des chauffeurs et des ordonnances qui avaient bivouaqué toute la soirée autour de la cuisine roulante.

— Où t'étais ? Pourquoi t'as mis si longtemps ? me dirent-ils.

— Ils s'en vont, dis-je.

— Oui, on sait. On a vu.

La porte s'ouvrit. Mon père :

— Te voilà enfin. Ça s'est bien passé ?

— Oui.

— Bon, recouchez-vous. Il faut dormir.

Pétarades des moteurs, ordres criés et portes qui claquent, pas pressés sur les graviers, ronflements des motos dont les pneus font jaillir et crisser la terre et les cailloux. Je m'endormis très vite, comme abruti par un vin que je n'avais pas bu.

Le lendemain, le SS Brigadeführer, après avoir pris son traditionnel café du matin, préparé par Dora la muette, évacuait la Villa. La réquisition était terminée. Le chauffeur roumain et leur ordonnance attendaient leur chef devant la Mercedes, deux cantines d'acier chargées dans le coffre ouvert. Ils avaient un faciès fermé, impassible. L'officier supérieur avait mis sa tenue de combat, une parka de cuir noir jetée sur ses épaules. Il avait conservé son calme et mon père n'avait pas perdu sa courtoisie ni sa réserve.

— Auf Wiedersehen, dit l'officier à mon père, en le saluant au garde-à-vous.

— Je n'en suis pas sûr, répondit celui-ci.

— Mais si, répondit l'officier en français. Nous nous reverrons, monsieur.

Puis il monta dans son véhicule qui démarra. Mon père n'avait pas compris le sens qu'avait voulu donner l'Allemand à cette dernière phrase. Il marcha jusqu'à la grille d'entrée pour voir la voiture s'éloigner, encadrée par deux motards dans la pente du Haut-Soleil. Puis il revint lentement vers la Villa, raclant le gravier avec ses pieds, comme avec un râteau. On eût dit qu'il voulait effacer jusqu'aux traces de la Mercedes dans le sol. A l'intérieur de la Villa, la salle à manger avait été nettoyée à la hâte. Il restait des éclats de verres brisés, des bouteilles vides abandonnées dans leurs seaux, culs par-dessus tête. Le plancher était maculé de taches de graisse et de vin, des dossiers de chaises souillés, il flottait dans la pièce l'odeur âcre et vaguement fétide des boîtes de nuit, quand on les visite de jour. Comme s'ils avaient cherché à s'excuser pour ce travail bâclé, les occupants avaient laissé un bouquet de glaïeuls sur la table de la cuisine.

Le bouquet avait quelque chose d'anormal, trop dense, avec des tiges mal coupées. Il était grossièrement enveloppé dans du papier kraft, dont la senteur de sulfate venait entraver le parfum de l'épi des fleurs. Sur la face cachée du papier d'emballage, on avait fixé une enveloppe, au moyen d'une banale épingle à coudre. Il n'y avait aucun nom sur l'enveloppe, et mon père la tendit à ma mère :

— C'est certainement pour la maîtresse de maison, dit-il.

— Si tu veux, dit-elle.

Elle décacheta l'enveloppe et découvrit une carte qui ne portait pas plus de nom. Elle eut un recul de tout son corps lorsqu'elle eut déchiffré les quelques mots rédigés en allemand. Il n'y avait qu'une seule phrase, qui disait : « Je ne doute pas que la juive de la cuisine retrouvera vite l'usage de la parole. » C'était signé du SS Brigadeführer lui-même.

Mon père eut une vision de l'Allemand : il pensa à l'œil bridé de l'officier, son attitude de morgue contenue, cet air de tout savoir, et cette petite crispation sporadique de la lèvre au-dessus de la balafre. Il se demanda si l'homme avait voulu lui laisser ce message pour lui signifier qu'il n'avait pas été dupe, qu'il avait très tôt démasqué l'identité de Dora et reconnu dans la jeune femme de ménage muette la « juive de la cuisine », mais qu'il avait préféré ignorer cela, en échange, qui sait ? d'un mois et demi de sommeil parmi nos arbres et nos oiseaux. Mon père craignit aussi que l'Allemand, qui avait appuyé sur les mots : « nous nous reverrons », n'ait donné des consignes à ses homologues de la Gestapo et que l'on revienne perquisitionner la Villa comme autrefois. Aussi, sans attendre, décida-t-il de faire définitivement partir dans l'heure Dora, Franck et la cousine Jannette en même temps que les Bernhardt, car il redoutait ce qu'il appelait « un coup à retardement ».

Puis, comme il était un cérébral et échafaudait toutes sortes d'hypothèses à partir d'un problème donné, estimant qu'il existe rarement une seule réponse entièrement satisfaisante à une question posée, mon père entretint l'idée que le SS Brigadeführer avait voulu faire preuve d'un certain sadisme et déposé le mot sur la table afin de semer le trouble et déséquilibrer ainsi, par l'équivoque d'une phrase sibylline, la vie quotidienne de la Villa.

Enfin, comme il avait été élevé dans l'amour du « panache » (il pouvait nous réciter par cœur la tirade des « non merci » de « Cyrano de Bergerac ») et comme il aimait croire que le plaisir de faire un beau geste peut tenter les natures les plus diverses, mon père s'interrogea sur la personnalité réelle de l'homme qui avait occupé le premier étage de sa maison. Il eut alors un sourire, dont il souhaita qu'il correspondît à celui que, en ce moment même, de son côté, roulant à la tête de ses tanks pour remonter à travers la France jusqu'aux combats, le général était peut-être en train d'esquisser. Mais cette illusion ne devait durer que quelques jours. Car mon père apprit bientôt, et nous avec lui, que c'était un régiment de la Division Das Reich — à laquelle appartenait l'officier — qui avait entièrement brûlé un bourg des environs de Limoges, exterminant par le feu ses six cent quarante-deux habitants, hommes, femmes et enfants, lors de leur marche vers le front de Normandie.

Et nous nous demanderions, pendant des années, s'il ne s'était pas trouvé parmi les vingt officiers qui s'étaient enivrés dans notre salle à manger, en chantant leurs bucoliques ritournelles, le Sturmbahnführer Dickmann, dont le premier bataillon avait quitté notre petite ville le même jour que l'officier occupant. Si la voix limpide qui s'était élevée au-dessus des autres pour célébrer la jolie forêt de Westerwald n'avait pas été celle de ce Dickmann, dont le nom resterait à jamais associé à un autre nom, lourd d'horreur, de chagrin et de misère, le nom d'un village sonnant comme un tintement lugubre : Oradour-sur-Glane.

31

La dernière image que je conserve de cette période est celle de quatre paires de jambes qui flottent sous le feuillage touffu, vert vif, en ombrelle, des acacias de la place principale.

On les voit de loin. Toute la ville défile pour les voir. Personne n'ose, vraiment, s'en approcher. On reste à distance. Personne ne parle.

Ce sont quatre maquisards qui ont été pendus, tôt le matin, aux branches centrales des deux plus gros acacias de la place du même nom, face au Café Delarep, en geste de représailles pour une action menée dans la nuit contre les Forces allemandes. Il y a déjà plus d'un mois que les Alliés ont débarqué en Normandie, mais les armées du Troisième Reich, dans le haut du pays, n'ont pas encore cédé assez de terrain pour que l'on puisse évoquer leur défaite et, dans le bas du pays, c'est-à-dire notre région, les attentats et contre-attaques se multiplient. La répression se fait sauvage. On déporte, on enterre vivant, on fusille, on supplicie, on brûle.

On est en juillet, il fait très chaud ; « c'est les vacances ». Nous ne descendons plus au lycée et mon père nous a recommandé de nous éloigner le moins possible de la Villa et du jardin. Nos « visiteurs » juifs sont à l'abri, en sécurité, dans les fermes. La rumeur est montée jusqu'au quartier du Haut-Soleil, transmise par les voisins, ou la petite Murielle, ou bien par l'Homme Sombre, éternel porteur des nouvelles de la ville :

— Il y a quatre pendus sur la place.

Mon père hésite. Son ami Paul l'informe à voix basse. Mon père nous regarde, les jumeaux, les deux sœurs et moi. Il pense aux aînés absents. Nous sommes jeunes, mais il ne tergiverse pas longtemps et décide qu'il est de son devoir de nous emmener. Il dit :

— Il faut que les enfants voient ça.

Nous sommes partis sur nos vélos, laissant ma mère à la Villa. Nous avons entendu la phrase de l'Homme Sombre. Nous savons précisément pourquoi nous suivons notre père en ville. Aussi, pour la première fois depuis que je passe devant les murs de la prison au bas de la route, je ne prête aucune attention à leurs effrayantes et hautes masses de pierres grises et sales. La perspective d'aller « voir les pendus » a effacé en moi toute autre émotion et remplacé toute autre peur, et si j'éprouve une appréhension que je vois, à leurs visages fermés, partagée par mes frères, je suis autant mû par une curiosité, ni malsaine ni impatiente.

J'ai compris, au ton employé par mes parents, que c'est une affaire obligatoire, comme la composition de fin de trimestre ou la distribution des prix au Théâtre Municipal, quand on va recevoir les livres rouges enrubannés et quand le voisin de classe emprunte l'allée centrale tapissée de rouge, afin de s'entendre décerner ce Prix d'Excellence que l'on n'a encore

251

jamais obtenu. Nous savons que nous allons « voir les pendus », nous ne savons pas pourquoi notre père a décidé que nous devions les voir.

Nous ignorons qu'il nous rend un service aussi utile que lorsqu'il recommande telle lecture de tel livre. Nous ignorons qu'il a, toute sa vie, prôné deux lignes de conduite : l'expérience comme seul critère de jugement; et la valeur de l'exemple donné. Mais, pédalant en rang d'oignons, derrière sa grande silhouette qu'il a perchée sur le vélo d'Antoine, le frère aîné toujours absent, nous mesurons tout ce que sa présence à la tête de notre petit groupe donne de symbolique et de sérieux à l'expédition.

Quand nous arrivons sur la place, il nous fait descendre de nos vélos et nous conduit à pied jusqu'à un banc de pierre sur lequel les plus petits pourront monter, afin de voir au-dessus des têtes des adultes.

Il y a deux hommes par acacia. Entre les arbres, un banc public de bois, aux accoudoirs en acier, sur lequel viennent d'habitude s'asseoir les passants. De l'autre côté du trottoir, c'est la terrasse du Café Delarep, mais il n'y a ni tables, ni chaises, ni consommateurs et le café a fermé ses portes et fait tomber ses vieilles grilles devant les vitres. Ainsi, tout autour des arbres et de leur chargement morbide, une sorte de vide s'est créé. Une ligne invisible a tracé un rectangle infranchissable au milieu duquel se balancent les quatre corps.

Les gens arrivent, la plupart à pied, en casquettes et en chapeaux, mais ils se découvrent dès qu'ils ont commencé d'apercevoir ces corps qui oscillent légèrement, têtes courbées, bras le long du corps, les pieds dirigés vers le sol. Je crois reconnaître dans la foule les principaux acteurs de la vie du Café Delarep. Il y a l'Echassier, qui a perdu sa mine sarcastique, entouré de quelques-uns de ses courtisans, aussi stupéfiés que lui. Les gros notables, commerçants et dirigeants de l'équipe sportive, semblent s'être dégonflés devant le spectacle nu de la mort, et tout ce que ces quatre pendus en civil signifient de courage passé ; les habitués de l'apéritif demeurent imbéciles devant le poids du sacrifice. Les petits malins, ragoteurs et poissards, se sont faits humbles. Les sensibles se crispent, hésitant entre l'indignation muette, et le dégoût qui fait fuir. Quelques femmes — moins nombreuses que les hommes — dessinent le signe de croix par-dessus leur chemisier. Des voix respectueuses et furtives prononcent les prénoms des victimes :

— André, Michel, Henry et encore André.

Des prénoms de tous les jours, ineffables de banalité, des prénoms qu'on a entendus dans les cours d'école, sur les pelouses des stades, à la fête foraine dans les Allées Malacan, dans la rue Delarep à midi, quand les filles cherchent à retenir votre regard, sur le quai de la gare, dans les fermes pendant la dépiquaison, ou les vendanges ; des prénoms qui deviennent, par la révérence avec laquelle on les égrène, synonymes de martyre.

C'est seulement lorsqu'ils se sont éloignés du premier rectangle que les habitants osent recommencer à parler. Encore le font-ils de manière toujours feutrée, le timbre bas. Je me soumets aux côtés de mes frères à ce silence qui nous surprend tant, au centre de la ville, là où d'habitude ce ne sont que cris et interpellations, ordres lancés par les loufiats, bourdonnement de quelques voitures à gazogène, passage bruyant d'un convoi blindé, cliquetis des rayons des roues des vélos-taxis, et paillements des moineaux attirés par les miettes de pain que jettent quelques oisifs.

De là où je me tiens, debout sur mon banc de pierre, je ne parviens pas à distinguer les visages. L'ombre faite par les feuilles des arbres dissimule les traits, et la position penchée des têtes les rend encore plus anonymes. L'un d'eux porte une chemise à manches courtes d'un bleu terne; un autre a des pantalons rayés; le troisième est en blanc, le quatrième a conservé une veste. On dirait qu'ils sont jeunes, mais costauds. Comme les acacias ne sont pas hauts et qu'on a pendu les hommes bas et court, à l'intersection du tronc et de l'amorce des branches, leurs pieds touchent presque le trottoir. Leur rigidité m'impressionne, et je me demande s'ils ne pourraient pas rester debout, droits et figés sur le sol, si quelqu'un s'aventurait à couper la corde à nœuds qui les relie à l'arbre, et s'ils ne se transformeraient pas ainsi en statues.

— Les enfants, on rentre, dit mon père, la voix plate.

Nous obéissons et remontons lentement sur nos vélos pour entamer la grimpée du faubourg Lacapelle. C'est une longue pente qui essouffle celui qui la grimpe. Quand on arrive en son milieu, on trouve un petit carrefour où nous avons pour coutume de mettre pied à terre, afin de reprendre nos forces. Là, si l'on se retourne, l'on peut embrasser d'un seul regard la place principale et les bâtiments qui la jouxtent : la mairie, la préfecture, le café qui sert de toile de fond, l'amorce des allées et le bureau central des Postes. Mais aujourd'hui, aucun des enfants n'a envie de respecter cette routine, et nous aurions volontiers continué d'ahaner jusqu'au sommet de la côte si mon père n'avait donné le signal de la pause.

— Retournez-vous, nous commande-t-il de la même voix calme.

A nouveau, nous obéissons. Les acacias sont loin, déjà, et il est impossible de séparer les corps des pendus de la masse sombre des arbres. C'est à peine si l'on peut remarquer que la foule se disperse, puis se reforme, grâce à l'afflux de nouveaux venus, imprimant un mouvement au ralenti qui, vu d'aussi haut, me fait penser à celui de l'ombre flottante d'un nuage au-dessus de ma vallée préférée.

Je suis en sueur et j'ai soif. Je sens la présence de mon père au milieu de nous. Il semble, sans nous donner, cette fois, une seule indication, attendre que nous décidions par nous-mêmes de nous détacher de cette vision. Je m'interroge en silence : que devrons-nous écrire ce soir dans notre Album ? Quels mots trouverons-nous pour raconter cela ? Je regarde une ultime fois la petite place constellée de taches noires (les badauds) avec ce rectangle vide au milieu duquel les boules vertes et sombres des acacias abritent les corps. Dans ce minuscule paysage de province, ingrat et trivial, comme un tableau peint par un naïf, tout semble enfin s'être immobilisé et je souhaite qu'un violent orage se lève et vienne nettoyer ces couleurs mortelles. Mais il ne pleuvra pas, la ville est sèche, l'air brûlant, et mon père donne son dernier ordre :

— A la maison !

Vingt-cinq jours plus tard, la ville était libérée.

TROISIÈME PARTIE

La montée à Paris

32

Je sonnai à la porte de l'appartement de Madame Blèze. Elle ouvrit.

— Madame, lui dis-je, je suis venu pour caresser vos jambes.

Elle me regarda, l'œil vide, et me fit machinalement signe d'entrer comme si elle n'avait pas entendu les mots que j'avais eu l'audace de prononcer.

Je l'avais espérée telle qu'elle m'était apparue quelques années auparavant, vêtue de son tailleur noir qui lui moulait les hanches, ses jambes recouvertes de soie fumée, ses cils surchargés de mascara, chaussée d'escarpins à talons hauts, un chapeau rond posé sur des boucles ondoyantes et lumineuses. Mais elle était enveloppée dans un peignoir flétri, couleur pêche, à fleurs mauves, et elle portait un fichu sur la tête et des pantoufles aux pieds. Je l'avais espérée telle qu'elle m'avait semblé : exotique et séduisante ; je la retrouvais engourdie et quotidienne.

— Qui es-tu, mon garçon, et que veux-tu exactement, me dit-elle sur un ton absent.

Puis, me tournant le dos, elle s'agenouilla sur le parquet pour tenter de fermer une malle d'acier jauni, tellement pleine que le couvercle ne pouvait tenir droit par-dessus l'amoncellement de linge et d'ustensiles hétéroclites, et se relevait à chaque tentative.

— Tiens, puisque tu es là, viens donc m'aider, dit-elle sans m'accorder un regard.

Je m'agenouillai près d'elle et posai mes mains sur le couvercle rebelle.

— A deux, on y arrivera peut-être, fit-elle.

Il me parut que la fermeture de cette malle avait accaparé toute son attention et qu'elle ne pourrait se consacrer à rien d'autre tant qu'elle ne serait pas parvenue à réunir les deux grosses boucles qui, de chaque côté du bagage, auraient dû permettre de le cadenasser. Je n'étais pas très satisfait de cette situation ; je n'avais pas imaginé que les choses se passeraient ainsi, mais je me dis que j'avais au moins gagné la première partie de mon pari, puisque j'étais chez Madame Blèze, et puisque, ne me voyant pas ressortir de l'immeuble, mes copains en bas, dans la rue, avaient commencé à envier mon sort, admiré mon courage, et envisagé qu'il m'arrivait des choses indicibles et lubriques.

Tout avait commencé pendant l'un des bals de la Libération.

Les bals étaient apparus après une période d'hésitation et de transition. D'abord, des coups de feu espacés pendant quelques jours ; puis, le départ définitif des Allemands ; puis, les défilés de FFI et de FTP dans la ville ; puis, des cérémonies à la mémoire des héros du Rond qui avaient, le dernier jour, démantelé une colonne mongole qui tentait de traverser le centre; puis, les premières images en noir et blanc des Forces Alliées sur l'écran des « Actualités »; puis, le retour tant attendu à la Villa d'Antoine et de Juliette; puis, la nouvelle que Paris avait été libéré, et d'autres images, toujours transmises à ce moment exaltant au cinéma avant le grand film, quand des musiques ronflantes et martiales nous avertissaient que la vie du monde allait se dérouler devant nous, et où l'on voyait dans des jeeps, nom inconnu jusqu'à ce jour, des GI's — autre inconnu — portant des casques si différents de ceux des Allemands, moins rugueux, plus en rondeurs, moins tranchants, moins agressifs — et ces hommes aux visages lisses se faisaient embrasser par la population dans les rues de la Capitale en distribuant des petits objets plats que les gens retiraient de leurs enveloppes de papier pour les fourrer dans la bouche et les mâcher d'un air extasié.

Août s'était achevé et septembre s'imposait, chaud et encombré de toutes sortes de promesses. J'avais l'impression que ma vie était investie par la nouveauté; j'étais assez âgé, désormais, pour faire des projets, me réjouir du retour du temps des vendanges quand j'irais au Jougla fouler les grappes de chasselas de mes pieds nus et tripoter les hanches de mes « fiancées », ou de la proche rentrée des classes quand je franchirais enfin l'invisible frontière qui donne accès à « la cour des grands ». Nous étions avides d'interroger Antoine, qui hésitait à raconter avec modestie ses quelques mois passés dans les grottes et les fermes du maquis :

— Est-ce que tu as tué quelqu'un ? Est-ce que tu as tué des Allemands ?

— Non. Je n'ai tué personne.

A vrai dire, encore très jeune, il avait essentiellement effectué des travaux de liaison et de ravitaillement. Nous nous réjouissions aussi d'entendre à nouveau, par la fenêtre ouverte de sa chambre « libérée », Juliette attaquer Scriabine et Diabelli à son piano. Elle avait fait quelques progrès à Toulouse sous la férule d'un professeur et elle avoua à ma mère :

— Si seulement je pouvais aller étudier à Paris !

Pendant quelque temps, nous parvinrent, montant du fond de la vallée, des rafales nourries, sèches, brutales. C'était le bruit des exécutions sommaires de traîtres ou d'assassins, commandées par un comité d'épuration. Et si mon père nous avait emmenés « voir les pendus », il ne nous autorisa pas, en revanche, à aller assister à ces fusillades qui se déroulaient dans le pré des Barbier en présence de quelques paysans ou de citadins venus à vélo.

— Ce n'est pas ainsi, disait-il, que l'on doit rendre la justice.

Alors, l'Homme Sombre l'invectivait :

— Les salauds doivent payer ! Tu sais très bien que c'était inévitable ! A ce degré de tolérance, tu en deviens intolérant !

— Pourquoi blâmerais-je une iniquité et en excuserais-je une autre ? répondait mon père.

Ils avaient repris le rite de leurs discussions après le repas du soir, et le ton n'en était pas moins véhément, chacun aimant pousser l'autre à bout pour le simple plaisir de la dispute. Ensemble, sans que nous le sachions, ils avaient fait le tour de leurs connaissances, exploré leurs réseaux, interrogé les fermes et leurs habitants pour obtenir des nouvelles de Diego, redoutant qu'on vienne leur apprendre que la silhouette aisément reconnaissable du guérillero en bottes et culottes de cheval avait été vue, pendue au bout d'un arbre, avant le départ des Allemands — mais il n'en fut rien. Et ils cessèrent leurs conciliabules à propos de ce témoin, à peine surgi que déjà évanoui, de leur passé d'hommes jeunes.

Aussi bien, maintenant que les gros dangers semblaient écartés, leurs conversations ne portaient-elles plus le même poids de mystère et il nous arrivait de plus en plus fréquemment d'être admis à nous asseoir en rond autour de leurs fauteuils pour suivre ces duels dans lesquels l'humour et la parodie venaient bousculer les références politiques et littéraires. Mais nous étions, avant tout, attirés par un spectacle dont nous savions qu'il n'allait pas durer tout l'automne, celui des bals dits de la Libération.

On leur avait attribué ce nom un peu pompeux, mais il s'agissait d'une série de fêtes de quartier données en plein jour aux carrefours des rues ou sur un rond-point, organisées parfois d'un jour sur l'autre, plus souvent par les riverains que par une autorité municipale quelconque. On installait des tréteaux, une vague estrade sur laquelle venait s'établir une maigre formation d'accordéonistes, et quand les musiciens faisaient défaut, des haut-parleurs servaient à renvoyer la musique d'un phonographe. On tendait des guirlandes en papier multicolore, on ressortait les accessoires des bals du 14 Juillet qui n'avait pas été célébré depuis plusieurs années, des commerçants improvisaient une buvette, et les gens dansaient sur le trottoir et dans la rue au soleil de l'été finissant, dans une atmosphère de joyeuses retrouvailles. Il y avait aussi, presque invariablement, à quelques mètres du centre de la fête, une roulotte de romanichels dont les vêtements, les manières et les regards, ne cessaient de nous intriguer. Autour de ce véhicule aux couleurs bizarres, on disait la bonne aventure, on vendait du nougat, des boîtes de poudre magique et des cigarettes à la pièce. Je fumai là, en cachette, ma première Naja, au goût de miel et de poivre.

Nous allions au bal à vélo, conduits par ma mère et mon père qui, à la surprise générale, semblait s'être départi de son attitude hautaine et serrait des mains, bavardait avec les voisins, daignait échanger les propos les plus anodins avec ces « polichinelles » qu'il avait si souvent pourfendus. Mais il ne s'attardait pas longtemps. En réalité, il était venu pour vérifier si l'ambiance était « convenable » et s'il pouvait sans crainte laisser sa troupe de filles et garçons sous la surveillance de leur mère. Après avoir porté à ses lèvres un verre de muscat, il repartait vers la Villa pour s'enfermer dans son bureau, et travailler avec l'aide d'un comptable au bilan des années d'Occupation. Nous ignorions que les fermes et leur gestion l'avaient quasiment ruiné.

J'aimais autant regarder les bals qu'y participer. J'enviais mon frère aîné quand je le voyais faire tournoyer les filles au bout de ses bras. Il les balançait parfois au-dessus de lui, s'accroupissant pour leur permettre d'atterrir sur son dos ou sur le haut des cuisses, dans des retournements acrobatiques et syncopés que les jeunes de sa génération avaient déjà su adopter, à peine avaient-ils reçu, par l'entremise des « Actualités », les premières visions des danseurs de swing dans Paris libéré. L'Echassier avait fourni quelques-uns de ses disques les plus précieux. Il se vantait d'avoir rapidement pu obtenir, grâce à un ami venu de Marseille, les premiers airs joués par les orchestres de Glenn Miller et de Benny Goodman. Mais il ne dansait pas, semblant éprouver une réticence maladive devant les jeunes femmes qui se croisaient sur la piste improvisée.

Pour imiter Antoine, comme pour assouvir un besoin grandissant de me frotter au corps des autres, de grapiller ma petite part de fête et d'amour, je me mêlais à la foule. A un signal donné par un coup de tambour ou, à défaut, le cri strident d'un klaxon dont la poire était actionnée à la main, les couples se séparaient pour changer de partenaires. On dansait entre enfants et je serrais la petite Murielle dans mes bras, comme si les bals et leurs coutumes m'avaient permis d'exorciser la peur que m'avait si longtemps inspirée ma perverse voisine. Mais elle m'arrêta net dans mon élan.

— Tu ne m'intéresses plus, dit-elle, en me repoussant avec force.

Un homme dégingandé aux cheveux pommadés, debout sur l'estrade, vêtu d'un veston de laine blanche avec un nœud papillon passé autour de son cou sans chemise, un béret basque penché sur l'oreille, le nez rouge et la lèvre inférieure tombante, entamait « La Romance de Paris » :

> *Ils s'aimaient depuis trois jours à peine*
> *Y a parfois du bonheur dans la peine.*

— Qu'est-ce qu'il y a ? Tu veux plus ? dis-je, vexé, à Murielle.

Elle eut une grimace méchante et me dit avec un fort accent qui appuyait les « e » en fin de mot :

— Il n'y a rien. T'étais bien plus drôle-eu quand tu voulais pas y faire-eu. Maintenant que tu veux, c'est moi qui veux plus y faire-eu.

Elle m'abandonna au milieu des danseurs ; à qui aurais-je pu demander que l'on m'explique le « si tu ne m'aimes pas, je t'aime » de ma petite Carmen de quartier ? Pauloto, l'Homme Sombre, n'était pas là pour décrypter, dans un éclat de rire cynique et blasé, les circonvolutions et les caprices des femmes.

Loin de me décourager, ce rejet décupla mon désir d' « y faire », moi aussi, et de recueillir avant la fin de l'après-midi un baiser, un geste, ne fût-ce qu'un sourire de femme. Je me retrouvai au pied de l'estrade, rejoint par deux camarades de lycée, le discret Bona-zèbe et l'inénarrable Pécontal, dit « Bas-du-cul ». Nous étions stimulés par les cris suraigus des danseuses de swing dont les jambes nues montaient haut par-dessus les épaules des cavaliers, par les effluves de vin blanc qui flottaient depuis la buvette toute proche ; par la vision des grandes personnes enlacées, des bouches qui se rapprochaient, de ces fortes mains d'hommes qui entouraient ces tailles de femmes et descendaient jusqu'aux fesses ; et par l'obsédante répétition du

Ça met aux cœurs des amoureux
un peu de rêve et de ciel bleu.

Une odeur de jasmin et d'herbe fanée, transportée depuis les rives du fleuve toutes proches en contrebas des allées, ajoutait à la sensualité de l'heure.

— Je suis excité, hurla Pécontal.

— Moi aussi, répondîmes-nous en chœur.

Nous entreprîmes de rivaliser en vantardises et défis divers. Pécontal raconta qu'il avait montré son sexe à sa cousine, la veille, derrière la roulotte des gitans et qu'elle le lui avait touché. Bonazèbe nous jura qu'il avait obtenu un « rendez-vous d'amour » à la fin du bal, avec la fille du boulanger, et qu'elle le toucherait, c'était une certitude. Notre « excitation » augmentait avec les rodomontades :

— Et moi, je vous parie que je peux caresser les jambes de Madame Blèze, lâchai-je à mon propre étonnement.

Ils ricanèrent. Le bal se tenait au coin des Allées Malacan et du faubourg au bout duquel, à quelques minutes à pied, se trouvait le domicile de la belle modiste.

— T'es pas capable !

Le pari était lancé. Nous partîmes après avoir prévenu nos aînés que nous allions « faire un tour du côté de la place ». Mes deux acolytes ignoraient que j'avais attendu cette occasion, espéré ce prétexte. Depuis longtemps déjà, je brûlais de revoir la dame qui avait éveillé mes émois sexuels et dont le souvenir m'avait, tout récemment, agité dans un rêve nocturne, chaud, nouveau, et qui s'était terminé dans un embarras délicieux et moite.

En gravissant l'escalier qui menait chez Madame Blèze, je croyais encore entendre les quolibets des deux autres « excités ». Ils avaient promis qu'ils m'attendraient en bas. Le cœur battant, je me répétais la phrase que j'avais décidé de prononcer dès qu'elle ouvrirait la porte. Une sensation de danger me poussait et me faisait avancer. J'avais transporté des messages sur mon vélo pendant l'Occupation. J'avais écouté les chansons des SS, la nuit, paralysé sous la terrasse de la Villa. J'avais entendu les sinistres fusillades de l'épuration dans le pré au bas du coteau. J'avais écouté Antoine nous raconter ses nuits de veille devant l'entrée des grottes du maquis. La vie n'était que dangers, peur, épreuves, obstacles, explosions et coups de théâtre ! Mais rien n'était aussi palpitant que de sonner à la porte de la belle Madame Blèze.

33

Le couvercle de la malle refusait de se fermer Madame Blèze parut réfléchir, puis elle eut un geste rapide de la tête vers moi. Démaquillé, son visage était celui d'une jeune femme aux joues pâles et creuses, aux yeux lassés, rougis. Mais elle avait conservé cet air différent de celui des femmes du pays, une autre façon de jouer de ses charmes, son tremblement du menton, la petite moue boudeuse et câline et les cils qui battent trop vite, comme les ailes des libellules que je chassais dans le jardin de la Villa.

— Je vais m'asseoir dessus, de tout mon poids, dit-elle, et dès que tu sentiras que ça marche, tu boucleras vite les deux fermetures.

Elle se leva, carra son corps sur la malle d'acier en appuyant ses mains de chaque côté du couvercle, et je demeurai agenouillé face à la malle, si bien que ses jambes se balançaient devant mes yeux, à portée de mes lèvres. Madame Blèze avait beau ne pas être attifée dans sa tenue de ville, noire et aguichante, ce rapprochement soudain vint effacer ma déception et m'enfiévrer comme pendant mes rêves. J'éprouvai la même tentation qu'autrefois.

— Ça y est ? Ça se ferme ?

— Heu... Je ne sais pas.

— Mais essaye donc, au moins ! qu'est-ce que tu attends ?

Elle avait vu juste et il me fut facile d'encastrer chaque loquet puis de fermer les cadenas qui pendaient accrochés aux boucles. Mais je m'exécutai avec lenteur, savourant l'intimité qui s'était créée entre nous et tout à mon anxiété douloureuse du moment à venir. Le pan du peignoir couleur pêche s'était écarté et dévoilait plus de chair, la montée des chevilles, la naissance des genoux. J'aurais voulu rester ainsi longtemps aux pieds de la belle dame, mon regard occupé par la peau de ses jambes et le tissu de ce peignoir, que j'avais autant envie de palper, ce qui me troublait sans raison.

Car j'aimais le tissu aussi bien que la chair, de la même manière que, quelques années auparavant, ma curiosité avait été aiguisée autant par la soie noire des bas que par les jambes elles-mêmes, que recouvrait cette soie. Si j'avais pu faire les gestes que mon ignorance m'interdisait d'accomplir, je l'aurais touchée par-dessus son vêtement ; adulte, je ne l'aurais pas aimée nue. Mais j'étais incapable de décider et d'aller jusqu'au bout de ma résolution, du prétentieux pari lancé à mes copains : « Je peux caresser ses jambes. » Les jambes étaient là, toutes proches, et il aurait suffi que je tende les doigts, pas même la main. Mais je n'y parvenais pas et la peur d'oser l'emportait sur l'impatience d'agir.

— Tu peux te relever, maintenant, me dit-elle.

Je lui obéis. Madame Blèze ne bougea pas de la malle. Je reculai. Pour la première fois depuis qu'elle m'avait ouvert la porte, je pus prendre conscience décor. La pièce dans laquelle nous nous trouvions avait été vidée d'une grande partie de ses meubles, les tapis roulés, et les cartons à chapeaux de couleur claire ou sombre avaient été empilés les uns sur les autres. Au milieu de la pièce, une bergère avec des petits coussins roses et mordorés, et un guéridon sur lequel était posé un vase vide, un bel objet au col long, dont la pâte de verre, sombre et pourpre, était gravée de fleurs opalines et de plantes entrelacées. Quelques feuilles de papier journal traînaient sur le parquet lambrissé.

— Tu vois, me dit Madame Blèze, comme si elle avait suivi le regard circulaire que je venais de poser sur son intérieur, tu vois, je m'en vais.

Et elle eut un rire sec, amer.

— Où allez-vous madame ? demandai-je.

— Je rentre à Paris. Tu connais Paris ?

Je fis non de la tête. Elle n'avait pas abandonné sa position assise sur la malle, et j'étais debout, face à elle, le guéridon et la bergère dans mon dos. Elle semblait avoir perdu cette apparence d'ankylose, de vacuité, qui m'avait frappé lorsqu'elle m'avait laissé entrer chez elle. Comme si le fait d'avoir réussi à boucler cette énorme malle, sur laquelle, peut-être, elle s'était acharnée toute seule depuis de longues minutes dans son petit appartement désincarné, redonnait à Madame Blèze une partie de son élan, sa coquetterie naturelle. Mais sa solitude et une impression de lassitude n'en ressortaient pas moins, et je percevais qu'après avoir été surprise par mon arrivée, c'était elle, à présent, qui voulait me retenir auprès d'elle.

— Comment t'appelles-tu ? me dit-elle

Je me vis obligé de lui répondre, tout en craignant

e la nouvelle de l'extravagante aventure que j'avais
entreprise ne parvienne jusqu'à mes parents, et je
tremblais à l'idée que Madame Blèze prolonge ses
interrogations, quelque feutré et aimable qu'ait pu être
son ton. Elle dit :

— Je n'ai pas bien compris ce que tu m'as dit
lorsque tu as sonné à ma porte. Pourquoi es-tu venu
chez moi ?

D'un seul coup, je mesure le piège dans lequel je me
suis fourvoyé. Les deux « excités » qui m'attendent en
bas, en trouvant sans doute le temps bien long, sont
loin de moi, ainsi que ma propre « excitation » initiale.
Je garde le silence, mais Madame Blèze insiste.

— Réponds-moi, dit-elle, d'une voix douce mais
autoritaire.

Je choisis de mentir. La chaleur monte à mes joues,
comme à chaque fois que je trahis la vérité.

— Je suis venu vous dire au revoir de la part de mes
parents.

Elle a un sourire qui ne me rassure pas ; j'y vois de la
malice et du soupçon.

— Ah bon, vraiment ? Et pourquoi ne viennent-ils
pas le faire eux-mêmes ?

— Heu... Ils ont beaucoup de choses à faire.

Son sourire se prolonge, il devient plus mystifica-
teur, elle semble sur le point d'éclater de rire.

— Tu mens, me dit-elle. Ça n'est pas très joli. J'ai
parfaitement entendu ce que tu m'as dit tout à l'heure.

On dirait qu'elle joue avec moi et que ça la distrait,
ne fût-ce que provisoirement. De sa même voix frêle et
enjôleuse qui m'avait intrigué lorsque je l'avais vue et
écoutée, assise dans le bureau de mon père, croisant et
décroisant ses jambes, minaudant et se plaignant tout

à la fois, Madame Blèze prononce les mots que j'ai souhaité ne pas entendre, puisque désormais la honte et la gêne se sont emparées de moi autant que la peur de sanctions futures, lorsque tout cela se saura — car je ne doute pas qu'elle ira « cafter » à ma famille.

— Tu mens ! répète-t-elle. Tu m'as dit que tu étais venu pour caresser mes jambes.

Je n'ai pas le temps de protester qu'elle enchaîne, dans un mouvement ondulatoire des épaules, avec un rire de gorge.

— Eh bien, dit-elle, fais donc ce que tu étais venu faire ! Viens ici.

J'hésite à répondre à son invitation. Elle tend une main aux ongles peints pour me signifier d'approcher. Le sens du danger, le goût de transgresser l'interdit reviennent en moi.

— Viens donc, susurre-t-elle.

Je fais deux pas dans sa direction. Docile, partagé entre un sentiment d'inquiétude et la promesse d'un plaisir auquel j'ai souvent pensé, j'avance une main prudente vers une de ses jambes.

— Tu peux toucher, dit-elle, puisque je te le dis.

Je remonte timidement ma main le long de sa cheville, effleurant le peignoir dont le contact est doux, et je n'ose, tout en glissant lentement mes doigts sur la peau de la jeune femme, lever mes yeux vers les siens.

Mais son savoir est tel qu'elle a capté mes scrupules, et de la même main avec laquelle elle m'a apprivoisé, elle relève mon visage, en le tenant par la pointe du menton. Ses doigts sont froids, osseux, une force cachée les guide.

— Regarde-moi, dit-elle, avec une certaine brus-

273

querie. Ne te gêne pas : fais comme tous les autres et regarde-moi.

Interloqué par cette dernière phrase, mais sous l'emprise de sa parole, je regarde Madame Blèze. Elle va sourire, mais il passe une soudaine ligne de douleur sur son visage, tandis qu'au même instant, des larmes lourdes, qui me font penser, je ne sais pourquoi, aux gouttes de colle transparente et liquide avec quoi je couvre mes cahiers d'écolier, jaillissent au bord de ses yeux. Cet événement, encore plus imprévisible que les gestes et les mots qui ont précédé, m'incite à retirer ma main qui avait atteint, sous le peignoir, le genou de la jeune femme. Les larmes ne s'arrêtent pas, elles défigurent Madame Blèze. Elle émet des gémissements prolongés, enfouissant son visage entre ses mains. De nouveau, comme lorsque j'avais franchi le seuil de son appartement, j'ai l'impression qu'elle ne m'accorde plus aucune importance. Je ne peux pas croire que c'est moi qui ai provoqué ce chagrin.

Eberlué par une succession aussi violente de comportements auxquels je n'ai rien compris, je bats en retraite. Dans ma hâte, je bouscule le guéridon derrière moi. Le vase vide au long col tombe au sol et se brise. Alors, j'entends le sanglot de Madame Blèze se transformer en un cri d'effroi, un son perçant qui peut, j'en ai peur, affoler tout l'immeuble et provoquer un attroupement dans la rue.

— Le Gallé ! Il a cassé le Gallé !

De quoi parle-t-elle ? Qu'est-ce qu'un Gallé ? Il est manifeste que je viens de commettre un acte plus répréhensible que mes tentatives d'attouchement de ses jambes ; car elle répète ce nom inconnu en accélérant son débit et en augmentant le volume de son hystérie.

— Mon Gallé! Il a cassé mon Gallé! Mon Gallé! Le Gallé!

Mon sens du devoir l'emporte sur la panique et, plutôt que fuir, je me penche vers le parquet pour ramasser les morceaux du vase.

— Mais c'est rien, madame Blèze, dis-je pour faire taire ses hurlements. C'est rien, ça peut se réparer!

Pour démontrer ma bonne foi, je lui tends les fragments du col du vase. Il n'y en a que deux. Le reste est intact. Je suis convaincu que l'on pourra réparer l'objet et je le lui répète avec passion, mais comme les larmes sont contagieuses, je ne peux plus retenir les pleurs qui s'accumulaient en moi. J'ai fait une et même plusieurs très grosses bêtises; l'incapacité d'envisager les cinq prochaines minutes, l'impuissance à contrôler une scène dont la signification m'échappe, me font revenir à cette enfance que je n'aurais jamais dû quitter pour tenter de satisfaire ma sensualité naissante. Assis en tailleur sur le parquet, le vase brisé entre mes mains, je pleure, tête baissée, attendant je ne sais quelle sanction — l'arrivée de mon père, les sifflets des agents de police, ou la ruée en foule des danseurs du bal venus se moquer de moi et me condamner. Mais il ne se passe rien et Madame Blèze a cessé de vociférer. Le silence est retombé. En relevant la tête, je peux voir qu'elle a conservé la même station assise et immobile sur sa malle.

— Va-t'en, me dit-elle dans un souffle. Allez, va-t'en maintenant. C'est fini. Je ne t'en veux pas.

Puis elle se lève, et défait le fichu qui enserrait ses cheveux. Elle secoue sa tête de droite à gauche à plusieurs reprises, et les boucles tombent sur ses épaules, noires et souples comme au premier jour. Les sillons tracés par ses larmes au milieu des joues, la poitrine qui bat sous le revers du peignoir entrouvert, un regard perdu qui va au-delà du petit garçon, du Gallé foutu, de l'appartement en désordre, et au-delà même de cette ville qui n'était pas la sienne et où elle a vécu — dans quelles conditions, au prix de quelles compromissions, quels renoncements, quelles complaisances — quatre années de solitude, d'amours dissimulés ou d'amours manqués, de mesquinerie, d'humiliations et de privations, et elle n'est déjà plus là mais elle se voit demain, sur le quai étroit de la petite gare où les hommes ricaneurs reluqueront une dernière fois cette silhouette de « Parisienne » avant qu'elle s'évanouisse avec ses voilettes, sa détresse, son tas de secrets, et ses cartons à chapeaux, et je trouve alors cette femme émouvante, belle et digne d'être aimée, adulée, embrassée, et je voudrais lui dire pardon et je voudrais lui dire merci, mais je sais bien que je ne peux et ne dois plus l'atteindre, et elle répète :

— Va-t'en.

Et je m'enfuis, le col ébréché du Gallé au bout de mes mains gourdes.

34

Vers cette même époque, quelque temps plus tard, Sam fit son apparition dans nos existences.

C'était un jeune professeur de français-latin, au physique si ingrat qu'il en était à la fois risible et attachant. Il tenait du « héron au long bec emmanché d'un long cou » et de la sauterelle. Il flottait dans des vêtements trop larges pour un corps sans densité ; il avait un nez pointu, des yeux de hibou, globuleux et figés derrière des lunettes. On prenait conscience de la singularité de Sam lorsqu'il se mettait à parler. La première fois qu'il s'adressa à nous, dans la salle de classe de 6ᵉ, un petit malin chuchota :

— Tiens, on dirait que c'est une fille qui parle.

Il avait un timbre dans lequel ne passait pas une seule note grave ou basse, et il suffisait qu'il s'impatientât et voulût élever le ton afin de mieux se faire entendre au-dessus du chahut que sa silhouette et son maintien incongrus ne manquaient pas de provoquer, pour que la voix de Sam prît des intonations de soprano qu'on égorge. Il avait une pomme d'Adam protubérante, on pouvait la voir monter et descendre, comme une boule de yoyo devenue folle, à chaque fois qu'il tentait d'exercer son autorité sur un cancre rebelle du fond de la classe. On aurait pu croire qu'il vivait dans un état permanent de protestation, tant le crescendo de son discours, accompagné de l'agitation de sa glotte et du roulement de ses yeux, donnait une impression de tension extrême, d'irritation cristalline. Le petit malin, que beaucoup d'autres avaient rejoint dans son jugement, ajouta après quelques jours d'observation de ce nouveau venu :

— Le poulet n'a pas été complètement cuit.

Il avait des mains roses, fines, sans poils, avec des ongles anormalement longs, dont il semblait très préoccupé, les contemplant de façon quasi maniaque, et une mèche de cheveux lustrée, comme artificiellement plaquée, pendait sur son front volumineux. Un tel personnage prêtait aisément le flanc à la caricature et aux sous-entendus, mais Sam devait vite surmonter le handicap de sa laideur, par son brillant, son sens du rire, sa générosité à l'égard de ses élèves. Il s'avéra, en peu de semaines, qu'il passait plus de temps que les autres professeurs auprès des garçons en proie aux difficultés scolaires ; qu'il s'attachait à développer le talent ou la vocation qu'il avait le don de deviner chez chacun ; qu'il pouvait, par la grâce de sa pédagogie, et l'invention qu'il mettait à éclaircir les incompréhensions d'une langue morte ou les subtilités d'une langue vivante, gagner à la littérature et aux « humanités » les garçons les plus obtus, les natures les plus ignardes, les petits bouseux à peine sortis du B.A.-Ba de leurs instituteurs de village.

Il aimait les calembours idiots ; il encourageait l'expression orale, nous faisait jouer des saynètes tirées de Courteline et de Labiche ; il nous initiait à des poètes peu pratiqués à l'époque ou dans la région : Cocteau, Desnos, Apollinaire ; il débarrassait de leur gangue les auteurs que nos précédents maîtres avaient rendus ennuyeux pour faire sortir le diamant de leur génie : Corneille, Racine, Boileau, La Fontaine, Du Bellay, Ronsard. Bientôt, aller en classe « chez Sam » était devenu un plaisir, une attente, et après avoir, dans un premier temps, participé aux plaisanteries cruelles et aux allusions à son encontre, nous en vînmes à prendre sa défense dans les couloirs du lycée et défier à la bagarre ceux qui s'enhardissaient à le traiter de ce qu'il n'était pas. Nous l'appelâmes Sam dès le premier jour ; nous n'avions pas encore rencontré un prénom pareil, aussi inusité, qui faisait aussi peu sérieux. Mais ces trois petites lettres lui collaient à la peau : car il était comique et insolite, pondérant la gravité qu'il mettait à sa tâche de pédagogue par un souci constant de faire rire et d'étonner.

— Je m'appelle Sam Palmiran, nous dit-il en guise d'introduction, et ce n'est pas la peine de perdre mon temps à vous demander de m'appeler Monsieur, car je sais bien que dans mon dos, vous direz tous Sam, et ça ne me gêne pas, je suis très fier de ce prénom que m'a légué ma mère. Alors appelez-moi Sam, même si ça ne fait pas plaisir aux autorités académiques qui nous gouvernent.

A notre connaissance, autant qu'à celle de nos aînés, c'était la première fois que nous aurions le droit d'appeler un professeur par son prénom comme s'il s'était agi d'un parent ou d'un ami, et notre enthousiasme fut tel que la nouvelle parcourut les préaux et les salles avoisinantes. En peu de temps, Sam allait se forger une réputation d'avant-gardiste et ses collègues, en majorité plus âgés que lui, engoncés dans les traditions de l'époque et les limites de notre établissement désuet, auraient pu en concevoir de la jalousie s'ils n'avaient, eux aussi, été conquis par l'amour d'enseigner et la capacité de travail de leur singulier cadet. Toute sa vie semblait tourner autour de ceux qu'il appelait « ses chers élèves » — n'oubliant pas une fois, même lorsque ceux-ci avaient été au-dessous de tout en effort comme en discipline, l'adjectif « cher » avant le mot « élève ».

Et lorsque ses confrères retournaient à leurs foyers, leurs familles, ou leur univers d'habitudes dans le cadre de la petite ville revenue au rythme douillet des temps d'après-guerre, Sam quittait le lycée pour aller faire à bicyclette le tour des « leçons particulières » qu'il s'était proposé de donner bénévolement aux enfants dont il voulait améliorer le niveau. Il retournait très tard, au cœur de la nuit, vers sa chambre de célibataire, qu'il louait chez l'habitant, à un couple de médecins de la rue des Sarrazins. Là, il se nourrissait de deux biscottes et trois raisins, buvait une rasade d'Heptyl-Bourdou, un médicament au goût légèrement alcoolisé qui lui procurait une vague ébriété et abrutissait peut-être momentanément la réalité de son dénuement. Puis il se couchait, pour une nuit d'insomnie et de lecture : Gide, Martin du Gard, Giraudoux et Mauriac, quand il ne corrigeait pas, à même ses genoux, les devoirs de ses « chers élèves » et le plus cher d'entre eux, son « carissime », comme il l'avait bientôt baptisé — c'est-à-dire moi-même.

Il s'était en effet pris d'affection pour moi dès les premières convocations au tableau, quand je l'avais surpris par ma facilité à réciter un poème, et mon

280

penchant pour faire l'histrion que je semblais développer en grandissant. Il avait apprécié les vers de
mirliton avec lesquels j'avais, sur les conseils de mon
père, transformé un banal devoir de français. Il
m'installa au banc du premier rang ; il était devenu
mon nouveau héros. Je ne voyais déjà plus sa laideur
mais son enthousiasme, son humour, les efforts qu'il
faisait pour nous instruire. Je suivais ses classes dans
un état de joie et d'appétit de savoir. Je trouvais ses
anomalies physiques plutôt pittoresques, et s'il m'aga-
çait par une propension outrée à s'attendrir devant le
moindre de mes progrès, il me passionnait par l'origi-
nalité de ses mots, son style.

Dans le vocabulaire de l'époque, on disait de lui que
c'était un « fantaisiste ». Mon père voulut voir « l'oiseau » de plus près. Son ami Paul avait déjà commencé, l'œil roublard, de distiller les propos qu'on
tenait, dans une ville qui vénérait la force et la virilité,
sur ce jeune homme à la voix de femme et son intérêt
excessif pour les petits garçons. Les bavards du Café
Delarep tenaient là un nouveau et croustillant thème à
ragots. Il fut décidé qu'on inviterait Sam à monter
jusqu'au Haut-Soleil pour le déjeuner du dimanche.

Il avait mis un costume croisé à carreaux, imitation
prince de Galles, si mal coupé et si mal proportionné
par rapport à sa mince silhouette qu'en le voyant
avancer vers nous, mon père murmura dans un
sourire :

— Mais c'est Foottit — sans Chocolat !

Mais cela parut lui plaire. Nous savions, mainte-

281

nant, bien reconnaître chez mon père le goût prononcé qu'il nous avait transmis, pour les personnages excentriques. Combien d'entre eux avaient déjà traversé nos jours : Igor Tolstoï et son sabre ; Okazou et son sac de diamants ; le docteur Sucre et ses pinces à linge, et jusqu'au contradicteur favori de mon père, l'Homme Sombre avec son Phaéton qui transportait le cochon. En comparant Sam à l'un des partenaires d'un célèbre et ancien couple de clowns de cirque, mon père l'incluait d'ores et déjà dans notre cercle, notre univers de surnoms et de signes. J'en fus rasséréné, car j'avais craint que mon « prof » ne puisse passer le redoutable examen de la famille et de la Villa, puisque je comprenais, aux regards narquois des adultes et aux blagues vulgaires des élèves, qu'il n'était pas quelqu'un « comme les autres ».

— *Voici des fruits, des fleurs, des feuilles et des branches.*
Et puis voici mon cœur qui ne bat que pour vous, mesdames ! déclama Sam avec théâtralité.

Il avait sorti d'un panier posé sur le porte-bagages de son vélo un bouquet composé qui lui avait sans doute coûté la moitié de ses émoluments mensuels. Il le déposa aux pieds de ma mère et de Juliette qui éclatèrent de rire, puis applaudirent à la révérence avec laquelle il acheva son numéro, le bras tournoyant autour de la tête comme s'il avait, à la façon des marquis du XVIe siècle, ôté et agité son feutre avant de le remettre.

— Ça commence bien, fit Michel, le jumeau toujours prêt à ponctuer les événements de ses courtes phrases benoîtes et réalistes.

Après quelques généralités, on passa à table : tomates et saucisson du Quercy, gigot et flageolets, fromage et îles flottantes. Sam s'attaqua aux plats avec une telle voracité que mon père l'apostropha :

— Ah çà ! mais vous n'avez rien mangé depuis dix jours !

Le silence qui suivit nous laissa croire que mon père venait d'effleurer la vérité. Sam se répandit en compliments sur la cuisine faite par ma mère, ne négligeant pas, à chaque fois qu'il encensait ses dons culinaires, d'adresser une phrase aussi flatteuse à l'intention de Juliette, comme s'il avait décidé de séduire les femmes de la maison afin de mieux circonvenir ensuite l'hôte aux cheveux blancs et à la mine sévère, qui l'observait et le jaugeait, d'abord circonspect, puis gagné, parce qu'il était difficile de résister longtemps aux manières et au verbe de notre farfelu.

D'emblée, il fut évident que Sam était heureux parmi nous — comme s'il avait attendu depuis très longtemps qu'un groupe quelconque accepte de l'accueillir dans son sein — et il exprimait ce bonheur en redoublant de blagues, dithyrambes et hyperboles. Il donnait l'impression de s'être trouvé une famille et, de son côté, notre famille l'adopta avec la même spontanéité. Les jumeaux le regardaient dévorer le gigot, et, les yeux écarquillés, ils suivaient les mimiques qu'il faisait avec sa lippe inférieure, ou cette curieuse façon qu'il avait de conserver le poing de sa main gauche fermé posé sur la table avec le seul pouce tendu en l'air ainsi que l'incessant voyage de sa pomme d'Adam le long de son cou fluet.

Mon père voulut mettre son bagage littéraire à l'épreuve. Les deux hommes entamèrent un concours de citations et de répliques où les formules de Victor Hugo venaient faire la fête avec les *Contrerimes* de Paul-

Jean Toulet. Etonnant dialogue entre deux êtres aussi contradictoires : l'un, amusé et stimulé par les pirouettes de l'autre — et l'autre, soucieux de gagner le respect et l'estime de l'un. Seul, Antoine semblait peu réceptif aux gesticulations de Sam.

— Votre jeune frère m'a confié que vous jouiez du piano. Peut-être pourrions-nous en faire de concert, dit Sam à l'adresse de Juliette lorsque le repas fut achevé.

— Volontiers, dit-elle. Mais il faudra monter jusqu'à ma chambre.

Sam roucoula.

— Si madame votre mère et monsieur votre père ne voient pas d'inconvénients à ce que je franchisse le seuil d'une chambre de jeune fille !

Mon père ne put s'empêcher de s'esclaffer :

— Je n'y vois vraiment aucun danger !

Sam encaissa la réplique comme s'il en avait l'habitude. Il se leva et lâcha sur un ton de dépit et de défi :

— Nous laisserons la porte ouverte !

Il était venu pour déjeuner, mais il passa toute la journée du dimanche avec nous. D'abord, là-haut, chez Juliette, au piano, où nous l'entendions fredonner des airs idiots d'opérette :

> *Quand je dis au duc*
> *que je suis gentilhomme*
> *et que je suis d'un beau parti*
> *le duc, le duc n'est pas de mon avis*

Et Juliette reprenait en chœur en éclatant de rire, tant la voix déjà haut perchée de Sam atteignait des sommets à peine supportables pour l'oreille. Puis, plus tard, avec les plus jeunes garçons et filles qu'il entraîna dans une partie de cache-cache à travers le jardin, émaillée de gages et d'arrêts ponctués de phrases absurdes, qu'il nous faisait psalmodier après lui à vitesse accélérée :

> *On ne peut pas*
> *On ne peut pas*
> *lutter contre*
> *le cobra !*

ou encore :

> *Voici le roi barbu*
> *qui s'avance bu*
> *qui s'avance*
> *Le grand Mirmidon*

et des vers flambloyants, détachés de leur contexte :

> *Vous lui remettrez son uniforme blanc !*

ou bien :

> *Rendez-vous à la Tour de Nesles !*

ou enfin :

> *Nous partîmes cinq cents mais par un prompt renfort...*

vers qu'il utilisait pour illustrer tel moment de nos jeux, telle victoire de tel camp. Nous nous accaparions ses saillies, nous les répéterions ensuite en son absence pour les intégrer dans le florilège familial. Nous avions deviné chez Sam la tendance que nous aimions chez nos parents : citations littéraires, mots et formules qui nécessitent explications et provoquent anecdotes ou récits vécus. Et même si, grâce à l'instinct de son esprit critique, mon père devait modérer notre jugement pour souligner tout ce que la culture de Sam avait de dispersé, de superficiel, il fallait admettre que « l'oiseau » avait du charme et qu'on l'inviterait à nouveau à partager le gigot du dimanche. Il resta jusqu'au dîner et au-delà, jusqu'à l'heure où l'Homme Sombre, venu faire sa conversation quotidienne avec mon père, découvrit « l'olibrius », comme il devait instantanément l'appeler, en train d'apprendre à mes sœurs une version qualifiée de « déphasée » de la fable de La Fontaine :

> Maître Corché sur un arbre perbeau
> Tenait en son mage un frobec
> Maître Rebeau par l'odeur allénard
> Lui gage à peu près ce lentin...

Paul regarda mon père avec un air de commisération et lui dit en forçant le ton :
— Et tu t'amuses avec ce pitre quand tu devrais te préoccuper de l'avenir du monde !
Il avait décidé de s'inscrire aux « Amis de l'URSS », ce que mon père désapprouvait violemment, car il demeurait un farouche individualiste, convaincu de l'aveuglement des peuples devant les leçons de l'Histoire. Dans le climat bientôt glacial qui avait suivi la capitulation nazie et le partage du monde entre les nouveaux équilibres, les deux amis s'étaient trouvé un

inépuisable sujet pour alimenter leur nécessaire querelle. Là où, sceptique, mon père voyait poindre un autre totalitarisme, l'Homme Sombre parlait des lendemains qui chantent. L'évocation d'un homme que les plus jeunes d'entre nous prirent vite pour l'ogre de la nouvelle époque dans laquelle nous étions entrés revenait dans les propos des deux adultes : Staline ! un nom mythique qui sonnait comme une menace ou un espoir, selon la façon dont mon père ou son ami avait prononcé les deux syllabes.

35

Au fil des saisons et des trimestres, les visites dominicales de Sam devinrent si routinières qu'il n'était plus besoin de lui transmettre d'invitation.

Il arrivait quelques minutes avant le déjeuner, infailliblement porteur d'un cadeau, un gâteau à la crème, des fleurs coupées, du chocolat en boîte, des crayons de couleur dans leur trousse, s'attirant un « Sam il ne fallait pas » de ma mère auquel il répondait par : « Madame, je suis votre obligé. » Il se trouvait toujours un garçon ou une fille pour crier à la cantonade devant Sam qui n'était pas encore descendu de son vélo :

— Il faudra rajouter un couvert ! Un couvert pour Sam ! Un !

A quoi Sam murmurait sur un ton courroucé, en faisant du bout des lèvres le dessin du croupion de la poule :

— C'était bien la peine de le faire remarquer.

Car il connaissait les surnoms dont les enfants l'avaient affublé : le Pique-Assiette, l'Ecornifleur, ou encore l'Ami Ozoire, personnage de roman qui, selon mon père, s'invitait régulièrement dans les familles.

Mais il avait compris que nous ne mettions aucune méchanceté dans ces brimades et il s'était établi entre Sam le différent, le bizarre, le « célibataire endurci », le solitaire aux manières efféminées et notre famille, un rapport affectueux et libre de toute convention, fait de complicités et d'échanges intellectuels. Bientôt, il passerait même plusieurs jours avec nous pendant les vacances scolaires, dans une maison de location à Hossegor.

Il jouait auprès des enfants un rôle de précepteur bénévole — nous aidant à la difficile entrée dans l'exercice des langues mortes, nous encourageant à lire et à rédiger, accompagnant Juliette au piano ou faisant réviser à Antoine, qui avait fini par céder au charme insolite de l'olibrius, les textes pour son bachot à venir. Un rôle de découvreur, aussi, car il nous entraîna plus souvent au cinéma, nous fit aller au théâtre, qui était l'une de ses passions, en nous emmenant par le train jusqu'à Toulouse afin d'y voir jouer du « contemporain » : du Sartre, du Giraudoux, de l'Anouilh.

L'adjectif « contemporain » revenait dans ses phrases :

— Je vais vous faire ingurgiter un peu de contemporain, disait-il. Ça vous changera des classiques assenés par Monsieur votre père.

Car il jouait à une parodique querelle des anciens et des modernes, reprochant, avec toute l'onctuosité dont il était capable, ce qu'il appelait le conservatisme littéraire de mon père, tandis que ce dernier brocardait les « toquades » de Sam. Mon père lui opposait Diderot quand l'autre disait Cocteau, et Molière quand Sam invoquait Sacha Guitry. Les goûts littéraires de mon père s'étaient arrêtés bien avant Proust.

Sam ne jurait que par lui, Gide, et quelques romanciers plus récents :

— Mais enfin, monsieur, comment un homme de
votre savoir peut-il négliger de telles œuvres, s'enflam-
mait Sam avec cet air perpétuellement offensé que lui
donnaient ses yeux protubérants et sa face de Carême.

— Ça suffit, Sam, répondait mon père, arrêtez votre
prosélytisme.

Sam rougissait et se rengorgeait, faisait sa coquette
vexée. Il éprouvait un visible plaisir dans ces simula-
cres de conflits, dont il avait compris, pour être le
spectateur silencieux des grands débats politiques
entre mon père et l'Homme Sombre, que c'était un
exercice indispensable à la santé de mon père ; que la
dialectique, comme la maïeutique, nourrissait la vie de
mon père au même titre que certains hommes ou
femmes ont besoin de leurs heures d'écoute de musique symphonique. Et le fait de pouvoir, dans un autre
domaine que la politique, s'opposer à ce quinquagé-
naire né dans l'autre siècle, permettait à Sam d'exister
dans notre univers et lui donnait l'impression d'être
accepté, normalisé, alors qu'il avait, toute sa vie,
essuyé rebuffades et quolibets, et supporté cette perverse ségrégation que la société de province, encore en
ce temps-là, pouvait infliger aux êtres trop différents, à
des solitaires démunis aux tendances inavouées et
irréalisables.

Les incursions à Toulouse afin de goûter au
« contemporain », comme au faramineux café liégeois
servi à la terrasse du Grand Café l'Albrighi, nous
permirent de connaître l'appartement de la rue Naza-
reth. C'était le véritable domicile de Sam, occupé par
une vieille grand-mère à laquelle il revenait deux ou

trois fois par semaine, par le train, depuis notre petite ville. Il faisait partie des « Toulousains », un mince contingent de professeurs venus enseigner dans notre lycée, puis qui repartaient, selon l'aménagement de leurs horaires, vers la grande ville. Sam avait partagé sa vie en deux : la chambre chez l'habitant et le foyer grand-maternel à Toulouse. Nous ne connaissions rien de son père ou de sa mère, et il observait à ce sujet un silence trop épais et obstiné pour ne pas susciter, chez ceux qui l'observaient, une interrogation de plus sur sa réelle nature, le mystère de sa condition, sa solitude.

Je ne comprenais pas les zones d'ombre autour de la personnalité de mon professeur et ami. Comme le reste des habitants de la ville, je participais aux plaisanteries faites en son absence, j'écoutais les phrases cruelles qu'on répétait à son sujet et m'amusais à noter avec mes frères que Sam, en vacances, se cachait pour changer de vêtements et n'avait jamais osé se montrer en maillot de bain :

— Peut-être qu'il n'y a rien du tout sous le maillot, avait suggéré l'un des jumeaux.

Et si nous avions ri à cette remarque, nous savions qu'on ne pouvait la répéter devant nos parents. Ils avaient adopté à propos de Sam une attitude commune de protection et de tolérance. Il n'aurait pas fallu qu'un inconnu vînt se moquer devant eux de « l'Ami de la Famille ». J'avais eu honte d'avoir ri à ces calomnies car au-delà de l'étrangeté de son regard, de son nez, de son cou, ses gestes singuliers, sa voix de castrat et ses vêtements trop amples qui faisaient flotter son corps malgracieux au point qu'un violent coup de vent sur le quai de la gare Matabiau aurait pu l'enlever au-dessus des toits de tuiles roses comme les épouvantails dans les champs de maïs des vallées de la Garonne, j'avais reconnu en lui une âme pure, le frémissement d'un artiste frustré, et, comme l'avait dit ma mère avec la prescience géniale de sa propre sensibilité, un être qui avait « des sommes de tendresse à revendre ».

Aussi bien, je l'aimais, avec une certaine retenue parce que je saisissais que le monde extérieur le montrait du doigt et se méfiait de l'exception qu'il représentait, mais avec un mélange secret d'admiration pour son esprit cosmopolite, les chemins qu'il me traçait vers des terrains inconnus (« le Théâtre ! », « l'Ecriture ! », « Jouvet ! », « Picasso ! ») et la pitoyable sensation qu'il vous donnait, lorsque vous le voyiez repartir de la Villa sur son vélo, afin de rejoindre la minuscule chambre en ville où rien ne l'attendait d'autre que les fantômes de sa propre enfance, et le vertige, devant son miroir, de ses impuissances et de ses lassitudes.

Car Sam était épuisé, vidé avant l'âge. Un mal le tenait qu'il ne pouvait localiser, une faiblesse congénitale qui l'obligeait à s'écrouler, habillé sur son lit, dès son retour, pour récupérer l'énergie qu'il avait tant consumée à faire rire, faire le clown, pour aimer et se faire aimer de ses « chers élèves » et de son « carissime », de cette famille qui lui procurait un tel bonheur — mais devant laquelle pour ne jamais décevoir ou ennuyer, il avait donné tant de lui-même ! Il toussait alors par saccades, il crachait même un peu de sang. Puis il sentait ses jambes partir sous lui, ou encore ses mains perdre leur force.

La tête lui tournait. Il ôtait ses lunettes. Il pensait : « respire, respire un bon coup, mon vieux Sam et reprends-toi ». Du temps passait. Le petit réveil Jaz sur la table de nuit boiteuse égrenait les minutes du vide et du malheur. Il tentait de dresser un bilan. Il avait trop couru avec les enfants sur le gravier, trop agité ses bras et ses mains dans la discussion avec mon père et avec cet Homme Sombre dont il savait qu'il n'échappait pas au regard impitoyable ; il avait trop repris de la crème anglaise au dessert ; mais pourquoi était-il aussi maladivement gourmand ? Maintenant, c'était sûr, il allait vomir la crème. Dehors, par la fenêtre qu'il avait ouverte afin que l'air frais vienne fouetter son corps, un vent léger apportait des odeurs de glycine et de poussière humide.

Il se sentit mieux. Le plafond, au-dessus de lui, ne se fissurait plus. Il réajusta ses lunettes. Ses jambes et ses mains répondaient à nouveau à ses ordres. Il se leva. Il put à nouveau penser aux enfants de la Villa. Il se dit :

— Il faut que je parle demain à leur père, je ne peux plus attendre. Il faut que j'aie le courage de lui dire ce qu'il ne voit pas. Ça va me déchirer, mais je dois le lui dire.

36

C'était après le déjeuner. La radio jouait :

Tico Tico par-ci
Tico Tico par-là

Mais Sam ne dansait pas aux rythmes de cette nouvelle scie. Il avait un air grave. Il finit, le café terminé, par s'adresser à mon père :

— Je sollicite de vous, monsieur, le privilège d'un entretien sérieux, et si possible en tête à tête.

Mon père leva les sourcils. Il était habitué aux phrases ampoulées de Sam, à ses formules alambiquées afin de faire sourire tout interlocuteur. Il avait remarqué l'incapacité du jeune professeur à dire les choses les plus banales autrement qu'au moyen de circonlocutions extravagantes. Quand Sam avait besoin de demander l'heure, mon père ne s'étonnait plus de l'entendre ainsi l'interpeller :

— Pourriez-vous, cher monsieur, me livrer le résultat, provisoire j'en conviens, de la compétition ingagnable à laquelle la grande aiguille est en train, sur l'objet qui entoure votre poignet, de participer avec la plus petite ?

Mais mon père surprit, dans la demande que Sam venait de lui faire, une notion de sérieux, et l'abandon de toute comédie à laquelle il se prêtait lui-même avec indulgence. En outre, et pour la première fois, il crut déceler dans la voix du jeune homme quelque chose qui ressemblait à une tonalité basse, proche de la normale.

— Venez avec moi dans mon bureau, dit-il.

Sam se tortilla sur son fauteuil, puis il parut avaler sa salive, redressa une mèche de cheveux d'un geste de sa main aux ongles trop soignés, et comme les timides qui ne sont pas des lâches, il préféra rentrer à vif dans le sujet, chassant tout préambule.

— Monsieur, dit-il, il faut que vous quittiez cette ville et cette région.

Mon père l'écoutait, attentif, surpris par la directive, et la vigueur avec laquelle elle avait été exprimée.

— Je... ne sais pas comment vous dire cela, mais je pense qu'il faut que vous remontiez avec votre famille à Paris.

— Dites-moi pourquoi, Sam.

Sam continuait de faire preuve de la même détermination dans sa voix frêle.

— Parce que, monsieur, vous avez des enfants qui valent mieux que l'éducation qu'ils reçoivent ici.

— Y compris celle que vous donnez à mon plus jeune fils ? intervint mon père avec une pointe d'ironie.

— Y compris celle-là, répliqua Sam, de moins en moins intimidé. Si vous le voulez bien, je vous prie de ne pas m'interrompre, car ceci est pour moi très pénible à dire. Douloureux, même. Mais voilà, je pense à eux et à leur devenir. Regardez-les avec moi, voulez-vous? Regardons-les ensemble. Juliette étouffe déjà depuis des années, comme un oiseau en cage. Elle est douée, c'est une musicienne qui promet, elle réussit tout ce qu'elle touche. Elle meurt d'envie de tenter sa chance et de développer ses talents et à son âge, normalement, on est déjà sur les planches, devant le public.

Mon père l'écoutait en silence.

— Antoine, reprit le professeur, votre aîné, aura bien sûr, facilement, cette année, son deuxième bac, mais ensuite? Vous connaissez les tentations qui le guettent. Il a besoin d'une ambition, et de regarder haut et plus loin que les terrasses du Café Delarep. Que ferez-vous de lui, ici? Et le sait-il lui-même?

Mon père approuvait.

— Quant aux enfants qui restent, les deux jumeaux et Jacqueline et Violette et enfin le petit dernier, ils s'éveillent à la vie, aux lettres, aux arts, aux sciences. Pour eux, maintenant, tout bouge. A Paris, toutes les avenues leur seront offertes. Ils risquent ici de s'étioler, et de ne pas exploiter la promesse qui est en eux. Je vois bien comment leurs yeux brillent quand je les emmène à Toulouse, et comment ils écoutent vos disputes passionnées avec monsieur votre ami dès que vous parlez des affaires du monde. Je sens qu'ils sont capables d'étonner si on leur donne la possibilité d'affirmer leur vocation respective. Et de vous étonner, et de s'étonner eux-mêmes. Vous n'avez pas le droit de les laisser plus longtemps à l'écart des grands établissements, des grandes écoles de Paris. Paris, monsieur, rendez-vous compte! La Capitale! Paris et ses musées, ses concerts, ses théâtres, ses bibliothèques! Paris, monsieur!

Il se tut. La tirade avait été longue et il paraissait chercher sa respiration, mais une émotion l'avait envahi en même temps et à l'évocation de ce Paris, cette capitale prestigieuse dont la lumière devait forcément éclairer les petites têtes que Sam s'était mis à chérir depuis plus d'un an, il avait perdu le contrôle de sa voix, et les dernières phrases s'étaient achevées en une sorte de spasme aigu, qui n'avait rien de ridicule mais forçait le respect et la considération.

— Calmez-vous, Sam, lui dit mon père avec une infinie douceur.

Il contemplait, de l'autre côté de son bureau, le jeune professeur excentrique aux yeux de hibou, cet Ami Ozoire qu'il avait souvent aimé taquiner, dont il avait néanmoins compris l'honnêteté morale et l'absence de toute ambiguïté vis-à-vis de ses enfants, cet « olibrius » qui venait aujourd'hui lui dire à haute voix ce que lui, depuis quelque temps déjà, ne se résolvait pas à admettre mais qui l'obsédait secrètement. Il admira la démarche et voulut le lui dire, mais Sam n'avait pas fini et il leva la main vers mon père.

— Pardonnez mon outrecuidance, dit-il, et permettez-moi d'ajouter autre chose.

Sur un ton d'aveu, avec une amorce de larmes derrière le verre de ses lunettes, Sam ajouta lentement :

— Il me coûte d'autant plus de vous donner ces conseils que votre départ me déchirera le cœur. Oui, c'est cela, je ne trouve pas d'autre expression, j'en aurai le cœur déchiré. Vous m'avez adopté et accepté tel que je suis. Grâce à vous et à votre famille, mes journées sont moins creuses et mes nuits moins hantées. Quand je viens à la Villa, quand je passe une soirée avec vous, j'ai l'impression d'être... comme tout le monde.

Il lui restait encore une confession :

— Enfin, j'aime votre petit garçon. Il représente pour moi l'enfant que je n'ai jamais été, et l'enfant que je ne pourrai, bien sûr, jamais avoir. J'aurais souhaité qu'il devînt mon disciple.

Il se tut, et mon père attendit qu'il reprenne. Le jeune professeur avait baissé la tête pour dissimuler les larmes qui avaient commencé par faire leur chemin sur son masque.

— Je sais qu'à la seconde où ce garçon quittera le lycée et cette ville, il m'échappera, et je ne pourrai plus influencer l'évolution de son esprit, comme j'aurais désiré le faire. Il n'empêche : son avenir passe avant mon affection pour lui, avant la satisfaction de mon égoïsme.

— Il est nul en maths, lâcha mon père, plutôt pour faire diversion devant la tristesse et la gravité de l'instant.

Sam eut un rire de dérision, presque condescendant à l'égard du pater familias à cheveux blancs.

— Mais monsieur, dit-il, ça n'a aucune importance d'être nul en maths ! Aucune !

Mon père, qui s'en voulait d'avoir prononcé une phrase aussi ordinaire, se sentit en position d'infériorité vis-à-vis du jeune professeur. Alors, il fut animé par un mouvement de compassion. Il le trouvait touchant et intelligent, désarmant dans sa vérité et sa clairvoyance.

— Mais vous, Sam, dit-il, vous dans tout cela ? Vous êtes si jeune ! Si vous croyez sincèrement que Paris représente l'objectif suprême, qu'attendez-vous pour y monter, vous aussi, et y exercer votre magistère ?

— Je ne peux pas quitter ma grand-mère, répliqua Sam sans attendre.

— Allons, fit mon père, elle n'est pas immortelle.

Sam balaya les hypothèses d'un revers de la main. Sa voix se fit amère, lucide.

— Ma place est ici, monsieur. Je suis une de ces petites monstruosités de province qu'il vaut mieux ne pas exposer trop souvent au soleil de la Capitale.

Comme tous les provinciaux, il avait mis une majuscule au dernier mot — La Capitale ! — et avait, grâce à cela, retrouvé quelques-unes des assonances avec lesquelles il faisait ses numéros habituels. Mon père crut bon de ne pas insister.

— En tous les cas, je vous remercie beaucoup, Sam, dit-il.

— Je suis votre obligé, répondit l'autre en se levant.

Il oublia de tirer sa parodique révérence et vint spontanément vers mon père qui avait traversé la pièce. Les deux hommes se donnèrent l'accolade. Sur l'épaule de mon père, Sam, silencieusement, rentrait les restes de son chagrin en lui-même.

A cinquante-sept ans, alors qu'il avait cru pouvoir définitivement replanter ses racines dans ce pays d'où il était parti, et où il était revenu, mon père se voyait contraint de méditer les paroles du jeune professeur de lettres. Elles l'avaient d'autant plus frappé qu'il avait, avant même que Sam ne vienne ainsi définir l'obligation d'un choix, de plus en plus conscience du problème que lui posait l'avenir de ses enfants. Il avait voulu les protéger du conflit dans lequel allait plonger le monde et il y était en grande partie parvenu ; maintenant que la paix avait passé sur tout cela, laissant derrière elle la rumeur et la peur de la guerre, et que les « petits grandissaient », la perspective d'avoir tout à refaire — à reprendre le chemin à l'envers ! — s'imposait de manière inévitable.

Il marchait de long en large sur la terrasse qui dominait les sept peupliers qu'il avait fait planter par orgueil et par amour, et les coteaux de vergers descendant en douceur vers les prés et la rivière — ce paysage propice aux rêveries et à l'élaboration des quelques essais littéraires qu'il croyait porter en lui et qu'il avait espéré mener à bien, dans un état de semi-retraite, puisque, pour les hommes de sa génération, cinquante-sept ans, son âge, pouvait représenter la fin d'une vie. Mais le destin de ses enfants commandait aujourd'hui le sien. Quelque chose le poussait, qui devrait vaincre toutes les résistances de sa paresse, son égoïsme et sa fatigue.

Car il se disait paresseux, alors qu'il appartenait à une génération tenace, respectant l'effort et la discipline, cette génération que l'on disait d'acier, qui avait survécu à deux guerres mondiales, était née avant le siècle avec les voitures à bras et venait d'apprendre que la fission de l'atome pouvait réduire la planète en un désert de cendres et de ruines.

Car il se disait égoïste, alors qu'il avait, toute sa vie durant, ouvert ses bras et sa porte aux orphelins, aux réprouvés, aux solitaires et aux asociaux.

Car il se disait fatigué, alors qu'il allait, en l'espace d'un mois, vendre tous ses biens, fermer son cabinet, acquérir un appartement à Paris, y ouvrir un bureau pour rechercher la trace de relations évaporées d'avant la guerre, et se voir obligé de quémander, et démarcher de nouveaux clients, comme un jeune débutant; enfin, toutes ces choses faites, organiser le déménagement de sa femme et de ses enfants, livres et meubles, afin que son petit monde, éberlué et déboussolé, assommé par un tel changement, se retrouve en état de fonctionner, au premier matin de la prochaine rentrée des classes.

37

Nous quittâmes la Villa, le jardin, les arbres, la petite ville et le pays, en deux groupes distincts. L'un par le train, l'autre en voiture, dans la Peugeot 403, dite Peugeot Familiale, avec une galerie chargée de valises sur le toit.

Je faisais partie de ceux qui prirent le train.

Ceux qui partirent en voiture racontèrent qu'à la dernière minute, alors qu'on s'était engagé dans le chemin central de gravier menant vers la grille d'entrée grande ouverte, tous les passagers s'étaient retournés et avaient regardé en arrière. Mon père lui-même avait les yeux plus rivés sur le rétroviseur qu'occupé à surveiller le virage qui s'amorçait devant lui. Personne ne parlait. Ma mère s'écria :

— La jarre !

Les déménageurs avaient tout emporté sauf l'énorme jarre orange et jaune, l'inamovible objet aux mystérieuses origines dont j'avais pensé qu'il renfermait les clés de notre bonheur et de l'équilibre qui avait régi notre univers. Elle trônait au milieu du gravier, inchangée. Les années et le travail des saisons n'avaient aucune prise sur sa forme et ses couleurs, pas plus que le passage des Allemands et leurs beuveries nocturnes.

— Laissez, dit mon père, qui avait cependant ralenti la conduite de la voiture, avait mis le moteur au point mort, et semblait incapable de franchir le seuil pour s'engager sur le chemin du Haut-Soleil qui descendrait vers la route départementale, laquelle mènerait à la route nationale, laquelle mènerait jusqu'à Paris. Laissez, répéta-t-il, nous n'aurions jamais pu la caser nulle part, là où nous allons.

Alors il y eut un autre cri, venu d'Antoine, sans doute :

— Le sac !

Mon père et ma mère échangèrent un regard. Ils avaient oublié le petit sac en daim d'Okazou que le diamantaire juif avait enterré un soir, avec mon père, au pied des peupliers, et qui aurait dû servir à financer les besoins des réfugiés juifs. Finalement, mon père n'avait pas jugé utile d'exploiter le contenu du fameux sac. Okazou, le spirituel et pittoresque Norbert Awiczi, devenu l'exilé défenestré par des nazis dans un palace de la Côte basque, ne reviendrait jamais chercher son bien. Mon père dit alors pour la deuxième fois :

— Laissez.

Et il ajouta :

— Cet argent n'appartient à personne. Il est très bien là où il est.

Puis il se décida à embrayer pour passer en première vitesse et repartir de l'avant, abandonnant le sac, comme le reste, sous la glaise du coteau, avec les fantômes des martyrs disparus, les illusions, les souvenirs, les regrets, et quand il eut trouvé la force de regarder à nouveau dans le rétroviseur, la vision de la grande maison blanche au toit de tuiles rouges et aux volets verts s'était évanouie.

38

Ceux qui prirent le train furent conduits à la gare par l'Homme Sombre, qui avait rarement autant que ce matin-là mérité son romanesque surnom.

Il bougonnait des mots incompréhensibles, parsemés de quelques jurons, avait collé une Boyard gros module en papier maïs entre ses lèvres pour dégager suffisamment de fumée afin de masquer sa colère et sa tristesse. Il en voulait à son ami d'avoir pris la décision d'une telle rupture et de remonter sur Paris ; il savait déjà à quel point leurs soirées en tête à tête lui manqueraient, et cette fraternelle entente qui les avait réunis et leur avait permis de traverser les temps de l'Occupation dans un état de danger, d'exaltation et, grâce à l'exercice de leur ironie critique perpétuellement renouvelée, qui les avait protégés de toutes les vanités et leur avait évité quelques erreurs. Il ne partageait pas l'analyse de mon père. Son orgueil de paysan reprenait le dessus :

— Est-ce vraiment si dégradant que cela de prolonger ses études en province ? Qu'est-ce que tu crois que tu vas trouver là-bas ? Tes enfants auraient tout aussi bien pu faire leur vie ici, quitte à choisir eux-mêmes, plus tard.

Mon père avait voulu protester, mais son ami Paul ne lui avait pas laissé le temps de répondre :

— Et tu te vois, toi, à ton âge, avec ces saligauds de Parisiens, ces escrocs, ces minables ? Mais tu vas dépérir, mon petit, tu vas y perdre ton âme ! Tu fais ce que tu veux chez toi, chez nous, ici dans la région. Là-bas, il va falloir que tu reprennes tout à zéro. C'est de l'ascétisme, putain con !

— Arrête, avait chuchoté mon père.

Le courroux de son ami avait atteint son comble :

— C'est ce petit eunuque de Sam qui t'a embobiné ! ce znob !

Puis, ronchonnant, il avait dit :

— Enfin, tu fais ce que tu veux. Tes enfants seront toujours les bienvenus pour tremper leurs chaussures de citadins dans la bouse de mes vaches et pour respirer l'odeur de ma vigne et de mes Causses.

Il avait brusquement abandonné sa querelle. Il sentait que mon père avait, comme par le passé, assez pesé le pour et le contre et ne s'était pas déterminé sans être convaincu qu'il s'agissait pour lui d'un sacrifice ; aussi respectait-il sa décision et s'inclinait-il devant une telle abnégation.

Mais ce matin-là, sur le quai de la gare, le beau visage buriné et rebelle de ce personnage dont la voix, le rôle, la présence physique, le verbe, avaient tant occupé mon enfance, reflétait une irritation chagrine qui venait contrarier notre agitation et notre impatience. Car si nous étions inquiets, ignorants et vaguement mélancoliques, nous étions aussi avides de découvrir un nouvel horizon, fiers de « monter à Paris », curieux de l'inconnu et de ses promesses. A la fois terrorisés et ravis, au milieu de ce tournant de nos existences.

— Embrasse-moi, pitchoun, me dit l'Homme Sombre en m'attirant contre son corps trapu, sa poitrine d'haltérophile. Et fais bien attention aux petites Parisiennes. Elles sont plus redoutables que tes fiancées du Jougla.

On entendit un cri, un appel flûté, la voix facilement reconnaissable de Sam :

— Les enfants ! Les enfants ! Juliette !

Il arrivait en courant. Il paraissait avoir du mal à franchir les quelques mètres qui le séparaient de notre groupe, comme si le volume de son être n'était pas assez dense pour fendre l'air du matin ; une chemisette blanche au col trop pointu voletait sur ses épaules rachitiques. Il s'arrêta à notre hauteur, essoufflé et congestionné, l'œil mouillé, la réjouissance et la désolation luttant l'une contre l'autre sur son visage ingrat.

— Tiens, voilà le znob, maugréa l'Homme Sombre qui fit un pas en arrière pour contempler les effusions dont nous allions être les objets.

Car il l'avait baptisé znob, dès sa première rencontre avec notre « Ecornifleur ». Nous avions appris le sens du mot grâce aux explications paternelles, mais compris qu'on pouvait lui donner diverses significations et que s'il était, dans la bouche de l'Homme Sombre, méprisant et péjoratif, il devenait un patronyme flatteur pour le jeune professeur de lettres toulousain. Car, lorsque nous nous gaussions gentiment de lui, et tentions d'imiter ses attitudes maniérées, ses citations et références, il répondait à la cantonade, autant à notre intention qu'à celle de l'Homme Sombre, dont il aurait voulu gagner la confiance et l'estime :

— Le snobisme est un véhicule qui sert à faire avancer les idées nouvelles. Même si ce sont des idées mineures.

Nous nous taisions, désarmés, devant une autodéfense aussi péremptoire. Mais maintenant, à l'heure des au revoir, Sam avait perdu faconde et superbe. Juliette, qui avait été nommée responsable de notre petit groupe jusqu'à l'arrivée, au lendemain, en gare d'Austerlitz, lui en fit la remarque :

— Vous en faites une drôle de tête, mon pauvre Sam.

— C'est que je suis partagé, ma chère jeune fille, répondit-il. Je me félicite de vous voir vous envoler vers la gloire et les honneurs, mais je ne me console pas de perdre votre compagnie.

L'Homme Sombre fit quelques pas en avant pour intervenir de manière abrupte :

— Eh bien au moins, lui dit-il, ils pourront en manger, là-bas, du « contemporain », votre contemporain, monsieur Sam. Des contemporaconneries, oui !

Sam voulut l'ignorer. Il s'ébroua, fit des grimaces, chanta une ritournelle (« *Un petit voyage sentimental* »), il distribua des bonbons, quelques violettes et bleuets achetés chez le fleuriste à côté de la gare, et me tendit un exemplaire d'un livre mince, naïvement illustré, dont le titre ne me disait rien : *Le Petit Prince*.

— Tiens, me dit-il. Tu pourras lire dans ce livre ce que je n'ai jamais su te dire sur l'amitié. Lis bien le passage sur la fleur et sur le renard, et écris-moi.

Nous nous embrassâmes, avec larmes et émotions.

Le train arrivait en provenance de Toulouse, gris,

vert et noir, long et poussif, bruyant, envahissant d'un seul coup notre champ de vision, modifiant le décor dans lequel nous avions commencé de nous figer. Je venais de ressentir pour la première fois cette forme particulièrement intense d'angoisse qui vous prend dans les gares, et peut saisir aussi bien les enfants que les adultes, les plongeant dans un état de culpabilité et de crainte. Les sons, les odeurs, la symétrie inhumaine du dessin des rails, les couleurs uniformes m'avaient-ils rappelé que c'était de ce même quai qu'étaient partis, pour ne plus jamais revenir, Monsieur Germain et ses semblables ? Et n'était-ce pas sur ce même ciment impersonnel et dans ce même paysage horizontal, que Madame Blèze avait pris son congé de la province, sans avoir trahi le secret qui la liait au petit garçon trop salace, au vilain briseur de vase que je resterais à ses yeux ?

— Tu m'écriras, mon carissime, répétait Sam.

Puis, aux autres frères et sœurs :

— Vous m'écrirez, n'est-ce pas ? Vous m'écrirez ?

Pour le consoler, nous disions :

— Tu viendras nous voir à Paris.

— Non non, répondait-il. C'est moi qui vous recevrai à Toulouse, chez ma grand-mère.

Enfin, dans un dernier élan comique, il cria :

— Attention les enfants, ne vous penchez pas à la portière. « E pericoloso sporghersi ! »

Il n'avait pas pénétré dans nos vies depuis longtemps — à peine un peu plus d'un an — et cependant nous nous étions attachés à lui et il avait trouvé chez nous ce qui lui avait manqué jusque-là. Aussi bien avions-nous quelque peine, maintenant que nous étions montés dans le wagon et qu'après avoir posé nos baluchons et nos bérets sur les bancs de bois du compartiment, nous le regardions de haut, par-delà la vitre baissée, agitant sa main sur le quai, à nous imaginer que les samedis et les dimanches se passeraient sans lui, ses blagues et ses déguisements, sa pédagogie subtile et entraînante, qui était venue se greffer sur l'exemple et l'éducation fournis par nos parents.

Un peu en retrait, adossé au mur de briques rouillées, l'Homme Sombre agitait aussi sa main, de façon moins folle et mélodramatique que le jeune homme, mais son au revoir me bouleversait autant. Et peut-être plus : sa silhouette imposante s'était imprimée dans ma mémoire infantile.

Il avait symbolisé les mystères qui régissent l'existence des grandes personnes. Il avait repéré ma sensualité, ma curiosité, il m'avait guidé dans certains chemins. Je l'avais admiré et adulé, comme un autre père. Je l'avais accompagné le long des châtaigniers et dans l'odeur de la Causse crayeuse, à la recherche de lièvres et de truffes. Il évoquait pour moi le raisin et les canards, les ajoncs, les gardons et les corbeaux, les roseaux et l'odeur du tabac Caporal. Il se mêlait à son image une indéfinissable initiation aux choses de la chair et du sexe. Il m'avait appris à faire des ricochets sur les étendues laiteuses et liquides de l'Aveyron en y lançant, le corps courbé en arrière, les jambes arquées et le coude arrondi, des cailloux plats et gris que nous avions sélectionnés au pied des falaises à pic qui surplombent ces vallées inconnues et heureuses. Mes parents avaient eu beau me répéter que nous nous reverrions tous à l'été prochain, et de fait, je devais encore et souvent revoir l'Homme Sombre et ses proches, il m'arrivait cette chose inédite pour ma sensibilité en proie à une mutation irréversible : je craignais de ne plus retrouver le même homme, puisque je pressentais obscurément que je ne serais plus le même petit garçon.

Le train s'ébranla, et tout un monde d'habitudes, de rites et de mythes resta sur le quai de la banale petite gare, avec ceux qui m'avaient aidé à construire ce monde et ses murs protecteurs qui venaient de s'écrouler sur un simple hurlement de locomotive.

39

Caussade, Cahors, Brive, Uzerche, bientôt Limoges.

Un parfum musqué de Gascogne, une teinte ambrée de Guyenne, une brume bleutée de Quercy, une obscurité rougeâtre de Périgord.

C'est seulement après que le train eut franchi ces villes et ces régions pour s'apprêter à quitter ce qu'un écrivain britannique a eu la grâce d'appeler « le cercle enchanté du sud-ouest de la France » qu'il me vint une forte impression de mélancolie. Je ne réussissais pas à la comprendre, partant à m'en guérir.

On n'a pas l'habitude de dire adieu à quoi que ce soit à l'âge qui était le mien, et j'ignorais que « la montée à Paris » pût être l'occasion de ma première blessure de nostalgie, ce moment implacable où un événement vous arrache à quelque chose que vous aimiez et dont vous aviez eu la faiblesse de croire que cela durerait toute la vie. Cette minute, parfois cette heure, où se forme le sédiment de votre « temps perdu ». La signification de cet instant fatal m'échappait mais, en réalité, il s'agissait bien de cela, et comme je ne savais pas le dire, encore moins l'interpréter, c'était le train qui, par son seul mouvement, le faisait à ma place et disait adieu en filant à travers les paysages de mon enfance.

Adieu au chant des sept peupliers sous le vent du soir ; aux cris des gamins jouant à se pousser dans le dos, sur les gradins blancs de la boueuse piscine municipale des « Mouettes » ; aux festins de mûres ; aux gestes silencieux des paysans déroulant leurs saucissons, grattons en pots, boudins et confits, sur les toiles bâchées des tréteaux du marché couvert de la place de Cazes-Mondenard ; aux aboiements des chiens courant dans le fond de la vallée du Tescou ; aux baisers volés sur les joues des petites filles du Jougla ; aux platanes et aux cèdres ; au son feutré et rassurant des semelles de corde des espadrilles de mon père faisant sa dernière ronde sur le carreau des couloirs pour vérifier que sa marmaille est endormie ; au crincrin du phono qui joue « Maria de Bahia » et « Qui sas » et reproduit la voix melliflue d'André Claveau chantant « Il pleut sur la route » ; au réveil, quand la voix pure et juvénile de ma mère entonnait « Il est né le divin enfant » et que nous accourions dans nos robes de chambre pour faire semblant de découvrir l'appareil de projection Pathé-Baby grâce auquel on pourrait voir les exploits de Harold Lloyd ou Laurel et Hardy, mais que nous avions déjà reconnu dans la nuit, chenapans insomniaques qui ne voulions plus croire au Père Noël ; au goût du sang dans la bouche quand le plaquage était trop violent et que, de l'herbe et du sable dans les narines, j'avais du mal à me relever pour affronter les rires froids des

313

spectateurs mâles ; aux orgies de cerises et de guignes mangées à même l'arbre, assis à califourchon sur la branche principale, sans avoir le temps ou l'envie de recracher le noyau, et aux délectables indigestions et coliques qui s'ensuivaient et nous faisaient dorloter par les femmes de la maison.

Les cuillères d'huile de foie de morue ingurgitées par les élèves dans la cour du petit lycée ; la jaunisse du professeur Furbaire provoquée par la présence d'une couleuvre qui s'était enroulée autour de son ventre au cours d'une chasse — le reptile avait glissé par les bottes et, monté à l'intérieur du pantalon jusqu'au bassin du professeur, s'était enroulé comme une ceinture autour de son ventre et le pauvre homme ne s'en était aperçu qu'au soir en se déshabillant ; le pas aisé de l'officier allemand qui monte, comme s'il était chez lui, la tasse de café à la main, vers la chambre occupée par son supérieur, violeurs impardonnables de notre univers sacré ; la détresse dans les yeux des petites filles juives qui passaient la nuit dans la buanderie et qu'on ne revoyait pas au matin ; le ténor Cajabou, prétendant pathétique à une carrière lyrique, venant massacrer du Verdi le soir, à la veillée, dans notre grand salon, sous les yeux des voisins ébahis, exceptionnellement invités par nos parents ; le cri des oies ; un vol de perdreaux au-dessus du plateau calcaire du Margoulliat ; le goût des pêches blanches et des figues vertes, des coings à la peau dure dont les fibres s'infiltraient entre nos dents agacées ; les biscuits de fabrication locale, saveur d'amandes et de froment, saveur perdue que tu ne retrouveras pas ! L'odeur des Najas, des Baltos, des Salâmmbos, toute de miel et de poivre, les premières cigarettes clandestines, odeurs du

314

tabac de Maryland et de Virginie; les parties de plante-couteau dans le carré d'herbe le plus moelleux du grand jardin; la pêche aux lamprillons dans les rivières; les pendus, les martyrs, les déportés et les victimes, les salauds et les inertes; les arlequins et les masques; les pantins et les héros. Et la terre, l'odeur, le toucher, la couleur de la terre!

Et qui pourrait dire à ce petit garçon au nez écrasé contre la vitre, aux yeux vides dans l'attente de la grande ville, que toutes les choses qu'il saurait ou croirait savoir plus tard, il en avait déjà, là, appris l'essentiel, avant douze ans?

40

— Au tableau !

Les deux mots redoutés semblent revenir à une cadence anormale. A chaque fois, il faut s'extraire de sa chaise, marcher jusqu'à l'estrade, s'y tenir droit, faire face à la salle de classe, selon l'ordre donné par le professeur (« Regardez vos camarades, ne me regardez pas ») et répondre à des questions ou se taire, si l'on ne sait pas :

— Au tableau !

On dirait que mon nom est le plus souvent cité et que la classe tout entière n'a attendu que cette minute, pour me voir silencieux, hésitant, ignare, ou mieux encore pour m'entendre livrer mes maigres connaissances, avec ce terrible « accent du Midi » qui déclenche les sourires dédaigneux, les rires mal étouffés, les contorsions apitoyées. A peine ouvré-je la bouche qu'un murmure parcourt les rangs, un frémissement s'annonce, comme une vague qui ondule. Et la panique m'atteint.

— Silence ! Laissez répondre le malheureux !

Tout a changé, et ce qui semblait simple et facile prend les allures d'une compétition insurmontable à

316

laquelle rien ni personne ne m'a préparé. Comme si, chaque jour, il fallait passer un examen.

Là-bas, autrefois, dans le petit lycée de la petite ville, j'avais le sentiment de flotter au-dessus des élèves de mon âge et je me moquais sans méchanceté de l'épaisseur de leur accent, aussi gras qu'une tranche de lard, aussi lourd que les sabots de leurs pères. Nous partagions avec mes frères et sœurs un sentiment inavoué de supériorité, la conscience d'une différence entre nos camarades et nous. Mais voici que ce qui servait de prétexte à nos jeux et nos imitations se retourne contre moi. Je suis devenu l'acteur central de cette comédie cruelle dont jusqu'ici j'avais été un observateur détaché et suave. Que se passe-t-il ? Je parle comme un plouc, un « petit provincial », un « connaud ».

Tout a changé : ceux qui sont censés nous instruire, les professeurs, ne m'appellent pas par mon prénom. Je ne sais pas où ils habitent. Ils disparaissent par le métro, l'autobus, à peine puis-je les reconnaître quand je les retrouve quelques jours plus tard. Je ne les rencontre pas chez le boulanger ou sur le chemin qui mène à notre domicile. Mais la distance, cet aspect impersonnel de ma relation avec eux, ne me heurterait pas tant si je trouvais quelque réconfort, chaleur et complicité auprès de ceux que les professeurs appellent, à tort, mes « camarades ». Je les envisage plutôt, dans un premier temps, comme des adversaires, des étrangers.

Ils ne s'habillent pas comme moi. Ils sont en pantalon, certains portent des cravates, des écharpes, des manteaux croisés. Ils parlent plus vite, plus dense, j'ai l'impression qu'ils le font exprès afin que je ne suive pas le fil de leurs propos. Leurs voix gouailleuses et averties me poursuivent lorsque je remonte la rue vers notre appartement, pas loin du lycée. Je rentre seul, car mes horaires ne correspondent plus à ceux de mes frères et sœurs, et de la même manière, nous ne partons plus en groupe le matin, dans notre fière armada vélocipédique. D'ailleurs, nous ne faisons plus de vélo. Antoine qui est en hypokhâgne, Juliette qui emprunte le métro pour aller au lycée Molière avec ses deux sœurs, les jumeaux qui ne fréquentent pas la même cour que la mienne, partent chacun de leur côté. Et si nous prenons tous nos repas ensemble, je ne ressens plus cet exaltant sentiment d'une petite communauté en route vers le même lieu, les mêmes expériences.

Nous parcourons seulement quelques mètres jusqu'au Rond-Point. Là, les jumeaux descendent la rue de Longchamp puisqu'ils ont le droit de passer par la porte des grands, tandis que je suis obligé de contourner l'établissement par la rue Decamps pour accéder à la seule entrée qui me soit autorisée, dans l'avenue Georges-Mandel. C'est un immense établissement, je m'y suis déjà perdu plusieurs fois, tout en pierre, en gris, en noir, en poutres métalliques, avec des cours au sol cimenté ; pas vraiment moderne, mais urbain, vaste et sans chaleur, souvent vide.

Il ressemble aux rues du quartier et à ce que je découvre de la grande ville : mêmes couleurs, même absence de vert, de bleu, de terre. Où est passée l'argile ? L'a-t-on recouverte d'une inépuisable chape de goudron et aura-t-elle une chance de surgir quelque part ?

Quand j'arrive devant la grille, les « camarades »

sont déjà là. Ils me regardent avec le même air que je leur vois lorsque je souffre sur mon estrade, cet air que je ne peux définir autrement que comme un regard de juge, de sentinelle, de guichetier d'octroi. Le regard malin de celui qui en sait plus que vous, l'initié, qui appartient à l'intérieur du cercle, possède les codes et les clés. Et détient le droit de vous attribuer une note, vous accepter ou vous rejeter. Ils jaugent le petit provincial, attendant qu'il prononce sa première naïveté de la journée, avec son accent ridicule et cette lenteur tranquille dans le geste et la démarche, et leur attente augmente ma gêne.

Avec le temps, je vais me corriger, me défendre, me ramasser sur moi-même, et j'enfermerai peu à peu ce qu'il me restait d'enfance pour rattraper mon retard sur eux, leur vivacité, leur salacité, leur propension à l'oubli, l'infidélité, à la conjugaison des ambivalences du cœur ou des prétentions de l'esprit. Je serai un jour aussi « parisien » qu'eux et ils ne se moqueront plus de moi, pas plus que les loufiats dans les bistrots, les tenanciers derrière leur zinc, n'auront la tentation de parodier mon accent ou mon allure.

Ils finiront par m'inclure dans leurs jeux de billes, puis leurs jeux de mains, puis leurs jeux des corps ainsi que leurs jeux des intelligences et lorsqu'ils m'inviteront chez eux, dans de grands appartements situés dans les rues solennelles, tristes et vides, froides et sombres du XVIe arrondissement des années 47, 48 et 49, je conserverai le même sentiment de ne pas appartenir tout à fait à leur espèce. Trop innocent encore pour voir que la majorité d'entre eux provient aussi d'une autre ville, région ou province, que ce Paris dans lequel ils ont, comme et avant moi, tant désiré se fondre, je continuerai de sentir le poids de leurs regards et me comporter comme si je devais faire mes preuves, rendre des comptes. Ils me présenteront à leurs mères sur un ton d'excuse, honteux d'avoir amené un balourd de mon acabit en leur cercle familial où tout me paraît plus organisé et installé, plus polissé que chez moi. Les mères me regarderont, l'œil amusé, les pères me détailleront, impassibles. Je m'attacherai à séduire les sœurs.

Et je me demanderai sous les lustres de la rue de Passy, sur les tapis de l'impasse du Ranelagh, dans les salons de la rue de la Faisanderie, les couloirs du square de l'Alboni, ou les ascenseurs de la rue Vineuse, pendant combien de temps encore la vie à Paris ressemblera à un perpétuel examen de passage, et à quel âge, quelle date, je cesserai d'entendre la convocation comminatoire :

— Au tableau !

Et combien de victoires il me faudra remporter sur les autres, mais surtout sur moi-même, avant de ne plus me lever de ma chaise pour répondre à l'interrogation de mes contemporains.

41

Autant la vie quotidienne au lycée m'apparut, dans un premier temps, contraignante et misérable, autant la découverte de certains lieux parisiens occupa mes loisirs, suscita mon plaisir, et finit par avoir raison de mes dernières réticences provinciales.

Comme un chat qui, transplanté dans une maison nouvelle, identifie son territoire par une méthode d'élargissement progressif des cercles qu'il trace autour, puis au-delà des murs, j'entrepris, seul ou avec mes frères, l'exploration de mon quartier, puis de ses zones limitrophes. A mesure que j'avançais, ma fascination augmentait pour cette ville aux mystères inépuisables, qui possédait un sous-sol traversé par des trains, et dont les lumières artificielles éclairaient des boulevards que l'on appelait Grands.

C'est ainsi que, parti du Trocadéro et de l'avenue Raymond-Poincaré, nous en vînmes à la systématique reconnaissance de cette percée magique à travers les pierres, l'avenue royale : les Champs-Elysées !

Nous avions aimé griller des Gauloises vertes en cachette dans les souterrains opaques de l'Aquarium du Palais de Chaillot ; nous avions essuyé nos pantalons sur les chaises en osier blanc et or de la terrasse du Scossa, place Victor-Hugo ; nous avions écouté un monsieur tout habillé de marron chanter au théâtre de l'Etoile, dans la vertigineuse pente de l'avenue de Wagram et, à la sortie de ce spectacle, nous avions dégusté un café liégeois sur les tables hautes de la Maison du Brésil ; nous avions repéré des prostituées qui montraient leurs chevilles dans le haut de l'avenue Carnot ; nous avions respiré la fumée des étalages des marchands de marrons qui se mêlait à la bouffée de cette « odeur du métro » qui nous charmerait pendant tout un hiver, puisqu'elle était une odeur indéfinissable, sans référence, entièrement artificielle, étrangère à tous les effluves au milieu desquels nous avions grandi et vécu. Nous avions aimé tout cela et bien d'autres sensations encore, mais rien ne retenait autant notre intérêt que la majestueuse perspective des Champs-Elysées.

Comme ils étaient beaux, à l'époque ! et comme nous aimions remonter et descendre leurs vastes trottoirs vierges de toute voiture. Etre passés de l'étroite rue Delarep de notre petite ville à cette coulée lisse, large et variée, nous remplissait d'orgueil. Par temps de brume, on se demandait parfois si, au bout, il n'y avait pas la mer.

On arrivait du XVIe par l'avenue Kléber et l'on entamait la descente, côté droit, quand on tourne le dos à l'Arc de Triomphe. On s'arrêtait obligatoire-ment à la hauteur du « Pam-Pam » pour contempler les belles clientes de ce café rendu célèbre par trois chansonnettes et deux échos dans les journaux. Le nom sonnait avec insolence, comme un défi lancé par les jeunes oisifs qui y avaient élu domicile avant la fin de l'Occupation. En face ou presque, côté gauche, dans une rue perpendiculaire, à quelques mètres des Champs, une autre buvette semblait attirer la curiosité et provoquait l'envie et la spéculation : « Le Val d'Isère ». A eux deux, ces établissements représentaient pour les provinciaux mal dégrossis que nous étions encore le comble de l'élégance, le réceptacle des vrais comportements parisiens. On y voyait des visages bronzés, des hommes portant foulards, des femmes en robes à fleurs, des moustaches fines, des poitrines surgissant de soutiens-gorge à balconnets. Mais j'étais encore plus séduit par le Passage du Lido.

Cette galerie béante au milieu des immeubles d'où paraissait jaillir une foule cosmopolite, et où semblait grouiller une vie faite d'échanges, de commerces, de bruits, d'allées et venues que j'imaginais régulées par une invisible horloge ordonnant le flot de l'activité humaine, symbolisait plus que tout autre endroit, la complexité, la dangereuse mais captivante existence à Paris.

J'éprouvais un tel étonnement devant le Passage qu'il me fallut plusieurs tentatives avant d'oser y pénétrer. Je restais devant son ouverture, muet, incapable de m'enfoncer dans cet univers qui ne voyait jamais la lumière du jour et où m'attendaient peut-être des escrocs, des pickpockets, des femmes sans pitié, pourquoi pas des kidnappeurs ? Puis, je m'enhardis. Et ce qui me frappa ne fut pas tant l'accumulation de magasins, l'espace réservé où l'on pouvait consommer, debout, des concoctions aux noms étranges, les vitrines pleines de sous-vêtements féminins ou de disques exportés de continents lointains, que plutôt le mouvement même : la constante déambulation d'hommes et de femmes, dont les visages et les tenues, les silhouettes et les voix appartenaient à des catégories sociales ou ethniques si diverses et si contrastées que j'en vins à la conclusion que nous touchions là au cœur de Paris. Et je crus pendant longtemps que l'œil du cyclone, le noyau central de la capitale se trouvait dans ce Passage où l'on pouvait — ô merveille ! — faire cirer ses chaussures, boire du lait au sirop de fraise, reluquer les jambes et les hanches de dames tapageuses, entendre les échos d'un enregistrement de Duke Ellington ou de Jacques Hélian et, si l'on avait beaucoup de chance ou si l'on était très patient, admirer la silhouette du fabuleux Jimmy Gaillard.

On savait qu'il venait régulièrement, à l'heure de l'apéritif du soir, siroter un verre et serrer des mains au bar du Lido, un espace étroit fait d'un seul comptoir et de huit tabourets, situé dans l'entrée de la galerie, juste après le battant des portes de verre qui permettait d'accéder à l'univers troglodyte.

— Viens, c'est l'heure, me disait mon frère, on va aller voir Jimmy Gaillard.

Et de même que certains se déplaceront pour admirer le coucher du soleil sur la dune ou la traversée des troupeaux d'éléphants dans les savanes, nous allions observer cet animal singulier dont nous avions décidé qu'il était paré de toutes les caractéristiques du chic parisien et qui nous permettait de continuer, pour encore quelque temps, à remplir les pages de notre Album.

Jimmy Gaillard ! Etait-ce le nom — cette audacieuse conjonction d'un prénom anglo-saxon avec un patronyme fleurant bon le terroir —, était-ce son allure, ou son choix d'apparaître ainsi à heure fixe, au cœur du cœur de la capitale, qui avait classé ce personnage au premier rang de nos ébahissements ?

Il avait été chanteur et danseur de claquettes dans l'orchestre de Ray Ventura. Des cheveux bruns, recouverts de couches de gomina, les traits épais et avantageux, de taille moyenne, il portait un rutilant blazer de drap rouge à boutons dorés avec des chemises à col anglais et des cravates aussi minces qu'un lacet de chaussure. Certains jours, il modifiait sa tenue et optait pour un blazer bleu marine, mais le reste ne changeait guère. Il souriait aux passants qui faisaient mine de le reconnaître et tendait les doigts courts de sa main carrée à qui voulait bien la prendre pour la secouer. Il s'absorbait dans de longues conversations avec le barman en tenue blanche qui lui ressemblait comme un frère, mêmes manières, même sourire insipide, ainsi qu'avec le portier de la boîte de nuit dont l'entrée était contiguë à cette aire du Passage. Puis il repartait vers on ne sait quel rendez-vous ; nous l'imaginions absorbé par des intrigues multiples et sophistiquées ou par la négociation de contrats compliqués ; il avait des chaussures vernies, à boucles dorées, sans doute pour compléter l'effet produit par les boutons du blazer.

Un jour, le bonhomme, ainsi que l'environnement dans lequel il gravitait, nous parut soudainement dépourvu d'intérêt et nous traversâmes la Seine pour voir à quoi ressemblait sa rive gauche, vers laquelle d'ores et déjà notre frère aîné avait porté ses pas. Et si je ne peux préciser au bout de combien de séances d'intense observation de Jimmy Gaillard et de ses atroces blazers, nous décidâmes qu'il était insignifiant,

comique, voire vulgaire, je suppose que nos yeux se
dessillèrent à peu près dans le même temps que nous
étions en train de perdre la dernière trace de notre
accent du Sud-Ouest.

42

Sur la droite de l'Avenue, en bas, il y avait une grande et unique salle de cinéma : Le Marignan. Devant la salle, s'étendait une file de clients. La file était longue, rectiligne et ordonnée, allant jusqu'à la courbe du trottoir qui marque le début du Rond-Point. Je n'avais jamais vu autant de gens immobiles, deux par deux, attendant pour payer le droit d'assister à un spectacle.

Comme j'étais mince et agile et que j'avais appris, grâce aux garçons — qui n'étaient plus les « camarades » narquois de mes premières semaines, mais des « copains » — à pratiquer ce qu'ils appelaient la resquille, je me glissai entre les deux premiers couples en tête de la file et entrai derechef.

Le film en noir et blanc s'intitulait *Quai des Orfèvres*. Il me laissa pantois. Il montrait des êtres avides et violents, animés par la jalousie, les pulsions sexuelles ; des solitaires à la recherche d'un substitut pour leur manque d'amour et d'amitié ; un monde glauque et obscur, un monde de nuit, de pluie, de pierre et de huis clos ; du rire qui tournait à la dérision ; des atmosphères de bistrots enfumés ; du réalisme, de la viande et du sang ; des personnages outrés ou falots, des flics ou des cocottes ; un assassin, des comparses pathétiques, une humanité peinte sans espoir et sans charité, vue par un chirurgien des âmes, un expert en turpitudes.

La salle, pleine à craquer, vibrait au spectacle de cette dissection talentueuse, racoleuse, impitoyable. C'était la première séance du premier jour de l'exploitation commerciale de ce film et je ne l'avais pas su. Il passait, parmi les sièges, des frissons successifs de plaisir, d'effroi, et ce silence que seuls savent susciter ceux qui maîtrisent d'une main de fer la conduite de leur récit. Jouvet imposait sa saccade et sa tristesse désabusée, jouant au cynique pour dissimuler son besoin de tendresse ; Blier déployait sa veulerie, sa peur, ses faiblesses de mari bafoué ; Suzy Delair montrait ses rondeurs, ses cuisses gainées de bas, son tra-la-la, et ce déhanchement facile de femme qui est bonne à prendre mais qui vous coûtera cher et pour toute la vie ; une musique lancinante et une lumière dure venaient compléter un vigoureux tableau de mœurs qui confinait à une certaine poésie. Il exsudait de ce film une impression de sexe, de bouffe, de flicailleries et de désespoir, une complaisance aussi, comme si le metteur en scène et le scénariste avaient voulu dire, tant par le choix du titre que par la conclusion d'abord dramatique, puis douce-amère, de l'histoire, que c'était cela, une grande ville ; c'était cela, Paris.

Je ressortis, remué comme je l'avais rarement été, car les films qu'il m'avait été donné de voir jusqu'ici m'avaient paru détachés de toute réalité, invraisemblables. Cela ne ressemblait à rien qui puisse transformer ma vie, « c'était du cinéma ». Mais celui-ci, vu dans la ville à laquelle j'appartenais désormais, situé dans ce Paris où j'allais devoir faire mes études et grandir, me parut lourd de vérité et de menaces, et je fus un peu plus convaincu que je ne l'étais déjà par instinct, qu'il me faudrait ouvrir les yeux et inventer toutes sortes de stratagèmes pour affronter de tels périls, éviter de telles souffrances, et ne pas succomber à une telle somme de tentations.

A peine entrevis-je sa silhouette que je le reconnus, et j'en fus tout interdit.

Cela se passait au Palais de Chaillot, sur l'esplanade qui fait face à la Tour Eiffel. Je m'initiais, en compagnie d'un ami, à l'art simple et euphorique du patin à roulettes. Nous entendîmes des flonflons, de maigres applaudissements, une vague rumeur qui nous attira vers l'une des ailes du monument, au sommet duquel s'inscrivent en lettres majuscules et dorées les longues phrases signées Paul Valéry que mon père nous avait patiemment traduites en langage clair.

Quelques messieurs en costume sombre, entourés d'officiers et de dames en chapeaux, venaient de dévoiler une plaque de métal bleue et verte, avec l'assistance d'une petite formation musicale, composée d'un trompettiste et d'un tambour-major, tous deux en uniforme de gardien de la paix. Il s'agissait d'une de ces banales cérémonies comme on en voyait encore, à l'époque, au coin des squares ou des rues, car on rebaptisait beaucoup, la plupart du temps au profit de héros de la Résistance, tireurs solitaires abattus sur le pavé pendant la Libération de Paris, ou déportés qui n'étaient pas revenus d'un de ces camps dont les noms, maintenant, avaient pris tout leur sens pour nous. Je ne me serais pas arrêté plus longtemps avec mon ami et j'aurais volontiers rejoint les bandes de patineurs de mon âge qui zigzaguaient avec bonheur sur l'immense étendue de dalles qui était devenue l'un de mes terrains de jeux favori — si l'un des hommes qui semblait appartenir au petit groupe des officiels n'avait retenu mon attention

Il s'était fait couper les cheveux Ils n'étaient pas aussi désordonnés, volumineux, mais ils étaient aussi noirs et gras, mieux taillés, et répartis avec plus de soin le long de sa nuque bovine. Il avait la même onction dans les gestes, le même petit pas courtisan et compassé, la même façon de se servir de ses mains. Situé où j'étais, je ne pouvais entendre ses paroles, mais il me suffisait de suivre le jeu de ses lèvres et de ses yeux pour imaginer qu'il roulait les mêmes phrases anodines dans sa langue prudente et satisfaite.

C'était l'ignoble Floqueboque, le « cuistre » dont mon père m'avait donné la définition pour mon instruction quelques longues années auparavant, et qui avait osé se présenter un jour à la Villa pour réclamer sa part de chair juive. Nous n'avions plus entendu parler de lui depuis ce matin où il était venu s'enquérir de l'identité de Dora, en répétant la phrase dont nous avions fait l'une de nos antiennes détestées (« un sac et du linge pour la nuit »), pour ensuite battre en retraite devant la fermeté de mon père. Nous avions cru comprendre qu'il s'était volatilisé des sphères de la mairie, où il avait mis son « expérience au service de la nation », quelque six mois avant la déroute des forces de l'Occupation. Depuis lors, aucune nouvelle. Et personne, à vrai dire, ne s'était préoccupé de son sort. Aujourd'hui, je le retrouvais jouant un rôle parmi des officiels du même âge que lui, drapeau tricolore et autorités militaires à l'appui. Il n'était certes pas l'acteur principal de la manifestation, mais il donnait l'impression de participer de près à ses rites, et de s'être aisément lové dans cet ordre nouveau.

— Ah ça, alors, criai-je à haute voix, c'est trop fort !

Un passant, qui avait assisté au dévoilement de la plaque parmi quelques autres badauds, me prit par l'épaule :

— Qu'est-ce qu'il t'arrive, mon garçon ?

J'étais indigné, suffoqué, je bégayais.

— Ce type, là-bas... Ce type... finis-je par dire... C'est un salaud !

Le passant eut un rire indifférent et me tourna le dos tandis que les spectateurs, comme les acteurs, de cette brève cérémonie se dispersaient vers l'avenue Albert-de-Mun, en contrebas. Je défis les lanières de ma paire de patins avec fébrilité ; le temps m'était compté. Les patins à la main, je franchis une haie basse qui faisait écran entre l'endroit où j'avais vu Floqueboque et la dalle où s'amusaient les patineurs. Les officiels grimpaient dans deux voitures. Je vis Floqueboque se coiffer d'un chapeau, moins large et moins voyant que l'insolent feutre dont l'aspect m'avait intrigué autrefois. Il s'installa à l'avant de la voiture, une Prima Quatre, et je compris que je ne parviendrais pas à la rattraper. Alors, avant qu'il ne claque la portière, je hurlai à pleins poumons, en mettant mes deux mains en porte-voix autour de ma bouche :

— Floqueboque, salaud ! Floqueboque, salaud !

Quelques passants se retournèrent, interloqués,

mais le type ne parut pas m'entendre. J'avais pourtant la certitude qu'il s'agissait du même homme. Avait-il changé de nom ? ou bien l'avait-il fabriqué de toutes pièces lorsqu'il était venu dans notre région, pour ensuite retrouver son nom d'origine, une fois qu'il eut, par quelque habile contorsion, déserté le camp des vaincus pour s'infiltrer dans celui des vainqueurs ? Je ne me posai pas la question. Envahi par un sentiment amer, le corps révulsé, comme si l'on m'avait aspergé d'un liquide aussi répugnant que les baves accumulées d'une armée de crapauds malades, je rebroussai chemin et courus avec fureur vers l'appartement familial.

Les patins liés entre eux, jetés sur mon épaule comme je l'avais vu faire par mes amis les plus délurés, leurs roues lourdes et leurs armatures métalliques me sciant la peau à travers la chemise, je courus comme un possédé, bousculant les piétons, à travers la place du Trocadéro, empruntai l'avenue d'Eylau, amorçai mon virage à droite sur le trottoir du Rond-Point et fis les derniers trente mètres dans la rue de Longchamp pour atteindre, au bord de l'asphyxie, le premier étage de notre immeuble, et la porte à laquelle je frappai à coups de poing.

Ma mère m'ouvrit.

— Que se passe-t-il ? me dit-elle. Tu es tout essoufflé. Tu t'es fait mal ?

— Non, réussis-je à dire entre deux hoquets, il faut que je parle à papa.

Je pénétrai dans son bureau, sans crainte de le déranger, car les visiteurs étaient encore trop rares. Nous savions que mon père passait des heures, seul, à faire ses comptes et serrer son budget, relançant par téléphone son ancien réseau de clients et amis, quand il ne décidait pas de tout lâcher pour se plonger dans la lecture de l'un de ses auteurs favoris. Il inclinait, en cette période difficile, pour Chamfort, Sainte-Beuve, et revenait infailliblement à Pascal. Il avait reconstitué le décor de son légendaire bureau de la Villa : une pièce aussi vaste, avec les mêmes couleurs boisées, les mêmes murs de livres, le buste de Voltaire à la même place, les mêmes meubles. A la seule différence qu'il faisait très froid — on était exposé plein nord — et que la porte-fenêtre n'ouvrait plus sur les peupliers, les vergers et la douce vallée bleuâtre du Tescou, mais sur l'arête d'un immeuble faisant le coin de la rue Saint-Didier, avec l'enseigne rouge d'un garage pour tout horizon et la silhouette d'un réverbère peint aux couleurs de l'ennui.

— Raconte-moi tout, mon garçon, fit mon père. Prends ton temps.

Après avoir repris mon souffle, je lui fis le récit détaillé de l'apparition de Floqueboque. Il m'écouta sans poser de questions. Je me tus, attendant qu'il m'interroge. Ce qui m'étonnait, c'est qu'il n'ait jamais eu l'air étonné par ce que je venais de lui apprendre. On eût dit que cette vision, pour moi si choquante, prenait pour lui des allures de déjà vu. Je voulus l'interroger :

— Est-ce que c'est normal ? Est-ce que c'est juste ? Qu'est-ce que tu vas faire ? Il faut faire quelque chose !

Il eut un sourire indulgent et me laissa entendre, dans un murmure :

334

— La délation ? La dénonciation ? ça n'est pas mon fort, tu sais.

Il eut un mouvement de son buste, une respiration lassée, se leva et commença de marcher en long et en large, comme je le verrais souvent faire par la suite. Comme il n'avait plus la grande terrasse à sa disposition, ni le grand jardin, il avait pris pour habitude d'ouvrir les portes du bureau, de la salle à manger, et de parcourir, les mains dans les poches de sa veste d'intérieur, les mètres de l'appartement à longues enjambées. Il portait maintenant, quel que fût l'ordonnancement de sa journée, des cravates sages et des chaussures de ville ; le temps des polos de laine et des savates de tennisman anglais était fini. Il allait en un va-et-vient rythmé, qui finissait par déranger ceux qui l'observaient, et qui le voyaient s'enfermer un peu plus dans ses méditations et ses silences, dans cette promenade en chambre, ce voyage autour de lui-même.

— Mais papa, dis-je, on ne peut pas laisser ce Floqueboque comme ça.

Il s'arrêta et me répondit :

— On pourrait, vois-tu, mon petit. On pourrait le laisser comme ça, car ce ne serait pas ça qui ferait revenir Monsieur Germain.

Le cœur gros, incapable de juger ce que le poids de son expérience lui apportait de scepticisme ou de lucidité, je voulus protester. Cherchant mes mots, je ne pus que m'exclamer :

— Quand même ! peut-être que ça ne fera pas revenir Monsieur Germain, mais papa, quand même !

Et je répétai plusieurs fois :

— Quand même !

J'avais, avec cet adverbe, atteint la limite de ce que

ma vertu offensée voulait exprimer. Il eut une expression de tendresse, me prit la main et me sourit avec chaleur. Il m'embrassa longuement, geste rare chez cet homme pudique.

— Quand même, dit-il... C'est bien vu en effet : Quand même !

Après m'avoir longtemps gardé dans ses bras, il me renvoya aimablement vers la chambre que je partageais avec mes frères et je ne pus décider s'il allait demeurer dans cette attitude de bégninité blasée, ce parti pris de tolérance et de fatalisme, ou bien s'il ferait un jour « quelque chose », parce qu'un de ses enfants avait prononcé les mots « quand même », qui l'avaient fait sourire et l'avaient extirpé, peut-être momentanément, de la résignation philosophique vers laquelle tendait de plus en plus la part contemplative de sa nature.

Il marchait seul dans le grand bureau. Dehors, les lumières municipales s'étaient allumées, glauques et sèches. Un taxi en attente d'un client faisait entendre le cliquetis monotone du ralenti de son moteur. Il finit par s'asseoir.

Il considérait, comme Jérôme Coignard — qu'il aimait citer bien qu'il ne se trouvât plus personne, selon lui, sur le territoire, pour lire encore son cher Anatole France ! — que l'existence était une absurdité, la société un magma de règles bouffonnes, et qu'il fallait s'en tenir ferme à des principes indémontrables, donc imperméables au raisonnement, pour ne pas sombrer dans le chaos. Il se gardait bien d'exprimer ce genre d'idée devant ses enfants, et il tentait d'épargner à sa femme son attitude de doute, son penchant pour la misanthropie. En revanche, il se livrait entièrement à son ami resté au pays, Paul, l'Homme Sombre, à qui il avait repris l'habitude d'écrire une fois par semaine. Sa présence, leurs querelles chaleureuses, leurs jeux affectueux de complicité intellectuelle lui manquaient plus qu'il ne l'avait cru. Alors, il lui faisait un compte rendu franc et détaillé de ses journées, et de ses observations.

Il exprimait les craintes qu'il avait pour sa femme, lorsqu'il aurait lui-même disparu. Il formait le vœu que ses enfants fussent assez âgés, mûrs, et installés dans la vie réelle pour pouvoir la soutenir, car il redoutait qu'elle souffrît longtemps de la rupture que signifierait son départ. Il parlait de chacun des enfants, distribuant bonnes et mauvaises notes. Il mentionnait la visite insolite, qui ne fut pas renouvelée, du jeune Diego, qui était venu, déguisé comme un gommeux de l'après-guerre, lui emprunter quelque argent. Aux dernières nouvelles, Diego était reparti vers la Côte d'Azur.

Il disait : « La cassure de la guerre et de l'Occupation a développé dans une proportion inimaginable le nombre de ganaches et d'amoraux. La fin vaut les moyens et peu importe que tout y reste : le goût de la vérité, le sentiment de l'honneur, l'élan de la pitié. » Il n'avait guère altéré son pessimisme et ne voyait pas pourquoi le comportement des hommes ou des gouvernements pourrait s'améliorer. Il redoutait, plutôt, que cela se détériore. Les « événements mondiaux », dont il analysait les déroulements en s'opposant, « vieux libéral », à son « vieux communisant » d'ami, lui mettaient le moral à bas.

L'hiver avait été très rude. Il révélait à son ami que ses activités avaient repris lentement et que, certains jours, il s'était senti découragé jusqu'à éprouver une perte de son élan vital. Néanmoins, depuis quelque temps, les affaires augmentaient doucement de volume. Les clients se recommandaient entre eux l'éminent et sage conseiller juridique qu'ils avaient redécouvert après une si longue absence. Il reconstituait son cabinet et ses forces. Il écrivait :

— Tu vas rire, mais, paradoxalement, maintenant que cela va mieux, je me surprends à être déçu quand le téléphone sonne pour m'apporter un nouveau dossier. Veux-tu m'expliquer pourquoi je préférerais que mon bureau et mon carnet de rendez-vous restent vides ? Mais il y a les enfants ! Et ce serait bien le diable qu'après avoir tout abandonné au pays, je ne me batte pas ici pour eux, et pour leur avenir. Quand même !

Non sans humour, il se comparait à Sisyphe. Il avait son rocher à pousser jusqu'au sommet de la pente, comme tout un chacun. Et c'était pour cette raison qu'il jugeait vain et trop mesquin par rapport à l'idée qu'il se faisait de lui-même, de poursuivre le traître à cheveux gras que l'ironie du sort avait placé sur le chemin de son petit garçon.

Mais le rappel du « quand même » l'avait amené à narrer en détails, et comme vu par les yeux d'un enfant, l'incident du Palais de Chaillot à son cher correspondant de province, son ami véritable, unique.

En reconstituant l'anecdote, il progressa dans sa réflexion. Il souhaitait ardemment que son enfant — comme tous ses autres fils et filles qu'il chérissait et qui étaient, avec leur mère, sa seule raison de vivre et d'être reparti de zéro — saurait toujours ainsi s'indigner devant les Floqueboque de ce monde. Il finissait par se féliciter de leur avoir imposé ce plongeon dans la réalité crue de la grande ville, dans cet âge nouveau qui s'annonçait, et dont il ne verrait pas l'ultime développement, mais qu'il prévoyait aussi barbare que moderne.

Il espérait avoir légué à ses enfants suffisamment d'armes, c'est-à-dire suffisamment d'âme. Il les avait fait « monter à Paris » pour parfaire leurs connaissances ; peut-être avaient-ils été trop protégés au sein du paradis aujourd'hui perdu de la ville de province ; il apercevait, désormais, qu'ils trouveraient ici de quoi mettre à l'épreuve ce qui, en fin de compte, importait le plus : le caractère.

Il acheva la lettre par sa formule traditionnelle : « Adieu, petit, je te serre la main. »

Dehors, le taxi s'était éloigné et la rue n'exprimait rien, rien d'autre que son propre bruit, factice et neutre, comme la lumière du bec de gaz municipal.

ÉPILOGUE

Près de quarante ans plus tard, je me trouvais, un soir de septembre, dans les salons d'un cercle situé sur la rive droite de la Seine, dont les fenêtres donnaient sur la verrière du Grand Palais.

C'était une radieuse fin de journée d'automne, comme on n'en peut voir qu'à Paris. Le soleil couchant, avec ses mauves, fabrique, un court instant, une teinte céruléenne sur les toits des monuments, des fresques et des ponts, et la délicate alchimie de couleurs et de vieilles pierres vous enracine un peu plus dans la conviction que vous ne pourriez, décidément, vivre nulle part ailleurs.

On décorait ce que l'on appelle une importante personnalité. Elle était d'autant plus importante qu'elle n'était pas célèbre, mais elle jouait un rôle dans la société. Aussi bien y avait-il foule, du beau linge, du persil et du trèfle.

On voyait ministres et banquiers déferler de leurs automobiles noires pour grimper les escaliers aux côtés d'artistes et de notoriétés souriantes, puisqu'une notoriété doit sourire, première loi de la table des lois qui régissent le monde de l'apparence. Le négoce, l'argent, le marché, étaient venus se frotter à la beauté, au strass et au verbe, sous le regard obligeant du politique et de l'entremise. Chacun y prenait son plaisir, même si l'exercice ne proposait aucun inédit, car ils se connaissaient tous déjà, ils s'étaient vus la veille, et se retrouveraient le lendemain. Cependant, l'exceptionnelle douceur dans l'air, ainsi que la singulière densité de noms puissants et de visages fameux, conférait à la réunion un cachet supplémentaire, celui qui permet de se dire qu'il valait mieux « en être », en se soulageant ainsi de la notion que rien n'eût changé si on n'en avait pas été.

L'homme que l'on décorait n'avait fait de tort à personne. On ne lui connaissait pas d'ennemis ; cela pouvait signifier qu'il ne possédait aucune qualité marquante, mais cela pouvait indiquer qu'il avait réussi à toutes les gommer, afin de n'exposer à ceux qu'il avait courtisés que cette médiocrité rassurante, qui constitue l'une des ressources les plus subtiles de l'ambition.

Il avait su durer. Au sein du groupe dont il était devenu l'un des hommes d'influence, celui vers qui convergent offres, avis ou requêtes, il avait au long des décennies gagné la réputation d'une indéboulonnable éminence, qui avait survécu à plusieurs crises, changements d'actionnariat ou renversements d'alliance. Disponible, veillant au moyen de toutes sortes de gestes à cajoler ceux qui exerçaient un pouvoir comme ceux qui venaient d'en subir la perte, se ménageant les grâces des maîtres du temps présent comme la reconnaissance de ceux qui reprendraient le contrôle du temps à venir, il avait tissé son réseau, poli et arachnéen, patient, mettant son expérience et sa capacité à découvrir puis à faire s'épanouir les talents des autres — ce qui est une forme de talent authentique, mais frustrante.

Il avait gardé sa bile pour lui, son venin, sa rancœur. Le prix à payer eût dû s'inscrire par quelques vilaines rides sur le visage, mais il avait obtenu, à force d'autodiscipline, ou grâce à l'un de ces petits miracles de la nature qui favorise aussi les gens laids, à conserver une mine réjouie, un teint de rose, une peau dépourvue des traces du travail du temps, et il offrait l'aspect d'un bébé à qui la terre entière ne peut s'empêcher de venir tapoter la joue. Le personnage se tenait au milieu du salon murmurant et ronronnant, droit comme un soldat de bois, sérieux mais sans gravité, son avenante physionomie éclairée par le soleil qui dardait ses derniers rayons à travers les doubles vitres.

Un élément imprévisible allait manquer de ruiner la cérémonie. Il faisait de plus en plus chaud. On aurait dû ouvrir les fenêtres, mais le vacarme de la circulation du soir dans l'avenue Franklin-Roosevelt eût recouvert les discours. La température avait brutalement augmenté. La pièce, bondée, supportait mal cette sensation qui s'emparait des invités pressés les uns contre les autres. La sueur perlait sur les nez poudrés, les cheveux teints, les décolletés peinturlurés au make-up. En quelques minutes, l'atmosphère était devenue irrespirable. Les hommes s'épongeaient à coups de mouchoirs. On frisait l'évanouissement. La griserie avec laquelle chacun s'était congratulé allait faire place à l'exaspération, à la gêne, au dégoût.

L'orateur, qui avait l'habitude de ce genre de cérémonie, eut tôt compris qu'il ne fallait pas s'éterniser et il boucla son affaire en deux pirouettes et trois coups de chapeau. Le récipiendaire, dont la faculté d'adaptation n'était plus à démontrer — on trouvait là, à vrai dire, l'une des raisons de l'honneur qui lui était fait : il avait su s'adapter en toutes circonstances — comprit, lui aussi, qu'il était inutile de prolonger ce qui s'était annoncé comme une agréable fin de journée et menaçait de tourner au supplice, voire au fiasco.

Alors il eut une initiative qui devait lui valoir la reconnaissance de l'assistance, en particulier celle de la gent féminine. Il sortit, de l'intérieur de la poche de sa veste, l'épais tas de feuillets sur lesquels il avait, pendant quelques soirées, laborieusement rédigé ses compliments, n'omettant d'oublier aucun des noms auxquels il allait déclarer qu'il devait tant, et sans lesquels il ne serait pas là, sans lesquels il ne serait rien. Dans un geste comique, il agita les feuillets qu'il avait roulés comme pour menacer les invités d'une arme, puis rengaina le gros rouleau dans sa poche et dit sur un ton modeste :

— Je n'aurai que deux mots : merci à tous. Et maintenant ouvrez donc ces satanées fenêtres, et allons consommer au buffet !

La salle éclata en applaudissements, auxquels se mêlaient rires amusés et commentaires flatteurs. On ouvrit les larges et hautes fenêtres, et une ample bouffée de fraîcheur vint balayer les coiffures, soulever les voiles, soulager les épidermes ; les convives, à nouveau satisfaits de la vie et d'eux-mêmes, s'égayèrent vers les buffets dressés dans le salon principal et les pièces dépendantes.

Il s'ensuivit une ambiance de fête, comme des retrouvailles, chaque profession se reformant en

346

groupes naturels, le tout avec une bonne humeur qui n'était pas nécessairement compatible avec la nature réservée, benoîte, du héros de la soirée. Tout le monde semblait l'avoir oublié. Seul, un homme que je croyais n'avoir jamais vu m'aborda, me tutoya d'emblée, et pointant le doigt vers l'heureux médaillé, ce petit homme important dépourvu d'importance, il me dit :

— En t'apercevant ce soir, je me suis dit que ce n'était pas ce genre d'homme qu'on doit décorer mais un autre, auquel tu m'as permis de penser.

Je restai muet. Je dévisageai l'inconnu. Il avait mon âge, ou presque. Il portait une fine moustache, ses cheveux étaient gris et bouclés. Un air de bonté baignait son visage.

— Tu ne me reconnais pas, me dit-il avec un sourire étrange, la voix feutrée.

— Je vous demande pardon, mais non, je ne vous reconnais pas, dis-je.

Pourtant, au même instant, je crus deviner quelque chose dans ses yeux, quelque chose venu de très loin, de si loin que je m'en trouvai d'ores et déjà fragilisé.

— Celui dont je te parle, me dit-il, c'est grâce à lui que je suis vivant.

Il continuait de sourire, mais je voyais que son visage, jusqu'à son corps tout entier, était parcouru par une émotion qu'il tentait en vain de contenir. Comme s'il était contagieux, le tremblement qui l'agitait me gagna et je commençai d'entendre des voix qui n'appartenaient pas au lieu ni au temps présents.

— Je pense à ton père, me dit-il.

— Maurice, dis-je.

Dans les yeux bruns et embués de l'inconnu, je venais de reconnaître en quelques secondes le petit garçon apeuré qui repoussait désespérément le sommeil, sur le lit de camp de la buanderie, une nuit de juin, en 1944, alors qu'au-dessus de sa tête et de celle de ses parents, des officiers allemands faisaient bombance dans la salle à manger de notre villa. Cela me fit un choc, et je ne pus rien répéter d'autre que ce prénom, à plusieurs reprises.

— Maurice, Maurice, Maurice.

Ce prénom ouvrait les vannes de mon autrefois — fleuve intarissable qui me submergeait. Au bout d'un temps, je pus enfin lui dire :

— Maintenant, je te reconnais.

Il m'attira vers lui et m'embrassa avec tendresse. Je restai pressé contre son corps, terrassé par la force des images désordonnées qui chahutaient en moi. Nous étions entourés de quelques amis étrangers au sens de cette scène, incapables de mesurer le poids du passé qui venait de s'abattre sur nous deux, nous immobilisant avec une telle violence. Tandis que je tenais Maurice dans mes bras, je lui dis à l'oreille :

— Tu sais, il n'est plus là. Il y a déjà un moment qu'il nous a quittés.

Je le sentis tressaillir.

— Ah, fit-il, avec un accent peiné.

Puis, nous nous détachâmes l'un de l'autre. Dans la foule bruyante qui tournoyait autour de nous, il fallut se composer une attitude. Pour répondre à la question initiale de Maurice, je tentai de lui raconter qu'on avait tout offert à mon père à la Libération : les honneurs, les récompenses, et même le pouvoir.

Un matin, à la Villa, une délégation de notables et d'hommes porteurs de brassards tricolores et de galons hâtivement cousus sur leurs bérets, s'était présentée pour lui proposer de prendre la tête de la mairie. Il avait poliment refusé. Plus tard, de nombreux « visiteurs » avaient retrouvé sa trace et donné de leurs nouvelles ; certains avaient envoyé des attestations, « à toutes fins utiles ». Les textes étaient restés dans un tiroir du bureau de mon père. Il n'avait pas dédaigné les hommages de ses « visiteurs » mais il lui avait surtout importé d'apprendre que les réfugiés avaient réussi à s'en tirer et à vivre. Le reste, rubans, discours, fonctions officielles et *vanitas vanitatum,* non merci, ce n'était pas pour lui, cela n'avait jamais été son fort, comme il me l'avait dit, un jour, à propos d'autre chose.

Il me fut difficile de me séparer de Maurice, ce soir-là. Nous refîmes plusieurs fois ensemble le chemin doux-amer du souvenir, et toutes les larmes que nous versâmes, puis, lorsqu'il m'eut quitté, toutes les larmes que je ne pus retenir, et qui ravagèrent ma nuit, ne parvinrent pas à consoler le petit garçon que j'étais redevenu — l'enfant que je n'ai jamais cessé d'être.

peut lui permettre de prendre la mesure de ce qu'il
a vraiment fait... Dès lors, il se pourrait « ... »
mais à quoi s'attendait-on après... et donne de leur
mémoire des textes suivant qu'ils articulaient... à
eux-les lumières... L'extermination nous rejetait au-
dedans du temps de non père... Il n'ajoute rien à leur
petite habitude... dans « certaines » fins humaines...
vertu explicite d'apprendre que la refuse avant...
tissait à cache-ce arrive... De leur mesure à son
point... sculptées et leurs... supposa... sans marcher
... car une peau du caractère leur lointain, ou des fois
cachés... à ne l'avait été en tout... propos d'écrire
... ainsi...

Il ne faudrait de ne savoir de mémoire accords...
la Peau... sauvage qui était forcément de leurs
deux âmes de sauvage... et toutes les sortes que tout
... des plaies... lorsqu'il était public après sa liaison
que ce ne pourrait être vraiment pas de ce ne
pardonna pas à certaine refaire à nouveau... l'on
redoutait à l'affût que je n'ai jamais dis ecrire...

Prologue   13

  I. *L'innocence*   23

 II. *Les visiteurs*   105

III. *La montée à Paris*   257

Épilogue   341

DU MÊME AUTEUR

Aux Éditions Gallimard

UN AMÉRICAIN PEU TRANQUILLE, 1960 (Folio n° 4171).

DES FEUX MAL ÉTEINTS, 1967 (Folio n° 1162).

DES BATEAUX DANS LA NUIT, 1982 (Folio n° 1645).

L'ÉTUDIANT ÉTRANGER, 1986 (Folio n° 1961).

UN ÉTÉ DANS L'OUEST, 1988 (Folio n° 2169).

LE PETIT GARÇON, 1990 (Folio n° 2389).

QUINZE ANS, 1992 (Folio n° 2677).

UN DÉBUT À PARIS, 1994 (Folio n° 2812).

LA TRAVERSÉE, 1996 (Folio n° 3046).

RENDEZ-VOUS AU COLORADO, 1998 (Folio n° 3344).

MANUELLA, 1999 (Folio n° 3459).

JE CONNAIS GENS DE TOUTES SORTES, 2002 (Folio n° 3854).

LES GENS, 2009 (Folio n° 5092).

7500 SIGNES, 2010.

LE FLÛTISTE INVISIBLE, 2013 (Folio n° 5809).

« ON A TIRÉ SUR LE PRÉSIDENT », 2013.

Dans la collection « À voix haute »

MON AMÉRIQUE (1CD), 2006.

Aux Éditions Albin Michel

TOMBER SEPT FOIS, SE RELEVER HUIT, 2003 (Folio n° 4264).

FRANZ ET CLARA, 2006 (Folio n° 4612).

Chez d'autres éditeurs

CE N'EST QU'UN DÉBUT, avec Michèle Manceaux, *Jean-Claude Lattès*, 1968.

TOUS CÉLÈBRES, *Denoël*, 1979.

LETTRES D'AMÉRIQUE, avec Olivier Barrot, *NiL*, 2001 (Folio n° 3990).

DES CORNICHONS AU CHOCOLAT, *Jean-Claude Lattès*, 2007.

MON AMÉRIQUE : 50 PORTRAITS DE LÉGENDE, Éditions La Martinière, 2012.

Impression Maury Imprimeur
45330 Malesherbes
le 28 octobre 2015.
Dépôt légal : octobre 2015.
1ᵉʳ dépôt légal dans la collection : juin 1992.
Numéro d'imprimeur : 203940.

ISBN 978-2-07-038526-3. / Imprimé en France.

293414